Annette Wieners

Goldene Zeiten

Bibliographische Information der Deutschen Nationalbibliothek:
Die Deutsche Nationalbibliothek verzeichnet diese Publikation in der Deutschen Nationalbibliographie; detaillierte bibliographische Daten sind im Internet abrufbar: http://dnb.d-nb.de.

Umschlag: Till Kaposty-Bliss, Berlin
Satz: Katrin Kassel, Berlin
Druck: Clausen & Bosse, Leck

E-Mail: info@horlemann-verlag.de
Internet: www.horlemann.info
ISBN: 978-3-89502-375-0

Annette Wieners

Goldene Zeiten

Roman

HORLEMANN • EDITION VOSS

Nimm mich mit in deine Zukunft.

1.

Ich hatte an diesem Tag drei Fichten gefällt. Jede Bewegung, die ich machte, tat weh. Die Haustür glitt hinter mir ins Schloss und ich kniete mich auf die Schmutzfangmatte, um die Schnürsenkel der Arbeitsstiefel zu lösen. Über mir wölbte sich der Stuck und an den Wänden glänzte der Marmor. Still war es im Haus.

Ich sammelte die Lehmbrocken ein, die sich von den Sohlen gelöst hatten, und warf sie in meinen Briefkasten, bevor ich zur Treppe schlich.

Bis zur ersten Etage fiel mir das Gehen noch schwer, ab der zweiten Etage roch es nach Essen, es roch immer stärker, je höher ich kam. An der Wohnung der Rockmann pirschte ich lautlos vorbei, doch auf der Fußmatte vor meiner Tür stand schon wieder der kleine gelbe Kochtopf. Ich hob den Deckel. Das Essen dampfte. Rockmanns Retro-Wucht, ein stundenlang gegarter Kohl mit Würstchen. Das Licht im Treppenhaus erlosch mit einem Klack.

Ich öffnete die Tür, brachte den Topf in meine Küche und säuberte das Gärtnermesser über der Spüle. Die Wohnungstür blieb in der Zwischenzeit offen, für eine knappe Minute nur, aber als ich zurückkam, um sie zu verriegeln, lag ein Mensch auf der Schwelle. Den Kopf voran, Schultern und Brust in meiner Wohnung, Hüfte und Beine draußen auf

dem Flur. Eine Frau lag da, bäuchlings im Eingang, fremd, wie durch Milch schaute sie mich an.
Eine alte Frau.
Sie drückte eine Wange auf den Teppich und grinste, ich dagegen hatte mich sofort zu beherrschen: mich nicht hinzuknien, der Alten nicht auf die Beine zu helfen, mich nicht zu verhalten wie früher. Als sie sich voranschob, voran in meine Wohnung, suchte ich trotzdem das Telefon.
Ich drückte die Eins, die Telefontaste piepte, die Frau riss ihre Milchaugen auf. Noch eine Eins, Piep, da langte sie an die Wand und zog mit einem Ruck das Kabel aus der Netzwerkbuchse. Plastiksplitter flogen. Ich duckte mich, während sie unbeirrt an den Türrahmen griff, um sich von dort abzustoßen. Ein Knopf ihrer Strickjacke verfing sich an der Teppichkante, sie schlängelte sich los und rutschte mit den Hüften über die Schwelle. Da endlich hatte ich genug vom Glotzen.
Ich hockte mich hin und wollte die Alte packen. Sie schlug nach mir, mit knochigen Fingern. Meine Hände wischten durch und klatschten gegen ihr Gesicht, nicht laut, nicht fest, aber ich zuckte dennoch zurück. Sofort nutzte sie den Moment und stemmte ihren Körper komplett in meine Wohnung. Das Schaben von Nylonstrümpfen. Ich sprang auf. Da lag sie, lag da ohne Schuhe. Meine Wohnung mit alter Frau sperrangelweit geöffnet und von unten im Haus hörte ich Schritte.
Ich lief in die Küche und schnappte mir das Biofon, das ich noch nie zuvor benutzt hatte. Die PIN klebte am Kühlschrank und war unter dem Wust von Merkzetteln nicht leicht zu finden. Ich vertippte mich bei der Nummer, behielt die Alte im Auge und vertippte mich noch ein zweites

Mal, während die Schritte draußen immer näher kamen. Ein Räuspern, ein Schlurfen auf dem Treppenabsatz, ein Rufen: »Cosma?«

»Ja! Hier bin ich!«

Die Rockmann tauchte auf, in der Hand einen Teller mit Keksen. Sie starrte auf die Alte am Boden.

»Marie!«

Schlaff lag die Alte da, als habe sie jemand erschossen. Teller und Kekse zerbarsten neben ihren Füßen.

»Marie!«

Die Rockmann bückte sich und rüttelte an der Alten, sachte zunächst, dann fester. Sie aber reagierte nicht, sondern gaffte bloß das Biofon an, das ich in der Hand hielt. Ich versteckte es hinter dem Rücken und quetschte mich an den beiden Frauen vorbei in den Hausflur.

Die Tür zum Dachboden stand offen, es zog. Ich postierte mich auf dem Treppenabsatz, mit guter Sicht in meine Wohnung, und versuchte, mich zu beruhigen.

Drinnen, auf meinem Teppich, zerrte die Rockmann an der Alten, damit sie sich setzte. Nur mit Mühe gelang es, sie an die Flurkommode zu lehnen.

»Marie, was machst du hier, wie kommst du hierher? Cosma, wie kommt sie zu uns in den Goldenen Kern?«

»Was hat sie denn?«, fragte ich vom Hausflur aus.

»Meine Schwester. Eigentlich lebt sie in der Schweiz.«

»Sie ist eingereist?«

»Wo sind ihre Schuhe?«

Die Alte krümmte die Zehen und streckte sie. Die Rockmann streichelte die Nylonstrümpfe und zupfte an der Strickjacke. Ich machte im Treppenhaus Licht und gab die PIN ein. Richtig.

»Ich rufe jetzt einen Arzt.«
Die Rockmann nickte, Marie jedoch verdrehte die Augen und kippte um.

Später, frisch geduscht, saugte ich den Teppich an der Wohnungstür und klopfte die Fußmatte aus. Ich steckte ein Streichholz in den Lichtschalter, damit es im Hausflur hell blieb, und wischte den Boden, bis das Linoleum glänzte. Auf Socken schlich ich die Stufen hinunter in die dritte Etage und legte mein Ohr an die Wohnungstür der Rockmann. Nichts war zu hören bis auf die alte Lampe über mir, die knackte, weil sie länger brannte als sonst. Ich schlich zurück, zog das Streichholz aus dem Schalter und sah mich noch einmal um.
Die Marmorplatten an den Wänden schimmerten in einem hellen Rosa und der Stuck wölbte sich in Ornamenten, die seit Jahrhunderten den Hausflur schmückten, ohne zu bröckeln. In mir aber wuchs mit jeder Minute, die verstrich, die Sorge, etwas falsch gemacht zu haben.
Vielleicht hätte ich mich deutlicher wehren sollen? Auch wenn mein Sozialwert nur bei null Komma acht lag, war ich immerhin die Tochter der Vermieterin und hatte Rechte. Aber vorhin, als der Arzt gekommen war, hatte aus seiner Tasche ein Klemmbrett mit Formularen gelugt, obenauf das Logo der Sozialen Kasse. Ich hatte mich vor Schreck in die hinterste Ecke verzogen. Mein Augenlid hatte gezuckt wie ein Kaninchenherz, während der Arzt sich kühl nach meinem Vornamen erkundigte und seine Handschuhe auf meine Kommode legte. Ich verhaspelte mich, weil ich die Situation möglichst gut erklären wollte. Ich hatte die Alte nicht berührt, sie war von ganz allein hingefallen. Ich hatte

sie auch nicht gestreichelt, als sie am Boden lag, sondern professionelle Hilfe geholt, so wie es mir vorgeschrieben war. Der Arzt jedoch schüttelte den Kopf und schwieg.
Da mischte sich plötzlich die Rockmann ein. Sie bugsierte den Mann ins Wohnzimmer, wo ihre Schwester auf dem Sofa lag, und kickte mit der Ferse die Tür hinter sich zu. Ich hörte sie tuscheln, den Arzt lachen, aber was sie genau besprachen, war nicht zu verstehen.
Eine Viertelstunde später kam der Arzt wieder heraus, das Logo der Sozialen Kasse mit dem Unterarm verdeckt. Er ging fort. Er ließ die Alte einfach so bei mir zurück, als habe er nicht bemerkt, dass sie krank war, und als habe er auch das Interesse an mir verloren. Allerdings vergaß er seine Handschuhe auf der Kommode. Weiches Leder mit Fellbesatz, wertvoll genug, um dafür noch einmal zurückkommen zu wollen.
Die Rockmann hatte ihre Schwester vom Sofa gezogen und strengte sich an, sie zu stützen. Eine Spritze lag auf dem Teppich, Latex-Handschuhe daneben. Es roch nach Schweiß. Die Alte knickte immer wieder in den Knien ein, doch die Rockmann schleppte sie weiter, bis beide endlich, schwankend wie Matrosen, aus meiner Wohnung verschwinden konnten.
Gut, dass ich der Alten vorher noch die Lederhandschuhe in die Jackentasche gestopft hatte. Aber hatte diese Geste gereicht, um eindrücklich zu protestieren? Und reichte es aus, jetzt noch das Linoleum zu polieren und den Teppich von allen Spuren zu befreien?
Ich rückte die Fußmatte gerade, holte die Putzsachen in die Wohnung zurück und schloss die Tür hinter mir ab. Den Netzwerkstecker konnte ich reparieren, und dann wollte

ich essen. Ich angelte ein Würstchen aus dem kleinen, gelben Kochtopf. Es war fast schon kalt, also drehte ich den Herd an und rührte den Kohl kräftig um.

Braunkohl, Varietät der Wildform brassica oleracea. Bald stiegen Bläschen auf, platzten und spuckten gegen den Deckel aus Glas.

Das Telefon klingelte.

»Ich schon wieder! Cosma, ich wollte Ihnen nur sagen, meine Schwester schläft jetzt. Und wenn Sie morgen einkaufen gehen, kommen Sie vorher zu mir und ich gebe Ihnen eine Liste mit Dingen, die Sie mitbringen können, ja?«

»Ich übernehme keine Dienste mehr, Frau Rockmann.«

»Das sind doch keine Dienste, wir reden von einem kleinen Gefallen. Sie dürfen auch den Fahrstuhl benutzen.«

In mein Schweigen hinein fing der Topf an zu klappern. Ich hob den Deckel hoch und stellte die Platte aus.

»Als Ihre Nachbarin bin ich jetzt eine von Ihnen«, sagte ich.

Es knackte in der Leitung, wahrscheinlich wechselte die Rockmann das Ohr.

»Liebes«, sagte sie, »ich bin Golden und Sie sind es nicht. Ohne Ihre Mutter wären Sie niemals in dieses Haus gezogen.«

»Und Ihre Schwester? Was hat die bei uns zu suchen?«

»Schämen Sie sich!«

»Sie ist garantiert nicht Golden.«

»Ich werde mich über Sie beschweren, Cosma. Dann können Sie der Behörde ja beweisen, dass Sie meine Schwester weder umgeschubst noch gestreichelt haben.«

Ich legte auf und schaffte es gerade bis zum Klo.

Als ich zurückkam, war schon wieder jemand an der Tür. Am trockenen Husten erkannte ich Ruben.

»Gibt es Essen?«, er zog die Schuhe auf der Fußmatte aus und gab mir einen Kuss.
»Braunkohl«, ich lehnte mich an ihn.
»Fantastisch. Ich habe zwei Stunden lang Zeit und bin wahnsinnig k.o..«
In der Küche wusch er sich die Hände über der Spüle wie ein Mann, der nach Hause kommt, auch wenn es mein Zuhause war. Seine Schultern hingen tief, und als er sich ein Handtuch vom Haken nahm, lehnte er seinen Hintern an den Kühlschrank.
»Die Rockmann hat Besuch«, sagte ich, gab den Kohl auf zwei Teller und teilte das verbliebene Würstchen. Sofort stach er mit der Gabel hinein und fing an zu essen. Ich setzte mich an seine Seite. Mir war gar nicht danach, viel über die Rockmann zu reden. Ich würde Ruben nur aufregen.
Wie schön er den Kopf hielt und auf den Teller konzentriert war. Erschöpft. So müde war er, so jung, dass ich unsere Liebe plötzlich mit Händen greifen konnte wie eine Aufgabe. Ich probierte den Kohl und beschloss, erst einmal alles gewissenhaft zu erledigen, bevor ich entscheiden würde, was ich erzählte.
Er kaute mit gesenkten Lidern. Seine Haut saß sogar um die Augen herum straff. Seine Brauen wirkten so weich, dass ich sie berühren musste. Ich klemmte die blonden Locken hinter seine Ohren, die rosarot glühten und sämtliche Farbe aus dem Gesicht herauszusaugen schienen. Er lächelte, aber seine Mundwinkel zuckten. Er wollte wohl verstecken, dass er ein Gähnen unterdrückte, dabei konnte er sich doch auf mich verlassen. Ich gähnte zwar ebenfalls und mir schmerzten Arme und Rücken, aber es hielt mich nichts davon ab, an unsere Bringschuld zu denken.

»Guck mich an.« Sacht rieb ich mein Knie an seinem Bein. Er zog sich zurück: »Langsam.«
Ich stand auf, legte seine Hand an meinen Schritt und öffnete sein Hemd. Er wollte mich wegstoßen, aber ich drückte sein Gesicht an meine Brust, schob mich auf den Tisch und rieb an ihm, bis er aufstand und gehorchte.
Warm wallte der Kohl in meinem Magen und ich fühlte mich voll an, so voll, dass ich anfangen konnte zu ruhen.

Als Ruben aus dem Bad kam, wusch ich bereits den Topf ab. Meine Hände sanken tief in das Becken, die Arme waren wie aus Blei. Ruben kratzte die Reste von den Tellern, bevor er Besteck und Porzellan ins Spülwasser gleiten ließ.
»Fällt dir was auf?«, er stupste mich an. »Man hört nichts. Die Rockmann hat den Fernseher aus.«
Ich tastete über Messer und Gabeln im Wasser. »Ihre Schwester lag eben vor meiner Tür.«
»Sie lag?«
»Auf dem Bauch.«
»Ist sie denn nicht Golden?«
Ich zuckte mit den Schultern. »Weiß nicht.«
»Hast du sie angefasst?«
»Wo denkst du hin!«
Er nahm ein frisches Geschirrtuch und seine Stimme stieg einen Halbton höher: »Hast du sie über das Biofon gemeldet?«
»Ja, der Arzt war da.« Ich ließ das Spülwasser auslaufen.
»Gut«, sagte er in meinem Rücken.
Im Strudel schwamm ein helles Bröckchen. Ich wusch das Becken aus.

2.

Meine Mutter residierte in der teuersten Gegend, im Zentrum des Goldenen Kerns. Ihre Wohnung belegte die zweite und dritte Etage eines denkmalgeschützten Hauses, die Ebenen waren über ein System aus Rampen miteinander verbunden. Zwischen Wohn- und Schlafzimmer fuhr ein privater Fahrstuhl hin und her.
Vor den Fenstern der Wohnung erstreckten sich die Gemäuer der Altstadt. Dem Journalisten, der zu Gast war, um meine Mutter zu interviewen, fielen bald die Augen aus dem Kopf. Vor der Kirchenfassade hingen Restauratoren an Seilen. Sie glitten die Mauer entlang, hämmerten gegen die Steine und machten Fotos von den Fugen. Der Journalist trat dicht an das Panoramafenster, hob den Arm, und von meinem Platz aus schien es, als hielte er nun die Fäden, an denen die Restauratoren hingen. Grünspan vom Kirchendach spiegelte sich im Zifferblatt seiner Uhr. Er beugte sich noch weiter vor, doch bevor er die Scheibe berühren konnte, fing meine Mutter ihn ab.
»Kommen Sie gern einmal wieder, falls Sie an der Aussicht interessiert sind. Nur ich muss jetzt leider los. Meine Vorlesung.«
Er drehte sich um und wie ohne Absicht patschte er mit der Hand gegen das Fenster. Meine Mutter blinzelte mir zu.

Ich reichte dem Mann Jacke und Schal. Schlecht zu beurteilen, warum er selbst noch nicht Golden war, vielleicht war er impotent. Er nahm seine Tasche und ging.
»Endlich«, meine Mutter ließ sich auf das Sofa fallen, Schatten unter den Augen. Ich krempelte meine Ärmel hoch und sagte: »Gut siehst du aus.«
»Ich kann es einfach nicht begreifen«, sie fuhr sich durchs Haar, »wie könnt ihr euch das so ruhig angucken? Ich in eurem Alter würde hingehen und denen da draußen die Hämmer aus den Händen reißen!«
Ich nickte und sammelte die Wassergläser ein. Sie nahm einen Schluck aus der Flasche, während sie die Restauratoren musterte.
»Denkmalschutz! Als ob es sonst nichts gäbe!«
»Brüll doch nicht so.«
Ich brachte die Gläser fort und holte einen Lappen aus dem Putzschrank. Sie stand auf und verfolgte mich.
»In diesem Land wird sich nur noch rückwärts bewegt. An der Uni konferieren wir schon wieder vor Bildschirmen. Eines Tages werden wir zu Rauchzeichen übergehen.«
Ich deckte den Lappen über die Fingerabdrücke an der Panoramascheibe und polierte. Meine Mutter postierte sich in der Nähe.
»Mich würde das so wütend machen«, sagte sie, »wenn ich so jung wäre wie du.«
Ein herber Geruch ging von ihr aus, gänzlich ungewohnt.
»Was hast du im Interview gesagt?«, fragte ich.
»Sie werden es zurechtschneiden, nehme ich an.«
Sie setzte sich vor den Sekretär und blätterte in Papieren.
Die Restauratoren draußen riefen sich etwas zu und seilten sich ab. Sie trugen Stiefel wie zum Wandern, und als sie ih-

re Füße dem Erdboden entgegenstreckten, rutschten ihre Hosenbeine hoch. Nur einer der Männer blieb vor der Fassade hängen. Er kletterte auf eine Fensterbank und rubbelte am Sims. Weil meine Mutter nicht guckte, zeigte ich ihm durch die Scheibe eine Brust. Er guckte aber auch nicht, also schlug ich ihn mit dem Lappen.

Auf dem Sekretär stand ein Becher mit Bleistiften. Ich spitzte einen der Stifte an und roch am Holz. Ein gutes Aroma. Das stumpfe Ende steckte ich in den Mund.

»Hör auf zu schmatzen«, meine Mutter stieß sich am Möbel.

»Entschuldigung«, sagte ich, »weißt du was? Gestern Abend lag eine alte Frau vor meiner Wohnung.«

»Was meinst du mit alt«, sie drückte ihr Knie, »und du wirst ja wohl nicht den vollgelüllten Bleistift auf meine Papiere legen!«

Ich warf den Stift in den Müll. Draußen sank der letzte Restaurator nieder. Als seine Stiefel den Boden berührten, stampfte er ein paar Mal auf, streifte sich die Handschuhe ab und steckte sie in die Gesäßtasche. Sicher schwitzten seine Hände, obwohl es November war. Früher wären sie blau gewesen und sein Atem hätte gedampft, jetzt aber öffnete er noch den Kragen seiner Jacke, um sich Luft zu verschaffen. Den Blick hob er nicht.

Meine Mutter verschwand im Badezimmer. Ich stellte mich vor die Tür:

»Ich weiß nicht, was die Alte wollte. Der Notarzt meinte, ihr taten die Füße weh.«

»Du hast sie dem Gesundheitsdienst gemeldet?«

Ich tippte gegen den Türrahmen. »Sie ist die Schwester von der Rockmann.«

»Die Rockmann hat eine Schwester? Hör auf zu klopfen.«

»Weißt du das nicht? Eine deutlich ältere Schwester.«
»Wenn sie nicht Golden ist, darf sie nicht im Haus bleiben. Als deine Mutter und als deine Vermieterin habe ich die Vorschriften zu beachten.«
Eine Spraydose zischte.
»Sie ist aus der Schweiz eingereist«, sagte ich.
»Das ändert nichts«, rief meine Mutter. »Du hast dich von allem fernzuhalten, was alt ist!«
Die Badezimmertür flog auf und eine Duftwolke quoll mir entgegen. Meine Mutter humpelte leicht.
»Tut dir was weh?« Ich bückte mich nach ihrem Knie.
Sie schnalzte mit der Zunge und zog mich hoch: »Komm jetzt, ich will hinter dir abschließen.«
Ich machte mich steif. »Ich will hierbleiben und putzen.«
»Heute?«

Kaum dass sie weg war, zog ich mir die Schuhe aus, ging ins Badezimmer und legte mich in die leere Wanne. Meine Beine zuckten, ich drückte sie mit flachen Händen nieder und schmiegte mein Gesicht an die Emaille.
Nach den Vorgängen gestern hatte ich trotz meiner Erschöpfung nicht schlafen können, hatte in meinem Bett einfach keine Ruhe gefunden. Gegen Mitternacht hatte ich mich auf den Fußboden gelegt, mich dort aber der Alten zu nahe gefühlt. Ich hatte mich fest in ein Laken gewickelt, bis ich mich nicht mehr bewegen konnte, und auch das war zwecklos geblieben. Mein gesamter Körper hatte gekribbelt. Äußerst schwierig, da noch die Kurve zu kriegen.
Die Wanne meiner Mutter jedoch war kalt und eng. Ich stieg hinein und lag still. Am Hintern wuchs ein Jucken, auch am Kopf, auch an den Füßen. Ich lag trotzdem still.

Die Wanne presste und hielt mich, der Länge nach von drei Seiten, drückte auf die Wellen, die über meine Haut liefen, und plättete sie, bis ich selbst glatt war wie die Emaille. Endlich schlief ich ein.

Der Abend dämmerte bereits heran, als ich wieder aufwachte. Ich trat vor die Panoramascheibe im Wohnzimmer. Die Kirchenmauer gegenüber ragte im Licht von Scheinwerfern auf, die knapp über dem Boden verschraubt waren und schräg nach oben in den Himmel strahlten. Für manchen Quader war das künstliche das einzige Licht, das er kannte, so verwinkelt waren die Bauten.
Wer jetzt von Weitem auf die Stadt sah, freute sich über das gelbe Gefunkel, aber von Nahem wurde einem schlecht neben der Kirche. Die Fenstersimse warfen ihre Schatten fort, weit nach oben in die Luft, und zeigten unten eine Behaarung aus Moos. Graue Schlieren quälten sich aus dunklem Bewuchs. Jedem Vorsprung glotzte ich in die Scham und dazu war ich einfach nicht aufgelegt.
Ich drehte der Scheibe den Rücken zu. Warum hatte meine Mutter eigentlich nicht gewusst, dass die Rockmann eine Schwester hat?
Inzwischen war es so dunkel, dass ich Licht machen musste. Die Lampen brauchten einen Anlauf, bis sie ausreichend hell waren, doch schließlich konnte ich putzen. Zum Glück. Die Haare im Waschbecken verstopften sonst den Abfluss und der Obstrest auf dem Nachttisch überzöge sich mit Schimmel oder störte durch Faulen. Wenn ich nicht wischte, wäre es meiner Mutter gar nicht möglich, Besucher zu empfangen und Interviews zu geben vor der Scheibe, die ich blank hielt.

Das Parkett nur nebelfeucht. Eine Staubmaus saß im Schlafzimmer unterm Sessel, ich klaubte sie auf. Möbel abwischen, Bett machen. Meine Arme beugten sich und dehnten sich wieder, der Muskelkater vom Bäumefällen ließ nach.
Das Infomodul hatte meine Mutter hinter die Bücher geschoben. Ich schaltete es an. Für die Sozialen Netzwerke hatte ich keine Zugangsberechtigung mehr, aber das Nationalradio konnte ich hören. Die Sozialaufsicht präsentierte ihren vorläufigen Jahresabschluss. Die Zahl der Goldenen war bei uns leicht gestiegen, weil unsere Region so gesund war. Keine Musik, ich schaltete wieder aus.
Als ich im Badezimmer den Kalk aus der Dusche holte, wurde mir warm. Ich öffnete das kleine Fenster und eine Böe drückte sich herein, stieß ein trockenes Blatt ins Waschbecken und zog weiter. Ich schloss das Fenster, bröselte das Blatt in den Abfluss und ging der Böe nach.
An der Panoramascheibe öffnete ich meine Bluse und presste mich an das Glas. Der Atem kondensierte vor meinen Augen, aber ich konnte doch erkennen, dass unten im Halbdunkel, neben einem der Scheinwerfer, jemand stand. Ich hoffte, er sah mich ebenfalls, konnte aber nicht sicher sein, denn für eine bessere Sicht war es bei mir oben zu hell. Ich rutschte behutsam in eine andere Position und versuchte, noch steiler zu spähen. Blätter tanzten vor dem Haus, ein paar Regentropfen erwischten die Scheibe schräg von der Seite. Die Gestalt bewegte sich, sie schien sich einen Helm aufzusetzen. Kurz tauchte ein Arm in den Kegel des Scheinwerfers.
Ungeduld packte mich, absolut dämlich. Ich musste das Gesicht sehen. Ob es ein Kerl war, der guckte. Mit der Brust

schmierte ich über das vollgeschwitzte Glas, hin und her, doch die Gestalt schaute nicht hoch. Ich schmierte schneller, wollte ein Quietschen produzieren, es war vergeblich, da sprang ich zum Schalter und löschte das Licht.
Jetzt sah ich den Mann draußen besser. Er stand vor der Mauer und hatte wohl gerade gepisst. Sortierte seine Kleidung. Klar, dass er sein Gesicht nicht hob. Es prasselte der Regen.
Ich knöpfte mir die Bluse zu und machte das Licht wieder an.
Warum also hatte meine Mutter nicht gewusst, dass die Rockmann eine Schwester hat?
Mit dem Mopp wedelte ich über die Ordner im Regal. Über den Ordner für die Fernsehkampagne, den Ordner für die Angelegenheiten der Sozialen Kasse und den Immobilienordner. In dem Haus, in dem ich wohnte, hatte meine Mutter früher selbst gelebt. Damals gehörte es noch der alten Familie Rockmann. Sie alle wohnten zusammen in diesem Haus. Musste nicht irgendwann von einer Schwester die Rede gewesen sein?
Ich zog den Immobilienordner hervor und schlug ihn auf. Der Kredit für das Haus lief noch, ich blätterte weiter. Die Kosten für die Renovierung, aufgelistet Wohnung für Wohnung, vom Erdgeschoss bis hoch in die vierte Etage. Und dahinter geheftet der Kaufvertrag mit dem Siegel des Notars.
Als Käuferin meine Mutter, ausgewiesen durch Vorlage ihres Bundespersonalausweises. Als Verkäufer Annalena Rockmann und Marie Rockmann, ausgewiesen durch Vorlage ihres Bundespersonalausweises. Ich klappte den Ordner zu.

3.

In der folgenden Nacht schlief ich schon wieder schlecht und wachte zeitig auf. Trotz der Dunkelheit riss ich das Küchenfenster auf und setzte zu meiner Gymnastik an. Von der Dachrinne tropfte es auf das Fenstersims. Im Hinterhof glänzte die Kastanie, reglos, als habe sie die Totenwäsche erhalten. Ich warf einen Kronkorken in ihre Zweige, lautlos ging er unter. Ich suchte nach einem größeren Wurfgeschoss, da hörte das Tropfen plötzlich auf und es wurde still.

Nichts bewegte sich mehr, nur noch ich mich selbst in der vierten Etage.

Als ich die Wohnungstür zuzog, um vor der Arbeit eine Runde zu joggen, schloss ich doppelt ab.

Die Straßenlaternen brannten bereits, die Weißen Wagen der Bestatter mussten längst in ihren Garagen stehen. Niemand konnte sich daran stören, dass ich unterwegs war. Mein Schatten zuckte über die Fassaden, die Füße tappten auf dem Bürgersteig. Ein barrierefreies Laufen über abgesenkte Bordsteine hinweg.

Am Ende der Straße traf ich auf eine Gruppe Frühwanderer. Manche grüßten, als ich zwischen ihnen hindurchlief, andere wichen zurück. Ich zog das Tempo an und nahm Kurs auf die Altstadt.

Über der Apotheke pulsierte die Anzeige der riesigen Uhr und übergoss mich mit rotem Licht. Am ehemaligen Getränkemarkt surrten die Kameras. Ein Wachhund lief innen am Zaun mit. Er bellte oder knurrte nicht, aber ich hörte das Geräusch seiner Pfoten auf dem Beton.
Der Getränkemarkt stand schon seit Wochen unter Nationalem Schürfrecht. Man hatte Kabel und Leitungen aus dem Gebäude gezogen wie verödete Adern, jetzt wurden Edelmetalle und Seltene Erden gesucht. Der Hund warf sich gegen das Gitter, als ich die Straßenseite wechselte. Ein schweres Tier, möglicherweise friedlich.
Am Kinderladen stand die Pforte offen. Ein Lieferwagen parkte vor der Einfahrt und ich konnte erkennen, wie man Kisten mit Lebensmitteln ins Gebäude trug. Ich versuchte, durch die Pforte einen Blick auf die Spielanlagen zu werfen, aber jemand, der auf der Schaukel saß und aufpasste, scheuchte mich fort.
Fünfundsechzig Betreuungsplätze hatte der Kinderladen und nach den offiziellen Zahlen waren in diesem Jahr tatsächlich zwei Drittel belegt. Man würde mich mit Handschlag begrüßen, wenn ich eines Tages zur Kundschaft gehörte. Mein Kind würde sich in der Statistik wiederfinden und ich hätte einen Eindruck von der Glaubwürdigkeit der Zahlen.
Kaum dass ich die Altstadt erreicht hatte, musste ich anhalten. Ein Auto stand an der Kreuzung und blendete mich mit seinen Nebelscheinwerfern. Eine Frau steckte den Kopf aus dem Autofenster: »Kannst du mir helfen?«
Es war ein Wagen des Nationalen Pflegedienstes. Über die Fahrertür zog sich das Emblem. Ich sah mich um, in der Versuchung wegzulaufen, da drückte die Frau auf die Hupe.

»Komm schon. Ich habe keine Ahnung, wie ich die Scheinwerfer ausstellen soll.«
Sie winkte mich näher. Offenbar trug sie Zivil und war jung.
»Darf ich«, ich wollte es kurz machen und langte durch das offene Fenster neben die Lenksäule. Viel zu ruppig. Mit meinem Ellbogen streifte ich den Bauch der Frau, sah hin und zuckte zurück. Sie war schwanger.
»Sie dürfen doch nicht mehr Auto fahren!«
»Ist doch kaum was los heute Morgen.«
»Sie sind im sechsten oder siebten Monat!«
»Im fünften. Es werden Zwillinge.«
Ich starrte die Kugel an. Die Frau legte den Gang ein, dass das Getriebe knackte.
»Ich wäre dir dankbar, wenn du das Nebellicht ausschalten könntest.«
Ich zögerte, fasste dann aber erneut in den Wagen, darauf bedacht, den Bauch nicht noch einmal zu berühren. Der Schalter am Lichthebel ließ sich drehen, aber die Scheinwerfer reagierten nicht. Die Frau seufzte und ließ ihre Stirn gegen meinen Arm sinken. Noch nie hatte ich eine Hochschwangere erlebt.
»Fahr an den Rand und mach die Motorhaube auf«, sagte ich, »ich schraube dir die Birnen raus.«
Sie fuhr rechts ran und stieg aus. Ihr Bauch saß wie ein Ballon unterm Kleid, es war kein Umstandskleid. Sie hielt sich am Wagen fest.
»Ich bin ganz schön ergiebig, was? Hast du auch Kinder?«
»Noch nicht.«
»Dann wohnst du nicht in der Nähe?«
»Doch«, antwortete ich und tauchte in den Motorraum.

»In deinem Alter wohnst du im Goldenen Kern«, hörte ich, »ohne schwanger zu sein?«
»Wer hat, der hat.«
Ich umwickelte die heißen Glühbirnen mit einem Tuch und holte sie aus der Fassung. Die Frau sah mir zu und liebkoste ihren Bauch. Ich konnte mir gut vorstellen, wie sie in Kürze mit einem Kinderwagen um die Ecke bog. Sie war der Typ, der problemlos Babys kriegt.
»Hast du noch Zeit für ein Frühstück?«, fragte ich. »Da hinten ist eine Bäckerei und ich heiße übrigens Cosma.«
»Carmen. Aber ich lade dich ein, als kleines Dankeschön.«
Sie schloss den Wagen ab und dicht nebeneinander gingen wir auf dem Gehsteig zum Bäcker. Ihr Bauch stieß wie ein Steven durch die Luft. Zwei Männer kamen uns entgegen, traten zur Seite und blieben stehen, als wir passierten. Ich bedauerte, dass ich Sportsachen trug, merkte dann aber, dass mein Aussehen vollkommen egal war. Wer auch immer uns an diesem Morgen begegnete, hielt an und staunte. In den Seitenstraßen drehten sich die Leute nach uns um und sogar auf der Rampe zur Bäckerei fingen die Menschen an zu lächeln.
Es duftete nach frisch gebackenem Brot. In der Vitrine glänzten Hefeteilchen und Croissants. Obenauf thronte eine Pyramide zuckerbestreuter Berliner, jeder mit einem zarten, hellen Ring um seine Mitte, wo er gerade so eben nicht mehr im Fett geschmurgelt hatte.
»Oh bitte, ich könnte mich durch den ganzen Laden fressen«, sagte Carmen. Ich legte ihr meine Hand ins Kreuz und bestellte uns koffeinfreien Kaffee und belegte Brötchen. Eine ältere Dame räumte freiwillig den schönen Platz am Fenster.

»Das ist das erste Mal, dass ich von einer Schwangerschaft profitiere«, flüsterte ich Carmen zu, während wir uns setzten.

Sie bezahlte tatsächlich unser Frühstück, löffelte sich Zucker in den Kaffee und rührte lautstark um.

»Ich will gar nicht wissen, wie viel Sozialausgleich du für deine Wohnung hinblättern musst, Cosma, aber ich frage mich schon, wie du es schaffst, dich im Goldenen Kern zu halten.«

»Ich bin Gärtnerin, fest angestellt. Außerdem gehe ich nebenher putzen und mache eine Menge lukrativer Sachen.«

»Also hast du keine Zeit für ein Privatleben.«

»Mein Freund ist sowieso schwer beschäftigt. Er ist viel jünger als ich.«

»Wie jung?«

»Jura-Student. Außerdem betreut er zwei Silberne.«

»Er lebt im Integrierten Wohnen? Und du bist schon im Goldenen Kern?«

Ich biss in mein Brötchen. Carmen sah mich ungläubig an, aber ich zuckte bloß mit den Schultern, als gebe es keine Erklärung für meine außergewöhnliche Situation.

»Guck mal hier«, sagte Carmen schließlich und zückte ihr Dokument für Schwangere. Das Logo der Sozialen Kasse war rosa. »Und wie sieht dein Dokument aus?«

»Anders«, sagte ich.

»Wie denn?«

»Nicht rosa jedenfalls.«

Ich öffnete den Reißverschluss meiner Joggingjacke. Da schallte es von der Verkaufstheke quer durch den Laden: »Cosma! Warum haben Sie nicht gesagt, dass Sie zum Bäcker gehen?«

Ich drehte mich um. Die Rockmann.
»Nur ein paar Brötchen mitbringen! Es wäre weniger als ein Gefallen gewesen.«
An den Nachbartischen wurde es leiser.
»Ich wollte eigentlich nur joggen«, sagte ich.
»Und warum sitzen Sie dann hier?« Die Rockmann kam näher.
Ich wollte aufstehen, doch Carmen legte eine Hand auf mein Bein und antwortete für mich.
»Entschuldigen Sie. Ich habe meine Freundin auf der Straße abgefangen und zum Frühstück geschleppt.«
Die Rockmann zeigte auf Carmens Bauch. »Was soll das sein?«
»Zwillinge, zwei Mädchen.«
»Sie sind doch nicht schwanger!«
Carmen blieb ruhig. »Ich werde wohl wissen, was ich bin.«
»Und ich bin nicht blind, das da ist kein Schwangerschaftsbauch.«
»Waren Sie selbst denn schon einmal schwanger?«
»Nein, ich habe keine Kinder. Aber Lebenserfahrung.«
Gemurmel im Laden. Konnte es sein, dass es immer voller wurde?
»Ich muss mal aufs Klo.« Carmen stemmte sich hoch und verschwand, während die Rockmann sich über mich beugte.
»Ich wusste gar nicht, dass Sie eine Freundin haben«, sagte sie und schritt zum Verkaufstresen zurück.
Ich wartete, trank allein meinen Kaffee, wartete weiter, und erst nach einiger Zeit dämmerte mir, dass Carmen wohl gar nicht mehr da war. Sie musste auf dem Weg zum Klo nach draußen abgebogen sein, jedenfalls konnte ich sie in der Bäckerei nicht mehr finden.

Ihr Wagen stand auch nicht mehr an der Straße, stattdessen versammelte sich dort eine Gruppe zum Wandern. Man zog sich gegenseitig die Motto-Leibchen über, ein Muss für 80plus, und zurrte sich die Stockschlaufen um die Hände. An den Fersen blinkten Goldene Embleme um die Wette. Es wurde hell. Die Fenster der oberen Stockwerke reflektierten das Morgenrot und die ersten Banner der Sozialsponsoren entrollten sich. Ich lief wieder los, vorbei an den geputzten Fassaden. Der Asphalt roch nach dem Regen von gestern und meine Sohlen rollten satt ab. Ich hörte ihnen ganz genau zu und für Gedanken war bald kein Platz mehr, nur für Bilder von mir. Wie ich da entlanglief mit weit ausholenden Schritten, mein Haar wippte auf meinen Schultern und meine Kleidung war so dünn und leicht, als liefe ich nackt. So sollte mein Morgen sein. Und nachher würde ich meine Mutter anrufen und fragen, von wem sie das Haus gekauft hatte.

Als ich jedoch heimkam, wartete in der dritten Etage eine Überraschung auf mich. Die Alte hockte auf dem Treppenabsatz, ohne Schuhe und in denselben Klamotten wie vorgestern Abend. Breitbeinig saß sie da, noch während ich die Stufen hochlief. Ich hätte ihr locker unter den Rock gucken können. Als ich mich an ihr vorbeidrängen wollte, die Sportschuhe in der Hand, packte sie mein Fußgelenk und krallte sich fest. Ich versuchte, sie abzuschütteln, doch sie ließ nicht los und rutschte mit dem Hintern über das Linoleum, bis ich ihr die Schuhe auf den Rücken schlug.
»Sind Sie bescheuert?« Meine Stimme hallte im Treppenhaus, aber es sollte ruhig jeder wissen, dass nicht ich es war, die Kontakt gesucht hatte.

Die Alte rieb sich die Hand und zwinkerte, als ob sie ein Lachen zurückhalten müsste.
»Du bist zu bequem, Cosma«, sagte sie rau, »du bist nicht neugierig genug.«
»Ich dachte, Sie können nicht sprechen.«
Nur noch ein paar Schritte bis zu meiner Wohnungstür, ich fingerte nach dem Schlüssel.
»Bleib doch mal hier«, rief die Alte, »oder hat dir einer verboten zu denken?«
»Ich werde Sie melden«, antwortete ich, »Sie sind nicht Golden.«
»Im Schlafzimmer musst du nachgucken, rechts, vor dem Durchgang zur Küche.«
Ich steckte den Schlüssel ins Schloss. Nach einer halben Umdrehung schon sprang die Tür auf.
»Hör doch mal!« Die Alte versuchte aufzustehen. »Professor Karl Manuel Duncker, das war mein Mann. Mein Ehemann war das.«
Ich knallte die Tür zu, hockte mich auf den Teppich und rang nach Luft.
»Du kannst doch nicht so blöd sein«, die Alte lachte, bis sie plötzlich vom Kreischen ihrer Schwester übertönt wurde:
»Marie! Du kommst jetzt sofort!«
»Fass mich nicht an!«
»Sofort!«
Ein Ringkampf der Rockmanns auf der Treppe, unglaublich.
»Marie!«
»Annalena, du Flittchen. Du fasst mich nicht an.«
Schreien, das Schlagen der Wohnungstür und Stille.
Ich versuchte augenblicklich, meine Mutter anzurufen. Karl Manuel Duncker, wie peinlich. Die Alte hatte wirklich nicht

alle Tassen im Schrank. Keiner würde freiwillig zugeben, Karl Manuel Duncker gekannt zu haben. Privat gekannt zu haben! Außer natürlich meine Mutter. Sie hatte sich bedenkenlos vor ihn gestellt, in aller Öffentlichkeit, sogar dann noch, als seine Forschung verboten werden musste. Duncker, der alte Sack. Er hatte gejammert und meiner Mutter den Po getätschelt. Ich war damals noch ein Kind und ekelte mich. Und nachdem Duncker sich schließlich umgebracht hatte, konnte ich sehr gut verstehen, warum kein Mensch zu seiner Beerdigung kam.

Und Marie, die Alte, war seine Ehefrau?

Am Telefon meiner Mutter lief nur der Anrufbeantworter. Ich wagte es und linste noch einmal ins Treppenhaus. Niemand mehr dort. Die Fußmatte vor der Wohnung Rockmann, die beim Gerangel bestimmt verrutscht war, lag ordentlich vor der Schwelle. Leise rückte auch ich meine Matte gerade und zog mich zurück.

Im Schlafzimmer, vor dem Durchgang zur Küche, stand der alte Kleiderschrank. Ich guckte hinein und fand nichts als meine eigenen Sachen.

4.

Am nächsten Tag regnete es heftig. Das Wasser rann an den Häusern herunter und sammelte sich auf den Straßen zu Bächen. Die Blätter, die vom Herbst noch liegengeblieben waren, schwammen fort, um die Gullys zu verstopfen. Die Autos mussten langsam fahren. Die Fußgänger, die es konnten, rannten, die anderen ließen sich möglichst schnell schieben oder warteten in den Häuschen der Bushaltestellen auf eine Regenpause.

Der Seniorchef hatte mich zur Silbernen Zone beordert, ich sollte die Spazierwege am Park für Geselligkeit harken, und zwar allein. Ein absurder Auftrag bei diesem Wetter, zumal alle Veranstaltungen im Freien ausfallen mussten. Ich watete durch den Schlamm und konnte nichts tun, als ab und zu einen Stein oder einen Zweig beiseitezuräumen. Schließlich stellte ich mich in der Toiletten-Anlage unter und nutzte die Gelegenheit, mein Gärtnermesser gründlich zu säubern. Die Abflüsse gluckerten, die Fliesen waren feucht und es stank. Ich hielt die Tür offen und schaute nach draußen in den Park. Um die Gerüste der Reha-Geräte stand ein See, gegen Mittag reichte er bis hinauf zu den Schachanlagen. Die rote Farbe auf dem Schild, das Jugendlichen, die eines Tages vorbeikommen könnten, das Benutzen der Geräte verbot, war ausgeblichen.

Als der Seniorchef anrief, um mich von meiner Aufgabe zu entbinden, hatte ich mich längst umgezogen und die nassen Klamotten in eine Tüte gestopft. Ich bedankte mich trotzdem und machte mich auf den Weg nach Hause, ohne große Erwartungen an den Nachmittag, denn Samstage waren einsam.

In meiner Wohnung hing ein seltsamer Geruch. Es roch nach Flieder. Nur alte Weiber stehen auf Flieder. Es roch fremd, leicht und aufdringlich zugleich.
Mein Sofa sah verändert aus, ich wusste bloß nicht genau, inwiefern etwas anders war. Bei der Mikrowelle dagegen stand die Tür offen und ich wusste sofort Bescheid. Ich hatte das Gerät schon lange nicht mehr benutzt und hielt es üblicherweise geschlossen.
Ich wusch die Mikrowelle aus, klopfte das Sofa ab und wischte bei der Gelegenheit auch über den Schrank im Schlafzimmer. Er war viel zu klobig und zu dunkel für meinen Geschmack, aber er wurde mit dieser Wohnung vermietet und ich rieb ihm heute die Scharniere blank. Meine T-Shirts sortierte ich neu in die Fächer.
Unter mir, in der Wohnung Rockmann, wurde der Fernseher angestellt. Am Wochenende begann das Nationalprogramm früher als sonst. Ich setzte mich auf mein Bett und beobachtete durch das Fenster, wie der Regen immer spärlicher fiel, bis er ganz aufhörte.
In einem Karton unter dem Schrank lagen die Hanteln. Ich versuchte zu trainieren, aber das Eisen war mir heute zu leicht.
Wie schön wäre es gewesen, Ruben anzurufen und ihn zu mir zu lotsen, am helllichten Tag. Ich wollte meinen Arm

um ihn legen, seine Haare beiseiteschieben und wenigstens einen Teil von dem in sein Ohr flüstern, was mir widerfahren war. Er sollte meinen Nacken packen und mich drücken, bis ich unten lag und meine Muskeln benutzte.
Aber es war Samstag.
Um mich abzulenken, aß ich Haferflocken und fing an, mein Berichtsheft für diese Woche auszufüllen. Die Ängste, die abgefragt wurden, konnte ich verneinen und auch das Raster für die Kritischen Kontakte blieb leer. Selbst wenn ich die Alte hätte erwähnen wollen, passte sie doch in keine der vorgegebenen Kategorien. »Dement« traf auf sie ebenso wenig zu wie »siech«. Oder war sie eine Mischung aus beidem? Hätte ich beides ankreuzen müssen, die Alte sogar namentlich benennen? Und wie würde es auf die Soziale Kasse wirken, wenn ich zugab, die Ehefrau von Karl Manuel Duncker getroffen zu haben?
Ich betrachtete die leere Seite im Heft, bis es mir ausgeschlossen schien, einen Eintrag vorzunehmen. Wenn man mich überprüfte, würde ich nicht einmal auffallen. Die einzige Person, die gegen mich aussagen könnte, wäre die Rockmann, aber ausgerechnet sie musste, um sich selbst zu schützen, über die kranke Alte in ihrer Wohnung schweigen. Ich hatte also keine Kritischen Kontakte zu melden, und siehe da: Die Kurve stieg dadurch und durch ein paar Häkchen, die ich einfügte, steil in den positiven Bereich. So steil, das ich aufgeregt wurde, denn mit einer solchen Kurve konnte ich etwas wagen.
Ich packte das Berichtsheft ein, verriegelte sorgfältig die Wohnungstür und machte mich ohne Anmeldung auf den Weg zu Ruben in die Anlage des Integrierten Wohnens.

An der Kontrollstelle zur Silbernen Zone hielt der Beamte mich auf.
»Ihr Ausweis ist ein Arbeitsausweis.«
»Ich bin Gärtnerin.«
»Für einen privaten Besuch in der Zone brauchen Sie ein privates Dokument.«
Ich tat, als fiele es mir schwer, mein Berichtsheft zu zeigen, und genoss dann den Blick, den der Mann darauf warf.
»Sie unterliegen einer Sozialmaßnahme?«
»Haben Sie die Kurve gesehen? Oder den Namen meiner Mutter?«
»Sie haben sich von allem fernzuhalten, was alt ist oder krank. Also auch von der Silbernen Zone.«
»Meine Mutter bürgt für mich, und wenn Sie die Kurve verfolgen, erkennen Sie mein Potential.«
Er musterte die Einträge, ausführlich, musterte auch mich und fühlte sich offenbar immer noch unwohl, als er die Schranke öffnete und mich durchwinkte. Ich strengte mich an, langsam zu gehen, und verfiel erst hinter der nächsten Kurve in einen Trab.
Bald tauchten die ersten Gebäude vor mir auf. Die Anlage des Integrierten Wohnens stammte aus den Anfängen der Zweiten Großen Finanznot. Verschiedene Backsteingebäude gruppierten sich im Karree, fünfgeschossig, mit kleinen Fenstern und Gardinen. Ein Gürtel aus Freizeit- und Konsumanlagen umgab das Gelände, vereinzelt hatte man Bänke aufgestellt. Hier lebte Ruben und hier hatte auch ich einmal gelebt.
Ich lief über den Hauptweg. Der Regen hatte die Holzzäune getränkt, wie ein dunkles Schmuckband zogen sie sich um das Areal. Über den Boule-Plätzen war das Dach repariert

worden. Erstmals, seit ich sie kannte, sahen die Plätze trocken aus, doch die Blütensträucher an ihren Rändern waren unter dem neuen Dach beinahe verdurstet. Der Duftschneeball verkümmerte im gelblichen Staub. Ich scharrte mit den Füßen feuchtes Laub zusammen und schob es ihm zu.
Drei Dutzend Alte spielten ihre Boule-Partien, neckten einander und lachten. Der Silberne tat Golden, wer wollte es ihm verdenken. Ich erkannte niemanden wieder und ging weiter, bis eine Kugel zu mir auf den Weg rollte. Im Reflex fing ich sie ab und schubste sie einem Mann entgegen, der herbeilief.
»Was tun Sie da?« Er hob die Kugel auf. »Wenn sie Kratzer hat, verfängt sich Sand darin.«
»Entschuldigung.«
Ein Tumor quoll seitlich aus seinem Kragen. Ein zweiter Mann kam dazu, ein sportlicher, sehr großer Typ. Der Regen schien ihn nicht zu stören. Er reichte dem ersten Mann einen Lappen, mit dem er seine Kugel polieren konnte, und nickte mir zu:
»Wollen Sie mitspielen?«
»Danke, ich bin verabredet.«
Sofort erwachte ein bestimmtes Interesse. »Ach, hier in der Anlage? Darf ich fragen, wer der Glückliche ist?« Sein Atem roch nach Pfefferminz.
»Komm, Peter«, der erste Mann zog sich wieder unter das Dach zurück, »ich habe noch zwei Würfe.«
»Wollen Sie mitspielen?«, fragte Peter erneut und versuchte, mich zu berühren. Ich stieß ihn weg und beeilte mich, von den Bouleplätzen wegzukommen.
Vor dem Konsumtrakt kamen mir die ersten Integrierten entgegen, schwatzend und fröhlich, als gingen sie zum

Sport. Vermutlich waren sie Schulabgänger, die erst seit dem Sommer im Dienst standen und für die alles noch neu war. In ihren Händen trugen sie die Listen, mit denen man samstags für die Alten einkaufen ging. Lässig grüßten sie mich, als könnte ich eine von ihnen sein. Ich sah durch sie hindurch.

Eine Gruppe Frauen mit Rollatoren bewegte sich vor mir auf dem Weg in dieselbe Richtung wie ich. Als ich sie eingeholt hatte, fand ich keinen Platz zum Überholen. Die Frau, die mir am nächsten war, stützte sich schwer auf ihre Rollator-Griffe und schleifte ihr rechtes Bein über den Boden. Ich hörte sie schnaufen und blieb stehen, um der Gruppe wieder Vorsprung zu geben, eine sichtbare Distanz, mit der ich mich wohler fühlen würde, weil sie jedes Missverständnis ausschloss. Auf einer Bank aber am Ende des Rasens saß ein Mann und filmte schon, wie ich herumstand. Ein Rollstuhlfahrer änderte seinen Kurs und fuhr mir entgegen. Ich drehte mich um und stellte fest, dass sich in einiger Entfernung sogar eine neue Gruppe versammelte. Alte und Integrierte, die wohl zum Gemeinschaftsfernsehen gehen wollten. Mir wurde heiß. Ringsum schlurfte und rollerte es. Bald würde man mich mitten auf dem Weg um Hilfe bitten.

Ich schlug einen Haken, um über den Rasen zu laufen und die Gruppe mit den Rollatoren doch noch zu überholen. Die hinkende Frau erschrak bei dem Geräusch meiner Schritte und zuckte heftig zusammen. Aus Versehen zuckte ich auch und aus Versehen schaute ich ihr ins Gesicht. Nichts hatte ich dazugelernt. Rein gar nichts.

Ich grüßte und sie grüßte zurück. Wir blieben stehen und ich streckte der Alten meine Hände entgegen. Sie seufzte,

beugte sich vor und schob mir ihr Leid auf die Finger. Warm glitt es in meine Ärmel. Ich wollte rufen, da richtete sie ihre Augen auf meinen Mund und labte sich. Sie labte sich lange, bis ich fast erstickte, erst dann wandte sie sich ab.
Ich spuckte aus, viel zu spät. Das Blut rauschte in meinen Ohren und das Berichtsheft zerknitterte in meiner Tasche. Der Rollstuhlfahrer stupste mich an und wies über den Rasen, wo der Mann an seinem Fotoapparat hantierte, als prüfe er, welche Sequenzen er von mir eingefangen hatte und welche noch fehlten. Ich schlang die Arme fest um meinen Brustkorb und zwang mich, Fuß vor Fuß zu setzen. Man schaute mir nach, der Mann mit dem Fotoapparat winkte. Meine Schuld. Meine eigene Schuld und Blödheit.

Die Mauer um den Wohntrakt, in dem Ruben untergebracht war, hatte Moos angesetzt. Efeu wucherte über die Pforte und hatte sich so fest eingegraben, dass es die Fugen aus dem Torbogen sprengte. Tom meldete sich durch die Sprechanlage.
»Ja?«
»Cosma.«
»Damenbesuch! Moment, ich frag mal eben, wer den bestellt hat.«
Bellendes Gelächter. Ich ging in den Hinterhof, Ruben wartete an der Wohnungstür.
»Was ist passiert?«
»Nichts.«
Wir küssten uns kurz, da tauchten hinter ihm schon Tom und Lukas auf, beide in Anzughose und Oberhemd, die Schuhe auf Hochglanz poliert.

»Wollen Sie ausgehen?«, fragte ich.
»Hallo, schöne Frau«, Tom reichte mir seine Hand, »vielleicht ahnten wir, dass Sie kommen, und haben uns deshalb fein gemacht?«
Lukas schob ihn zur Seite: »Wir wollten einfach mal wieder etwas aus uns machen.«
Auch Ruben sah gut aus. »Leute, wir machen eine Pause«, sagte er zu den Alten. Sie nickten brav, verzogen sich in die Küche und Ruben und ich fielen in seinem Durchgangszimmer aufs Bett.
»Du kommst doch nicht ohne Grund an einem Samstag zu uns in die Anlage, oder?«, fragte er.
»Komm, wir schließen uns im Bad ein.«
»Auf keinen Fall.«
Ich rollte mit den Augen, dann küsste ich ihn.
»Entschuldigung«, Tom kratzte an einer der Türen, »bleibt die Dame zum Essen?«
Ruben schlang seine Arme um mich und bemerkte dabei das Berichtsheft in meiner Tasche. Neugierig schlug er es auf.
»Hallo«, Tom wurde lauter, »wann essen wir denn?«
»Weg von der Tür«, rief Ruben.
Ich legte meinen Arm um ihn, schob seine Haare beiseite und flüsterte in sein Ohr. Von Marie und Karl Manuel Duncker erzählte ich, von meiner Mutter, die leugnete, die Alte zu kennen, und davon, dass ich meinte, jemand dringe in meine Wohnung ein, wenn ich nicht zu Hause sei.
Ruben befreite seinen Kopf. »Das darf doch nicht wahr sein. Duncker?«
Hinter der Tür meldete sich erneut Tom: »Hallo?«
Ich holte Rubens Ohr zurück zu mir. »Vielleicht ist alles halb so wild.«

Er aber stieß mich weg. »Die Frau von Karl Manuel Duncker lungert bei euch im Haus rum! Was soll aus deiner Sozialmaßnahme werden?«
»Danke der Nachfrage«, ich zog meinen Pullover glatt und nahm das Berichtsheft wieder an mich.
»Du bist im Goldenen Kern, um dich zu bewähren!«
»Ich kann doch nichts dafür, dass die Alte im Haus ist.«
»Es wird auf dich zurückfallen und wir können uns unsere Zukunft abschminken.«
Tom fing an, mit der Türklinke zu klappern, und Ruben fuhr aus der Haut.
»Schluss!«
Er riss die Tür auf und schrie Tom an, bis Lukas dazukam und aussah, als wolle er anfangen zu weinen. Da packte Ruben die Silbernen und drängte sie in die Küche. Als ich hörte, dass er die Medikamente austeilte und leiser wurde, folgte ich nach und übernahm es kurzerhand, die Suppe zu kochen, die schon halbfertig auf dem Herd stand.
»Entschuldigen Sie, Cosma«, sagte Lukas, während er den Tisch deckte, »es muss für Sie schrecklich sein hier bei uns.«
»Ganz im Gegenteil«, behauptete ich.
»Wir haben uns schon für eine größere Wohnung beworben. Dort wird es kein Durchgangszimmer geben.«
»Schön. Sehr schön für Ruben.« Ich zog das Berichtsheft hervor und legte es neben den Herd.
»Ruben«, sagte Tom, »du könntest Cosma ein paar Kinder machen.«
»Was ist das für ein Heft?«, fragte Lukas.
Ruben nahm es hoch. »Einer von euch muss unterschreiben, dass Cosma heute hier war.«

»Warum denn?«
»Eine reine Formsache.«
»Ich unterschreibe nichts, was ich mir nicht durchgelesen habe.«
»Sie müssen mir bescheinigen, dass ich heute bei Ihnen willkommen war«, ich schaute von einem zum anderen, »und dass ich zu keiner Zeit die Nerven verloren habe.«
»Hört sich komisch an.«
»Ist es nicht immer komisch mit den Behörden?«
Ruben zeigte Lukas die Linie für die Unterschrift. Er unterschrieb und Ruben bestätigte die Signatur. Ich setzte mich an den Tisch und schob mir das Heft unter den Hintern. Keine Kritischen Kontakte, dazu ein als erfolgreich bescheinigter Besuch in der Anlage des Integrierten Wohnens. Eigentlich lief es gut.
»Die Welt wird immer verrückter«, meinte Lukas später beim Essen, »im Goldenen Kern treibt sich derzeit eine Frau herum, die eine Schwangerschaft vorgetäuscht hat, um an eine Wohnung in der Altstadt zu kommen.«
»Vorgetäuscht? Sicher?«
»Heilige Maria Mutter Gottes, und das zu Weihnachten.«
»Das sind doch alles nur Gerüchte«, warf Ruben ein, »bestimmt ist sie wirklich schwanger. Man kann die Soziale Kasse nicht täuschen.«
»Kennst du die Frau etwa?«, fragte ich.
Er zuckte mit den Schultern. Sein Blick aber blieb am Teller kleben. »Ich habe sie neulich mal getroffen. Du warst nicht zu Hause und da habe ich mit ihr Kaffee getrunken.«
»Carmen?«, hakte ich nach.
»Du kennst sie auch?«

Tom machte dämliche Geräusche. Ich wischte neben seinem Teller ein paar Tropfen vom Tisch und lehnte mich zurück. Ruben suchte unter der Tischplatte meine Hand.

Nachdem wir die Küche aufgeräumt hatten, zogen sich Lukas und Tom zu einem Schläfchen zurück. Ruben diskutierte im Durchgangszimmer mit mir, ob er einkaufen gehen und mich mit den Alten alleinlassen könnte, er fing auch wieder mit Karl Manuel Duncker an. Die Zeitforschung als sozialer Sprengstoff, Duncker als Funke am Fass, die gesamte Litanei vor und zurück.
Plötzlich hörten wir einen Schrei. Wir stürzten über den Flur und sahen Lukas im Schlafzimmer stehen. Im Sessel hing Tom, das Kinn auf der Brust, die Hände schlaff auf den Beinen. Hemd und Hose standen offen. Ruben griff rasch zwischen seine Zähne und schaute ihm in den Rachen. Er versuchte auch, seinen Oberkörper aufzurichten, aber Tom kippte immer wieder zur Seite, bis er schließlich komplett vom Polster glitt. Ohne Mucks streckte er sich auf dem Fußboden aus. Ruben gelang es gerade noch, seinen Kopf abzufangen, während ich schon rückwärtsging, bis zur Türklinke, an der ich mich festhielt.
»Stabile Seitenlage«, befahl Ruben und befühlte den Puls an Toms Hals. Seine Finger tasteten über die alte Haut, sehr ruhig, sehr souverän. Er legte seine Hände auf Toms Wangen und rieb sanft darüber. Es klang wie ein Raspeln, die jungen Finger auf dem grauen Bartwuchs. Ich dagegen blieb nutzlos.
Der Tod ein ständiger Begleiter, jederzeit, überall, und jeder, der starb, ermahnte mich, meine Pflicht zu tun und bei ihm zu bleiben, ihm Würde zu schenken auf seinem letzten

Stück des Weges. Aus reinem Respekt vor dem Leben. Ein menschliches Muss. Und doch schaffte ich es nicht mehr. Immerzu Mitgefühl und Respekt, immerzu Pflege und Abschied, wenn auch mit Routine.
Vierundsechzig Mal. Vierundsechzig Mal hatte ich den Alten persönlich beigestanden, damals in den Jahren meines eigenen Integrierten Wohnens. Vierundsechzig Tote und ich hatte so viel Respekt vor dem Leben gehabt, dass ich am Ende zu weit ging.
Wenn die ersten Anzeichen kommen, will keiner es wahrhaben, keiner will sterben. Stattdessen wird geredet und gequasselt, als ob der Tod sich ablenken ließe. Der eigene Körper wird beschworen, sich aufzubäumen und zu kämpfen. Auf die anderen Alten wird verwiesen, die ja auch noch nicht dran sind zu sterben. Es wird gequasselt und gelabert und es wird darauf gepocht, jemanden zu haben, der an das Labern glaubt: dich.
Beim Luftholen wird sich gewundert, warum die Todesanzeichen trotzdem nicht schwinden, warum sie sich stattdessen noch mehren. Vor Staunen hält man sogar kurz die Klappe und Ruhe kehrt ein. Eine Ruhe, in die allerdings die Erkenntnis grätscht: Dicht vorne wartet das Aus. Das Leben winkt hinten und dazwischen türmt sich nichts als schlechtes Gewissen.
Sämtlicher Mist fällt einem ein, den man gebaut hat, als man noch dachte, man lebte ewig. Man würde so gern alles wieder gutmachen, hätte man nur einen Tag länger Zeit. Einen einzigen Tag! Aus Augen und Nase blubbert die Reue, zu spät, zu traurig, nun bleibt nichts mehr.
Und du musst trösten, von Herzen, vierundsechzig Mal, selbst wenn es dir den Atem verschlägt.

Hab keine Angst. Spätestens wenn du hörst, wie es in der Kehle anfängt zu rasseln, wenn die Hand in deiner Hand kühler wird und Blässe über den Brustkorb kriecht, bekommst du Hilfe. Mitgefühl flutet dich wie Helium einen Ballon. Der Sterbewind weht ins Zimmer und erfasst dich, aber du musst gar nicht fort. Du kannst auch nicht. Du windest deine Schnur an den Fuß der Leiche, denn du weißt, im Körper allein wird das Leben weitergehen.
Sieh genau hin und bleib. Die lila Flecke, Livores. Die Starre, Rigor mortis. Das Fließen, das Faulen, das Gewimmel und Gesurre: Je länger du dableibst, umso deutlicher erkennst du das Gegenteil von Tod.
Schließlich sinkt der Ballon, die Schnur wird schlaff. Du bindest dich los und machst ganz normal weiter.
Gut bist du gewesen.
Vierundsechzig Mal erlebt, die Distanz hatte ich am Ende verloren.
Und jetzt stand ich in dieser Wohnung und konnte mich nur noch heraushalten. Nicht einmal, wenn Ruben mich bitten würde zu helfen, könnte ich einen Finger rühren. Ich funktionierte nicht mehr, doch ich wusste es zum Glück zu verbergen.
Auf allen vieren kroch ich zurück zu Ruben und Tom ins Zimmer und weinte. Ich weinte, wenn auch bloß um mich selbst.
Ich weinte, weil ich so dermaßen verdorben war. Weil ich meine Ruhe haben wollte und weil ich mich, während Tom am Boden lag, um nichts anderes sorgen konnte als um meine Kurve im Berichtsheft. Die anderen sahen mich mit großen Augen an, ich aber schluchzte, bis Ruben mich in den Arm nehmen wollte. Bestürzt sah er aus, zum Fürchten.

Ich senkte meinen Kopf, um seinem Blick auszuweichen, doch dadurch tropften die Tränen von meiner Nasenspitze direkt in Toms Ohrmuschel hinein. Und Tom? Er erwachte zum Leben, wischte sein Ohr trocken und meinte:
»Das geht jetzt aber zu weit.«
Lukas krümmte sich und gluckste los.
»Es tut mir leid«, sagte Tom und grölte, bis Ruben ihm einen Schlag ins Gesicht verpasste.
Lukas warf sich dazwischen: »Wir wollten doch nur mal gucken, was passiert!«
Da schlug Ruben auch Lukas, ohne Hemmung, er bretterte beiden Alten abwechselnd seine Hand ins Gesicht, so dass ich schließlich seinen Arm festhalten musste. Er kam zu sich, befreite sich erschrocken von mir und half den Alten auf. Sie verschwanden im Flur, weinten und lachten. Ruben zitterte. Wir umarmten uns still.
Später suchte ich die Alten. Sie standen im Bad und kämmten sich die Haare.

5.

Sonntags holte meine Mutter mich manchmal von der Arbeit ab. Von der Halle aus, in der wir die Geräte reinigten, konnte ich sie schon am Tor stehen sehen. Sie wartete, um mit mir spazieren zu gehen und zu plaudern.

Manchmal wünschte ich, sie redete anders mit mir. Fragte mich etwas, bohrte nach, doch sie war vorsichtig geworden. Mit steifem Rücken hatte sie bei der Sozialen Kasse die Bürgschaft für mich unterschrieben und nie wieder ein Wort über die Details verloren, die sie zuvor erfahren haben musste. Ich sah, wie ihr graute, aber nie fragte sie mich nach dem, was ich im Integrierten Wohnen verbrochen hatte.

Ein paar meiner Kollegen kannten meine Mutter aus dem Fernsehen. Der Seniorchef hatte sie einmal am Tor entdeckt und sie eingeladen, auf das Gelände zu kommen, um sich den Betrieb anzuschauen. Er hatte ihr einen Kaffee in die Hand gedrückt und war mit ihr durch die Gewächshäuser geschlendert. Mich schickte er los, eine Kamera zu holen. Als ich zurückkam, sah ich meine Mutter in ein Gespräch mit dem Auszubildenden vertieft. Er, Ben, hatte eben noch Sämlinge pikiert, jetzt lagen Pflanzholz und Gabel am Boden und er stand breitbeinig darüber. Meine Mutter fragte ihn über seine Arbeit aus, als erwartete sie von ihm innovative Ideen zur Zucht. Er schob sich die Ärmel hoch, die Sonne spielte auf seinen Härchen und ich wusste, er roch nach Sandelholz. Ich hob das Pikierbesteck auf und drückte es Ben in die Hand, die Gabelspitzen nach vorn. Meine Mutter guckte woanders hin und das Foto von ihr machte der Seniorchef später in seinem Büro.

Vielleicht hätte ich in der Firma einmal erzählen sollen, dass meine Mutter als junge Frau im Sozialen Widerstand gewesen war. Nur kurz hatte sie dort mitgemacht und auch nur, weil sie sich in meinen Vater verliebt hatte, aber den Seniorchef hätte diese Vergangenheit bestimmt interessiert. Es hätte ihn ein wenig abgekühlt, von diesem Fleck im Lebenslauf meiner Mutter zu erfahren, und es hätte verhindert, dass sich die Leute sonntags, wenn meine Mutter zur Firma kam, anschickten, sie zu verehren.

Andererseits könnte es mir auch selbst schaden, wenn ich offenbarte, wer mein Vater war. Sozialer Widerstand, ich behielt es besser für mich. Irgendjemand würde eine Verbindung herstellen zwischen den Taten meines Vaters und meiner eigenen Tat, und auch wenn es auf der Hand liegen würde, dass es nichts anderes als eine üble Nachrede wäre, könnte ich mich nicht dagegen wehren. Ich konnte ja nicht einmal genau sagen, wie mein Vater hieß. Geschweige denn, was aus ihm geworden war.

Ich war damit aufgewachsen, dass es unangenehm war, über ihn zu sprechen. Meine Mutter hatte in einer aufwändigen Prozedur büßen müssen, sie hatte für ihren Fehltritt öffentlich Reue gezeigt, und zwar nicht nur wegen ihrer Karriere oder um mich zu beschützen, sondern sie wirkte in ihrer Reue tatsächlich echt. Sie verachtete den Widerstand. Sie verachtete sich selbst für ihre Schwäche, die ihr fünf

Tage lang den Verstand geraubt, aber eine Schwangerschaft beschert hatte.
Nur manchmal, wenn sie mich, als ich noch klein war, zu Bett gebracht hatte und ich sie nach meinem Vater fragte, wurde ihre Stimme tiefer. Er sei, so sagte sie, nur deshalb nicht bei uns, weil er für seine Überzeugung gekämpft habe, weil er beseelt gewesen sei von seinen Idealen. Eine seltene, kostbare Tugend habe er damit besessen. Obwohl er natürlich die falschen Ideale verfolgt habe und man ihn konsequent und richtig noch vor meiner Geburt ins Ausland habe abschieben müssen.
Je älter ich wurde, umso mehr verwirrten mich die Bilder, die aus solchen Sätzen entstanden, und ich ließ das Thema am liebsten ruhen. Zur Erleichterung meiner Mutter wohl. Ich bekam mit, dass sie sich in der Elternförderung engagierte, auch in der Förderung alleinstehender Väter und Mütter, und nachdem ihre ersten Kampagnen angelaufen waren, in denen es hieß, ein jedes Kind sei in unserem Land willkommen, egal, woher es stammte, gab es für mich keinen Grund mehr, nach meiner Herkunft zu fragen.
Später hörte ich durch Zufall, mein Vater habe sich nach seiner Verbannung umgebracht. Die Information berührte mich, dumpf nur und unbestimmt, und es ärgerte mich, dass meine Mutter nicht darauf einging. Sie, die Intellektuelle, die inzwischen über allem stand, attraktiv für jedermann und tatkräftig im Einsatz, wenn es darum ging, unser Land schöner zu machen. Sie hätte sich zu dieser Zeit bereits einen Satz über seinen Tod leisten können.
Ben ging mir seit jenem Sonntag, seit dem ersten Besuch meiner Mutter in unserem Gewächshaus, auf die Nerven. Auch heute geisterte er erwartungsvoll vor den Fenstern

herum, anstatt die Kette an seinem Hoch-Entaster zu ölen. Ich war ohnehin schon schlecht gelaunt, denn mir saß noch der entgleiste Abend bei Ruben in den Knochen. Ob er seine Silbernen wieder auf Kurs gekriegt hatte? Ob sie es noch einmal wagen würden, Sterben zu spielen?
Ich lehnte ein Sortiment Spaten an die staubigen Scheiben und drängte Ben zur Seite. Die Lautsprecher an der Decke klirrten und zischten, jemand hatte das Infomodul verstellt. Draußen preschte ein Pritschenwagen durch das Tor und zerschnitt die Pfützen bis auf den Grund. Lehm glänzte auf. Es müsste einmal gelingen, mit der Zunge über den fettigen Boden zu glitschen, bevor das Wasser wieder zusammenschwappte. Ich hing die Spaten auf und zog mich um. Nur das Gärtnermesser nahm ich mit, meinen treuen Gefährten.
»Bis morgen«, sagte Ben.
Meine Mutter wartete hinter dem Hoftor auf mich, halb vom Gebüsch verdeckt.
»Weißt du, was ich herausgefunden habe«, rief sie, »die Firma, die die Kirchenmauer restauriert, gehört dem Schwager des Chefs der Sozialen Kasse.«
»Ja und?«
»Das macht mich einfach misstrauisch!« Sie stieg über eine Wasserlache zu mir auf die trockene Seite des Weges.
»Mama, wer ist Marie Rockmann?«
»Wer?«
»Ich dachte, du kennst keine Schwester von der Rockmann.«
»Ach die. Ich sage bravo. Du lässt dich nicht für doof verkaufen.«
Sie gab mir einen Kuss. Hinter den Fenstern der Halle reihten sich die Kollegen auf und glotzten. Ben hob die Hand zum Gruß. Ich kehrte der Halle den Rücken zu.

»Es regnet.«
Unweit der Firma gab es einen kleinen Wald, eine Oase inmitten der Biomasse-Felder mit Miskantus-Schilf. Wir liefen über einen schmalen Pfad auf die Bäume zu. Es roch nach feuchter Krume und sich zersetzenden Blättern. Der Miskantus neben uns ragte meterhoch auf und raschelte leise. Der Blattfall hatte spät eingesetzt in diesem Winter, ich sah sogar noch grüne Spreiten. Protze der C4-Potenz, die unsere Heizkosten in die Höhe treiben würden, dabei war die Ernte schon im vergangenen Jahr zu feucht gewesen. Meine Mutter lief holprig, als habe sie einen Stein im Stiefel. Am Waldrand wartete ich auf sie. Sie war blass und hatte wieder diese Schatten unter den Augen, doch als ich ihr einen Vital-Kaugummi anbot, schüttelte sie den Kopf. Ich bog auf den Weg ab, der direkt ins Herz des Waldes führte. Der Asphalt war durchzogen von Rissen und armdicken Wulsten. Ich mochte das Hartnäckige der flachwurzelnden Bäume.
»Was ist das für ein blöder Spaziergang.« Meine Mutter hatte Probleme, mir zu folgen. »Es tut mir leid! Cosma!«
Ein Schwarm Seidenschwänze flatterte über die Lichtung. Der Asphalt hörte auf, der Trampelpfad begann. Ich blieb stehen. Die Stiefel meiner Mutter schmatzten näher.
»Marie ist heikel«, sie langte nach meiner Schulter und drehte mich zu ihr um. »Sie heißt erst seit ihrer Scheidung wieder Rockmann.«
»Weiß ich. Sie war verheiratet mit Karl Manuel Duncker, das hat sie mir schon erzählt.«
»Das plaudert sie freiwillig aus?«
»Sie hat dir das Haus verkauft. Du hast mich angelogen, als du gesagt hast, du kennst sie nicht.«

Sie knöpfte ihren Mantel auf. »Annalena und Marie Rockmann konnten das Haus nicht mehr gemeinsam behalten. Sie waren zerstritten. Annalena hatte Marie den Mann ausgespannt, Professor Duncker.«
»Beide hatten was mit Duncker?«
»Ein Riesendrama. Marie hat es das Herz gebrochen und sie ist in die Schweiz gegangen.«
»Warum weiß ich das nicht?«
Sie zuckte mit den Schultern. Wind kam auf und bewegte die Bäume, so dass dicke Tropfen von den Zweigen fielen.
Wir liefen weiter, vom Mischwald in den Nadelwaldbereich. Immer wieder musste ich auf meine Mutter warten, und obwohl ich bemerkte, wie sehr sie sich anstrengte, mit mir mitzuhalten, steigerte sich meine Ungeduld von Minute zu Minute. Es fing an zu dämmern. Ein Buntspecht rief, ließ sich aber nicht blicken. Ich verließ kurzentschlossen den Weg und stieg ins Unterholz.
»Komm zurück«, rief meine Mutter.
Meine Schuhe sanken in einen Teppich aus Sauerklee und Moos, der so dick war, dass meine Füße nicht nass wurden, obwohl es bei jedem Schritt quatschte. Der Duft von Pilzen waberte hoch. Äste lagen verstreut, von Flechten umwuchert, und zerbrachen, als ich auf sie trat. Nach wenigen Metern stand ich bis zu den Knien im Grün. Über mir das Rauschen der mächtigen Kronen, hinter mir das Rufen meiner Mutter und vor mir ein Blick wie in einen Tunnel hinein. Blutroter Hartriegel schimmerte im schwachen Licht, Beeren lagen unterm Spindelstrauch.
Meine Mutter stand immer noch auf dem Weg.
»Früher gab es hier eine Hütte. Cosma!«

Voran ins Gehölz. Eine Wolke Insekten flog auf und schwirrte mir um die Ohren. Ich wedelte sie weg und schlug dabei gegen einen toten Ast, woraufhin mir Nadeln in den Kragen rieselten. Bald konnte ich meine Füße nicht mehr erkennen vor Nadeln, Ranken und Gestrüpp. Die Dunkelheit rutschte die Baumstämme herunter. Mit jedem Meter wurde es enger im Wald. Fichten, Tannen, ein paar Kiefern dazwischen, Überlebende des Wurzelschwamms, eng ineinander verwoben. Wer umkippen wollte, fiel langsam. Abies alba hielt mir Harzgallen entgegen. Meine Hände strichen über ihren jahrhundertealten Stamm.

»Mich hat was gestochen«, schrie meine Mutter hinter mir und lachte. Ich konnte sie nicht sehen, aber den Geräuschen nach zu urteilen, brach auch sie jetzt durchs Unterholz.

»Dich hat Karl Manuel Duncker auch angegraben«, schrie ich zurück.

»Quatsch!«

»Ich weiß ganz genau, dass er dir an den Hintern gepackt hat. Du standst am Kopierer.«

Knacken und Reißen und Kichern.

»Ich musste dich mit zur Uni nehmen, weil die Kinderbetreuung abgebaut wurde.«

Ich ließ den Stamm los und ging ein paar Schritte zurück. Das Haar meiner Mutter blitzte zwischen den Stämmen auf. Sie schien die Schneise, die ich hinterlassen hatte, verfehlt zu haben und durch ein Feld Farn zu waten. Ich duckte mich.

»Du hast Dunckers Hand erst weggeschoben, als du mich gesehen hast. Und du hast gelacht.«

In einem Bogen nahm sie Kurs auf meine Stimme. »Aber da war nichts mit uns. Und selbst wenn. Karl war ein exzellenter Forscher.«

Ich pulte an dem Harz auf meinen Fingern. »Ein schmieriger Sack war er.«
Sie hielt an und suchte mich im Zwielicht. Ihr Gesicht schwebte über dem dunklen Mantel wie eine Schichtpilzscheibe. Still wurde es im Wald, so dass ich unwillkürlich durch den Mund atmete, um nicht zu stören.
»Er hat die Leute bloß nervös gemacht«, sagte sie und blieb ruhig stehen, »weil er wichtige Fragen gestellt hat: Wenn die Zeit unser Leben bestimmt, warum versuchen wir nicht, den Spieß umzudrehen? Warum sollen wir nicht unsererseits die Zeit bestimmen?«
»Weil es verboten ist.«
»Aber es ist ja erst verboten, seitdem Duncker es möglich gemacht hat. Unter anderen Umständen hätte er dafür den Nobelpreis gekriegt.«
»Mama. Du verteidigst ihn ja immer noch.«
»Ich habe seit dreißig Jahren nicht mehr über ihn gesprochen.«
Sie kam genau auf mich zu. Ich hörte den Regenmantel an irgendetwas scheuern, sie schien zu stolpern und schrie auf. Eilig stakste ich ihr entgegen und nahm sie in den Arm.
»Keine Ahnung, warum Marie jetzt wieder da ist«, flüsterte sie.
Tief im Wald knackte es. Die Nadeln in meiner Wäsche piekten und mein Rücken juckte. Meine Mutter hielt sich an mir fest. Ich lotste uns ins lichtere Gebiet, zurück auf die plattgetrampelte Spur. Das Knacken folgte uns, blieb aber, wenn ich lauschte, in der Entfernung hocken.
»Was hat die alte Marie eigentlich mit meiner Wohnung zu tun?«, fragte ich, ohne anzuhalten.
»Wieso?«

Wieder knackte es. Ich stapfte schneller, meine Mutter blieb hinter mir, so dicht sie konnte.
»Marie hat früher da gewohnt«, sagte sie, »in der vierten Etage. Deine Wohnung war Karl Manuels und ihre eheliche Wohnung.« Sie angelte nach meinem Arm und riss mich zu sich herum. »Versprich mir, dass du zu Marie Rockmann Abstand hältst.«
Kleine Wolken pufften aus ihrem Mund. Es stimmte, der Geruch, der von ihr ausging, hatte sich verändert. Aus einem Impuls heraus strich ich über ihr Haar. Sie fegte meine Hand fort, doch dann beugte sie sich vor und küsste mich schon zum zweiten Mal an diesem Tag. Ich konnte nicht widerstehen. Ich lehnte meinen Kopf an ihre Schulter.

Später, allein zu Hause, untersuchte ich noch einmal den Schrank im Schlafzimmer, rechts vor dem Durchgang zur Küche. Ein massives Ding. Links vier tiefe Fächer, rechts die Kleiderstange, unten zwei Schubladen. Alles schwer, dunkel und wuchtig. Was, wenn Karl Manuel Duncker genau hier seine Unterhosen gestapelt hatte? Wohin dann mit meinen Hosen?
Ich holte einen Stuhl und begutachtete den Schrank von oben. Das Deckelholz war grau und rissig, beim Staubwischen blieb ich hier regelmäßig hängen. Außerdem gab es zur Wand hin einen viel zu breiten Spalt. Man könnte den Schrank näher heranrücken, um Platz im Zimmer zu gewinnen. Als ich mich gegen ihn stemmte, bewegte er sich allerdings um keinen Millimeter.
Ich leuchtete mit der Taschenlampe um ihn herum. Die Mauer hinter dem Schrank war uneben und schien sogar

kaputt zu sein. Metall glänzte auf, die Rückwand des Schranks war mit der Mauer verschraubt.
Ich suchte das Schrankinnere ab, aber ich fand keine Spur von den Schrauben. Ich nahm meine Wäsche heraus und leerte sogar die Sockenschublade. Nichts, nur blankes Holz. Die Konstruktion gab mir Rätsel auf. Ich kniete mich unter die Kleiderstange in den Schrank und bollerte gegen die Rückwand. Sie war so dick, dass sie kaum vibrierte. Vielleicht würde mir Werkzeug helfen.
An anderen Tagen, wenn ich kurz in den Keller ging, um etwas zu holen, ließ ich die Wohnungstür offen. Auch heute lief ich erst unbedacht auf die Treppe, doch dann kehrte ich um und wollte meine Tür lieber abschließen. Ich war gerade wieder oben angekommen, als unter mir, in der dritten Etage, die Tür der Rockmann knarrte. Ich schaute über das Geländer und beobachtete, wie jemand seine Finger auf den Treppenlauf legte und sich festhielt. Diese Hand kannte ich.
»Mama«, rief ich durch den Schacht.
Die Hand verschwand aus meinem Sichtfeld. Ich wartete in der Gewissheit einer Antwort, doch ich hörte nur Trappeln. Bis ich begriff und loslief, war es zu spät. Die Haustür fiel zu, und als ich endlich selbst unten angekommen und auf die Straße gerannt war, konnte ich niemanden mehr sehen.
Wütend stieg ich in den Keller, nahm die Bohrmaschine und stieg wieder nach oben. Tatsächlich war die Tür der Rockmann noch immer angelehnt. Ich trat dagegen.
»Moment«, rief die Rockmann, aber da war ich schon bei ihr in der Küche.
»Was wollte meine Mutter bei Ihnen?«

»Wann?«
»Sie war eben hier.«
»Aber Liebes. Eine Ärztin war hier. Für meine Schwester. Sie kennen sich von früher.«
Ich platzte ins Wohnzimmer. Am Fenster lag die Alte im grünen Sessel. Dieselbe Strickjacke, mit der sie sich auf meinem Teppich gewälzt hatte, derselbe Rock. Vermutlich hatte sie nicht einmal die Strumpfhose gewechselt. Oder noch schlimmer untendrunter. Hier war wahrhaftig nichts Golden und keine Ärztin der Welt hätte darüber hinweggesehen.
Und dann erst das beschauliche Ambiente. Ein Adventskranz brannte auf dem Beistelltisch, das Infomodul im Regal trug eine helle, gehäkelte Hülle. Der Fernseher lief ohne Ton und auf der Fensterbank lagen die Lederhandschuhe, die der Notarzt bei mir vergessen hatte.
»Was wollte meine Mutter bei Ihnen?«
Die Alte knetete ihre Finger und schwieg. Ich legte die Bohrmaschine weg, nahm die Fernbedienung und machte den Fernseher aus.
»Ich werde Sie jetzt wirklich melden«, sagte ich. »Sie dürfen gar nicht hier im Goldenen Kern sein.«
Sie legte die Hände flach auf den Rock. »Kind, niemand hat größere Ansprüche als ich, hier zu sein.«
»Dann sollten Sie sich mal mit den Vorschriften befassen. Sie sind höchstens Silbern. Mit Tendenz zur Bronze.«
»Vorschriften. Gelten nicht für mich.«
»Das werden wir ja sehen.«
»Und wenn ich dir sage, was du wissen willst?« Sie lächelte. »Zum Beispiel, dass deine Mutter noch eher unter der Erde sein wird als ich?« Ihre Stimme war wie Schmirgelpapier.

Ich trat die Tür zu, doch sie flog sofort wieder auf und die Rockmann rumpelte herein. Sie stellte ein Tablett auf den Tisch, dass die Tassen klirrten.
»Vanilletee! Zimtsterne!«
»Was soll das heißen«, fuhr ich die Alte an. Sie kniff die Lippen zusammen.
»Bitte«, sagte die Rockmann, »meine Schwester spricht doch nicht.«
»Wollen Sie mich eigentlich verarschen?«
Blöde guckten beide zu mir hoch. Die Alte war sogar so dreist, noch zu grinsen.
Ich nahm die Bohrmaschine und verließ die Wohnung, um oben in meinem Schlafzimmer mit Getöse die Schrankrückwand zu bearbeiten. Die Maschine brauchte nicht lange, da flutschte der Bohrer durch und stieß ins Leere. Ich spannte einen längeren Bohrer ein und stocherte nach. Wieder traf ich auf nichts. Die Mauer hinter dem Schrank musste an dieser Stelle kaputt sein.
Rasch bohrte ich ein zweites Loch, holte meine Taschenlampe und leuchtete hinein. Das Licht verlor sich. Ich meinte, einen Luftzug zu spüren, und ich roch tatsächlich auch Flieder. Ich konnte allerdings mit meinen Augen gar nichts erkennen, denn die Löcher waren dafür zu klein. Ich warf die Bohrmaschine erneut an, als plötzlich der Strom weg war. Alle Lampen aus und die Rockmann zeterte im Flur.
»Wenn Sie noch ein einziges Mal am heiligen Sonntag Lärm machen, Cosma, lasse ich Sie aus diesem Haus entfernen! Und Sie können sicher sein: Ich werde die Soziale Kasse nicht anlügen, wenn es zum Gespräch kommt.«
Ich tastete mich aus meiner Wohnung und drückte die Sicherung wieder rein. Leise packte ich die Bohrmaschine weg

und starrte noch einmal durch die Löcher. Schließlich verstopfte ich sie mit Papier.
Wie schon üblich in dieser Woche, rief ich meine Mutter an und wie üblich nahm sie nicht ab. Sollte ich stattdessen versuchen, Ruben zu erreichen? Würde ich es ertragen, wenn er von Lukas und Tom erzählte, ich aber über die Rockmanns oder Duncker kein Wort verlieren durfte, ohne dass er sich aufregte? Wie sollte ich erklären, was ich im Schrank zu tun hatte?
Ich stellte mich ans Fenster und schaute in die Dunkelheit. Noch fuhren die Weißen Wagen nicht, aber die Fußgänger hatten sich bereits in die Häuser verzogen. Um die Laternen flog der Regen wie aus einem Zerstäuber gepumpt. Das Haus gegenüber schien leer zu sein.
Ich hob mein T-Shirt hoch und legte meine Brust an das Glas. Vielleicht war doch jemand drüben hinter einem der Fenster, konnte mich sehen und zeigte im Gegenzug sich. Licht würde er machen und quer über die Straße auf mich schauen. Ich wartete ab. Die Scheibe wurde feucht und kalt an meiner Haut, ich wartete weiter.
Plötzlich aber gingen auf der Straße die Laternen aus. Mit einem Schlag war alles schwarz. Das Haus drüben, der Regen, die Luft vor meinen Augen: weg.

6.

Einmal in der Woche hielt ich den Garten meiner Friseurin in Schuss. Es war klar, dass ich auch an diesem Montag hingehen musste, obwohl ich mich lieber um Ruben gekümmert hätte. Ich leuchtete zu Hause noch einmal an den Löchern im Holz herum, verriegelte den Schrank, schloss die Wohnung doppelt ab und markierte die Tür mit einem Klebestreifen am Rahmen. Wenn sie jemand öffnete, würde sich der Streifen lösen.

Die Friseurin brauchte wuchernde Beete vor ihrem Salon, umrahmt von Rasen und Kies. Ich musste bei ihr eine grünbraune Cargohose tragen und eine Weste dazu. Beides hing für mich im Abstellraum bereit, einem Holzverschlag, der sich seitlich an den Salon lehnte. Ich verstand das Bild, das sie sich wünschte, und wenn ich an den Beeten kniete und in die Hyle griff, meinte ich sogar selbst zu spüren, wie sich Haut und Erde verbanden zu einem Moment urstofflicher Erinnerung.

Der Kiesweg knirschte unter meinen Sohlen. Drinnen im Salon war jeder Platz besetzt und soweit ich es sehen konnte, hatte jede zweite Kundin die teure Farbe auf dem Kopf. Drei Föhne im Einsatz und neben den Waschbecken wurden Augenbrauen und Kinnhaare gezupft. Als man mich durchs Fenster entdeckte, hob ein Winken an. Ich lächelte

und nickte, trotz des Nieselregens, der mir schon wieder über die Nase lief.
Vor dem Holzverschlag leuchtete ein kleiner Weihnachtsbaum aus Plastik. Innen war aufgeräumt worden, die Arbeitsplatte war blank gescheuert und die Säcke mit Dünger und Mulch lagen sortiert und gestapelt in der Ecke. Hacken, Harken und Schaufeln hingen nach Größe geordnet an der Geräteleiste und im Regal stand eine frische Wasserflasche mit zwei Gläsern dazu. Cargohose und Weste hingen gebügelt am Fenstergriff. Ich schlüpfte aus meinen privaten Klamotten.
»Interessante Unterhose.« Die Friseurin stand im Eingang, ich hatte sie gar nicht kommen hören. »Das ist doch eine Unterhose, oder?« Sie zog sich die Kapuze ihrer Regenjacke vom Kopf.
»Hallo Isabell. Die Frage ist, ob wir die Tannenzweige heute von den Kübeln herunternehmen.«
»Auf keinen Fall. Wir hatten noch nicht mal den ersten Advent!«
»Es ist viel zu warm und zu feucht, um die Erde mit Zweigen zu bedecken.«
»Bis Weihnachten machen wir Tannendeko wie besprochen. Und du könntest wirklich mal die Lichterketten aufhängen, so wie jedes Jahr.«
Der Reißverschluss der Cargohose klemmte. Isabell griff von hinten in meine Haare und prüfte ihre Konsistenz, dass es ziepte.
»Wenn die Erde schimmelt«, sagte ich, »faulen dir die Pflanzen weg.«
»Dann bringst du eben neue Pflanzen mit.« Sie ließ mich los. »Immer einen Tick zu verkrampft, unsere Cosma.«

Sie setzte sich die Kapuze wieder auf und huschte zurück in den Nieselregen. Ich ging ihr nach, eine kleine Hacke in der Hand. An den Rosenkübeln lupften wir die Tannenzweige, die ich wie zum Schutz gegen Frost ausgebreitet hatte.

»Hier«, ich zog die Hacke durch den weißlichen Belag auf der Krume, »das ist nur der Anfang. Dir gammeln die Rosen weg.«

Sie rümpfte die Nase. »Die Tannendeko bleibt. Lass dir was einfallen.« Und schon rannte sie in den Salon.

Der Auftraggeber hat immer Recht, aber er erwartet auch, dass sein Garten funktioniert, vor allem wenn es um Rosen geht. Ich riss die Zweige von den Kübeln, um der Erde Luft zu verschaffen.

Augusta Luise, je zwei Rosen rechts und links des Saloneingangs, im Sommer ein Schleier aus Duft. Ich schnitt sie nur ein einziges Mal im Jahr zurück, Anfang Februar, und zwar so dezent wie möglich. Ich düngte auch schon zu dieser Zeit, in exakter Dosierung, und vier Wochen später ging es los. Knospen quollen im März, ich düngte nach, es quoll weiter, bis die drallen Zellen gar nicht mehr wussten, wohin mit sich. Sie sogen von unten und gierten nach oben, bald platzten die Knospen auf in einem apricotfarbenen Rausch.

Allerdings kamen dann auch die Läuse und überzogen die Triebe mit Schlieren. Ich düngte nach, wischte die Läuse beiseite und kappte die frühen, kreischenden Blüten. Neue, stärkere Triebe baute ich auf, festere Stängel, diskretere Knospen, und dieser zweite Durchgang hielt tatsächlich lange stand. So wie der dritte Durchgang oder der vierte, die Rosen erneuerten sich zyklisch über Monate hinweg, und obwohl ich schon im August damit begann, sie wieder auszuhungern, verströmten sie sich bis in den Oktober hinein. Selbst im November noch, wenn die Wurzeln schon still zusammenhockten, simulierten sie obenrum Kreislauf. Schließlich brachte ich sie zur Ruhe, schnitt die letzten Blüten Anfang Dezember ab und entsorgte sie im Müll. Denn dann kam die Zeit für das Winterbild vor dem Salon.

Irgendetwas krabbelte an meiner Wade. Ich schüttelte mein Hosenbein aus und legte die Tannenzweige zurück auf die Kübel.

Im Salon gab es gerade eine Runde Kaffee. Ich holte einen Laubbesen und frischte den Kies auf, direkt vor der großen Salonfensterscheibe. Eine elegante Frau ging drinnen zum Waschbecken und legte sich auf den Rücken. Ihr Rock schuppte hoch, sie schlug die Beine übereinander und wippte mit einem Fuß in der Luft. Ein Mann in einem glänzenden grauen Anzug nahm im Sessel neben ihr Platz. Er rollte seine Zeitschrift zusammen und strich der Frau damit über die Fessel, während die Friseurin oben am Becken den Wasserstrahl prüfte.

Ich holte die Arbeitshandschuhe aus dem Verschlag und kniete mich vor das große Staudenbeet. Der Mulch war glitschig geworden, ich schob ihn beiseite, demonstrativ, denn Isabell beobachtete mich schon wieder vom Saloneingang aus.

Von der Straße her hörte ich Kinderstimmen. Ich rutschte näher zur Hecke. Ein Trupp Erzieherinnen aus dem Kinderladen führte einige Mädchen und Jungen aus. In Zweierreihen spazierten die Kinder auf dem Bürgersteig und stimmten ein Lied an. Einer der Jungen trödelte. Im Rhythmus der Musik schlug er gegen die Hecke, seine kleine, dicke Hand titschte durch den Liguster. Ich hatte das Gefühl, dass er mich gesehen hatte, aber selbstverständlich ging er weiter. Ich bohrte meine Finger in das Staudenbeet, nahm einen Brocken Erde auf und roch an ihm wie ein Kaffeefarmer. Die Kunden im Salon mochten solche Gesten, aber ich konnte mich kaum konzentrieren, denn schon wieder krabbelte etwas an meiner Wade. Unauffällig kratzte ich mich mit dem Fuß, als ein Wagen vorfuhr und hielt. Großer Motor, schwarzer Lack, der Seniorchef war da.

Ich trat ans Tor. Die Seitenscheibe des Wagens surrte herunter. Klaviermusik spülte heraus und wurde abgedreht. Auch der Motor ging aus. Der Seniorchef trug helle Autohandschuhe.

»Ich habe einen Fragebogen über dich bekommen«, rief er mir zu.

»Über mich?«

Er tippte sich an die Lippen, als Zeichen, leise zu sprechen. Ich warf einen Blick zum Salon, öffnete das Tor und ging hinaus. Das Lenkrad aus Wurzelholz funkelte mir entgegen, der Geruch nach Lederpflege drang aus dem Fenster.

»Du weißt schon, einen Fragebogen von der Sozialen Kasse.«

Der Seniorchef kramte in einer Aktentasche auf dem Beifahrersitz. Ich dachte an den Vorfall in der Anlage des Integrierten Wohnens, an die Frau mit dem Rollator. An mein Berichtsheft, in dem ich Kritische Kontakte verneint hatte. Aber war es denn möglich, dass schon jetzt ein Fragebogen dazu verschickt worden war?

»Wahrscheinlich geht es darum, dass meine Sozialmaßnahme bald abgeschlossen ist«, sagte ich und registrierte erleichtert, dass er nickte.

»Richtig. Du hast deine Sache wohl sehr gut gemacht, und darum dachte ich, du füllst den Fragebogen einfach selbst aus.«

Er hielt mir ein paar Seiten Papier hin. Ich nahm sie und schob sie rasch unter die Weste.

»Danke.«

»Ich lese mir deine Antworten natürlich durch. Wir gucken gemeinsam drüber und reden gemütlich. Was meinst du?«

»Gute Idee.«

Er ließ den Motor an und die Scheibenwischer machten weiter in ihrem behäbigen Rhythmus. Auch die Klaviermusik war wieder zu hören.

»Wie läuft die Arbeit?« Der Seniorchef zupfte an seinen Handschuhen.

»Die Tradescantia virginiana blüht schon wieder. Das dritte Mal in diesem Jahr.«

»Hol mir eine.«

Ich lief zum Beet zurück und pflückte eine Blüte ab, den Fragebogen fest unter die Weste geklemmt. Meine Kniekehle brannte inzwischen, aber ich ließ mich nicht irritieren. Die Tradescantia wurde überreicht, ans Jackett gesteckt und bewundert. Das Blau der Blume spritzte bis in die Chromteile der Armaturen. Der Motor drehte schneller, die Scheibe surrte hoch und dann fuhr der Wagen davon.

Erst als ich allein im Holzverschlag war, kümmerte ich mich um das Bein. Ich warf den Fragebogen auf den Tisch und riss mir die Hose herunter. Innen am Stoff klebte der zerquetschte Körper einer Spinne. Die Kniekehle war heiß und dick. Ich wischte die Spinne aus der Hose, zog mich wieder an und rannte über den Kiesweg zum Hintereingang des Salons. Dort ließ ich die Clogs auf die Fußmatte fallen und huschte auf Socken in den Flur, Richtung Küche.

Geschirr in der Spüle, offene Joghurtbecher auf dem Tisch, die Kühl-Gefrier-Kombi in der Ecke. Ich bückte mich, so tief es das geschwollene Knie zuließ, und zog einen Gefrierkorb nach dem anderen heraus. Rotalgenburger und Quorn, Proteinsorbet und Kräuter-Mix in Würfeln. Ein Ton schrillte los, der Gefrier-Alarm, ich schnappte mir die Kräuterwürfel und klappte den Schrank wieder zu. Im Salon, einen Raum weiter, wurde geföhnt und gelacht.

Vorsichtig stieg ich mit dem einen Bein aus der Hose. Das Rote puschelte sich schon den Oberschenkel hoch, die Kniekehle war hart wie ein Brett. Ich presste einen der Kräuterwürfel darauf, bewegte ihn vorsichtig hin und her und wartete, dass die Kälte wirkte.

Murmeln drang aus dem Salon, eine Tür ging auf und die Stimmen wurden lauter. Jemand kam in den Flur. Ich biss die Zähne zusammen.

Eine Frauenstimme, tuschelnd in der Nähe der Küche:

»Ich kümmere mich darum, Sie werden sehen, ich habe das gesamte Haus im Blick.«

Die Rockmann!

Und Isabell: »Farbe, Schnitt und Föhnen. Das kann ich nicht umsonst machen. Vor allem nicht, wenn Sie mir im Gegenzug nichts gönnen.«

Kurze Pause, ein Scharren an der Wand, als ob sich jemand abstützte, dann sprach die Rockmann weiter, ihre Stimme bebend vor Erregung.

»Seit meine Schwester aus der Schweiz da ist, lauert Cosma an allen Ecken. Es ist nicht mehr so einfach.«

»Cosma geht jeden Tag zur Arbeit. Heute ist sie hier am Salon, also hätten Sie mir etwas vermitteln können.«

»Viel zu gefährlich. Sie merkt alles.«

»Ich will trotzdem nicht mehr warten!«

Im Salon rief jemand nach Isabell. Sie zischte etwas. Ein paar Schritte, dann herrschte wieder Ruhe im Flur.

Meine Kniekehle juckte, aber ich konnte nicht kratzen. Ich stieg in meine Hose, nahm die restlichen Kräuterwürfel an mich und eilte zurück zum Verschlag. Dort legte ich die Hose weg und drückte mit beiden Händen sämtliche Würfel auf einmal auf die schmerzende Stelle.

Ich war der Rockmann im Weg. Und offenbar nicht nur ihr, auch wenn ich nicht verstand, worum es ging.

Die Verschlagtür knarrte. Isabell stand im Eingang. Ich hüpfte zum Tisch und schob meine Hose über den Fragebogen, den ich dort hingeworfen hatte.

»Eine Spinne. Total allergisch«, ich zeigte ihr mein Bein, über das grüner Brei rann.

Sie zog mich ans Licht. »Was hast du denn da drauf getan?«

»Kräuter.«

»Und das soll es bringen?«

Sie fasste auf den Brei und entfesselte dadurch erst recht die Lust zu kratzen. Ich geriet ins Straucheln, wollte mich irgendwo festhalten, aber sie schlang ihre Arme um mich und versuchte, ihre Hand auf meine Kniekehle zu schieben. »Du bist manchmal so hilflos, richtig süß«, sagte sie und bedrängte mich, bis ich rückwärts auf den Boden fiel und sie dabei mitriss.

»Bist du bescheuert?«, sie untersuchte ihren Arm.

»Was hast du mit der Rockmann zu schaffen?«, fragte ich und robbte von ihr weg.

»Mit welcher Rockmann?«
»Mit der du gerade im Flur getuschelt hast. Sie soll dir irgendwas vermitteln. Eine Wohnung im Goldenen Kern etwa?«
»Du belauschst mich?«
»Was heißt belauschen. Ich war in der Küche.«
Sie stand auf, weiß im Gesicht. »Irgendwie läuft das heute nicht rund mit dir, Cosma.« Sie riss den Wandschrank auf, holte den Karton mit den Lichterketten heraus und pfefferte ihn auf den Tisch. »Hier. Ansonsten sehen wir uns, wenn es dir wieder besser geht.«
Als sie weg war, brachte ich den Fragebogen in Sicherheit und humpelte, noch immer ohne Hose, zur Geräteleiste. Zuerst drückte ich den blanken Spaten auf mein Bein. Das Metall kühlte für eine Weile. Danach nahm ich mir den Fugenkratzer, den Stahl mal wie eine Säge, mal wie einen Hobel haltend. Herrlich, ich schabte grob mit Gefühl.

7.

Fast anderthalb Tage lag ich flach, war manchmal gar nicht bei mir. Am Nachmittag zum Beispiel hatte ich das Gefühl, jemand klopfe an meine Wohnungstür. Nur eine Phantasie, ich schlief wieder ein, schlief die Krise einfach weg.
Am Dienstagabend erst erhob ich mich und lüftete mein Bett. Das Netzwerktelefon zeigte, dass niemand versucht hatte, mich zu erreichen. Vor Schwäche schlotterten meine Beine im Pyjama, ich musste mich an der Schranktür festhalten und hecheln.
Draußen wurde Regen in Schleiern ans Fenster geweht, fast friedlich, mir aber wurde schwarz vor Augen. Der Klebestreifen am Türrahmen fiel mir ein, zu spät, denn Montagmittag, als ich nach Hause gekommen war, hatte ich die Tür einfach aufgerissen und war aufs Bett gestürzt. Nicht einmal das Gärtnermesser hatte ich aus meiner Hosentasche gezogen und an seinen Platz gelegt.
In der Küche trank ich ein Glas Dauermilch und aß einen Zwieback. Die Bohrmaschine lag ordentlich verpackt in der Ecke. Ich wischte die Krümel vom Tisch und probierte, in die Hocke zu gehen. Ich kam nicht ganz runter, aber mein dickes Knie ließ sich immerhin bewegen. Ich stampfte auf, es tat weh. Ich stampfte noch einmal auf und wunderte mich nicht, dass es in der Wohnung unter mir klopfte.

Ich schloss den Kleiderschrank auf, räumte ihn vollständig leer und kroch, die Bohrmaschine in der Hand, hinein. Sofort brach mir der Schweiß aus, denn ich konnte die schwere Maschine kaum halten. Grob und ungenau bohrte ich Löcher um die bisherigen Bohrlöcher herum, bis die Rückwand auf einer mehr als handtellergroßen Fläche perforiert war. Dann stieß ich mit der Faust gegen das Holz, aber es ließ sich nicht eindrücken, obwohl es aussah wie ein Sieb. Ich brauchte Hammer und Beitel, um die Rückwand aufzustemmen. Beides lag im Keller.

Ich zog den verschwitzten Schlafanzug aus und wollte erst einmal duschen, da klingelte es. Ruben? Nein, es klingelte Sturm, unverschämt fordernd, das konnten nur die Rockmanns sein. Ich drehte die Dusche an und ließ mir das Wasser über die Ohren laufen. Es nützte nichts, es klang jetzt sogar so, als würde Annalena Rockmann zusätzlich zum Klingeln schreien. Nach fünf Minuten gab ich auf und öffnete die Tür.

Blitzschnell schob sich ein Straßenschuh auf meinen Teppich. Die Friseurin drückte den Türspalt auf, mich weg, und spazierte herein.

»Wie geht´s?«

»Isabell!«

Ich zog mein Handtuch zurecht. Es war zu kurz.

»Oh mein Gott, wie sieht denn dein Bein aus!« Sie ließ sich wie selbstverständlich auf dem Sofa nieder und klopfte neben sich auf das Polster. »Komm her. Deine Haare sehen auch voll scheiße aus.«

»Ich würde gern wieder duschen gehen«, sagte ich und brachte mich vor dem Fenster in Stellung. Meine Kniekehle schimmerte lila unter verkrusteten Bahnen.

Isabell überlegte kurz. »Hör zu. Wegen der Rockmann. Kannst du die Klappe halten?«
Ich faltete meine Hände vor dem Handtuch. »Am besten trennen wir Berufliches und Privates.«
»Warum? Wir könnten einen Deal machen. Nur du und ich, wir brauchen die Rockmann überhaupt nicht.«
Sie stand auf. Das Shirt am Bauch hochgerutscht, die Rolle auf den Hüften gebräunt. Ihr Blick blieb an der Taschenlampe hängen, die mitten auf dem Tisch lag. Über dem Stuhl daneben hing meine Jacke, die Innentasche nach außen gedreht. Der Fragebogen der Sozialen Kasse war deutlich zu sehen, das Logo leuchtete rot.
»Es tut mir übrigens leid, dass ich die Lichterkette noch nicht anbringen konnte«, sagte ich und wollte den Fragebogen verschwinden lassen. Isabell aber grinste schon.
»Schau an. Bei mir haben sie auch angerufen«, sie musterte mich noch einmal von Kopf bis Fuß. »Ich soll beschreiben, wie dein Umgang mit meinen Kunden ist.«
»Das glaube ich nicht.«
»Komisch, oder? Ich frage mich, was du den alten Leuten angetan hast, dass dir so hinterherspioniert wird.«
»Da wird nicht spioniert. Die Kasse legt mein Potential fest, weil ich jetzt im Goldenen Kern wohne.«
»Kann ich also erwähnen, wie du dich im Sommer benommen hast? Als ein Silberner ein paar Rosen abgebrochen hat?«
»Klar. Es ist ja nichts passiert.«
»Unter gewissen Umständen kann einem alles zum Verhängnis werden.«
Ich brachte die Jacke zur Garderobe. Als ich zurückkam, spielte Isabell mit der Taschenlampe. Sie leuchtete mir ins Gesicht und sagte lauernd:

»Es kann einem auch hier in der Wohnung alles zum Verhängnis werden, wenn die Soziale Kasse dich ins Visier nimmt.«

»Lass das.«

»Oder willst du der Sozialen Kasse etwa in den Arsch kriechen, Cosma?«

Ich drückte die Lampe beiseite. »Ehrlich gesagt weiß ich gar nicht, worüber du sprichst.«

»Hast du denn nicht ab und zu den Wunsch, alles könnte so bleiben, wie es ist?«

»Nein.«

»Wenn du mal einen perfekten Tag hast, wünschst du dir nicht, du könntest ihn behalten? Du könntest alles so behalten, wie du es gerade hast?«

»Nein! Und ehrlich gesagt, habe ich jetzt auch keine Zeit mehr für dich.«

Sie schielte zu meiner Schlafzimmertür, die geschlossen war, und wollte sich dorthin bewegen. Ich hielt sie zurück.

»Da beginnt mein privater Bereich.«

»Du weißt also Bescheid. Ich wusste es.«

»Was wusstest du?«

Mir wurde das Gespräch zu anstrengend. Auch ihr stieg die Hitze ins Gesicht.

»Warum lässt du mich nicht mitmachen, Cosma? Was habe ich dir getan?«

»Isabell, das ist mein Schlafzimmer.«

Noch einmal versuchte sie, in diese Richtung zu gehen, aber ich stellte mich ihr in den Weg und sie wurde wütend.

»Wenn du die Soziale Kasse hier antanzen lässt! Ich warne dich!«

Wüst riss sie mir das Handtuch vom Körper, verblüfft stand ich da, mit schaukelnden Bojen. Sie schaute hin, flüchtig, und lief aus der Wohnung, schneller als ich es schaffte, zu reagieren.

Es war inzwischen spät geworden, im Haus galt die Nachtruhe. Mir wurde kalt und ich zog ein frisches Nachthemd über. Mit bloßen Füßen strich ich den Teppichflor glatt, auf dem Isabells Schuhsohlen Spuren hinterlassen hatten, und musste an Ruben denken. Er würde ebenfalls gerade die Nacht vorbereiten, draußen in der Anlage des Integrierten Wohnens. Er würde den letzten Tee auf den Tisch stellen und wie immer würden Kerzen brennen, damit Lukas und Tom sich wohlfühlten und zur Ruhe kamen. Die Alten würden sich schon gar nicht mehr daran erinnern, was an jenem Tag neulich vorgefallen war, an dem ich sie besucht hatte. Weil Ruben so liebenswürdig war, hätten sie alles vergessen. Er aber würde, auch wenn er sich bestens um sie kümmerte, immerzu an mich denken. Auch jetzt, mit der Teetasse in der Hand. Er würde mich vor sich sehen, oder er sähe uns gemeinsam als Paar.
Wie seine schmalen Hände, wären sie heute bei mir gewesen, das Shampoo auf meinen Haaren verteilt hätten, die Duschbrause gehalten, mich saubergewischt und mir das Handtuch um die Schultern gezogen hätten. Wie wir über Isabell gelästert und nicht weiter darüber nachgedacht hätten, was sie gesagt oder gemeint hatte. Wir wären stattdessen auf mein Bett gesunken und dort hätte Ruben seine Wange an mein Bein geschmiegt. Weiß wäre mein Knie gewesen, schlank wie ein Mädchenknie, er ahnte ja nichts von dem Spinnenbiss. Und genau so wäre es gut, so wäre

alles in Ordnung. Denkend rieben wir uns aneinander heile und morgen wären wir so weit, wieder Kontakt zueinander aufzunehmen.

Ich holte einen großen Schraubendreher aus der Küche und kroch erneut in den Schrank. Ich stieß das Werkzeug in eines der kleinen Bohrlöcher an der Rückwand und hebelte einen Riss in das Holz. Es knackte und splitterte, ich setzte nach. Loch für Loch brach ich die Wand auseinander, mit Kraft, und nach einer Weile lösten sich bereits größere Stücke. Gegen Mitternacht passte mein Arm durch die Rückwand, bis zum Ellbogen steckte ich ihn hindurch und fasste ins Nichts. Die Mauer hinter dem Schrank hatte einen sehr geräumigen Durchbruch, ich konnte ihn ertasten, aber wenn ich mit bloßem Auge versuchte, etwas zu erkennen, sah ich nur Dunkelheit.

Ich stemmte über dem Loch für meinen Arm noch eine Art Sehschlitz frei und ging ins Wohnzimmer, um die Taschenlampe zu holen.

Die Nacht war jetzt finster, so finster, als klebte eine schwarze Folie vor meinen Scheiben. Ich löschte alle Lampen im Raum, damit meine Wohnung von außen nicht auffiel, und tastete mich durch den Flur. Von den Rockmanns unten kam kein Mucks mehr. Aus meiner Küche, wo das Fenster auf Kipp stand, hörte ich Regen auf das Sims platschen. Ein Auto rauschte langsam über die Straße, so wie die Weißen Wagen der Bestatter fuhren, die einzigen, die noch einen Elektromotor besaßen. Im Schlafzimmer tickte der Wecker. Leise stieg ich zurück in den Schrank und lauschte in den Durchbruch hinein. Absolute Ruhe.

Ich schob meinen Arm mit der Taschenlampe durch das Loch, legte meine Augen an den Sehschlitz und knipste die

Lampe an. Der Lichtkegel zitterte und ich hatte Mühe, zu verstehen, was ich sah.
Ein Polstermöbelstück tauchte auf, grün, helle Wände. Ein kleiner Tisch. Ich konnte einen Holzfußboden erkennen. Ein komplettes Zimmer offenbarte sich mir hinter dem Schrank. Erschrocken löschte ich die Lampe und hielt die Luft an. Wenn in dem Zimmer jemand war?
Nichts bewegte sich. Ich ließ eine lange Weile verstreichen, aber es war nichts zu hören außer mein eigenes Atmen. Endlich traute ich mich, wieder in den Raum zu leuchten.
Auf dem Polster saß niemand. Die Zimmerecken, in die ich sehen konnte, waren leer. Ebenso die Möbel, die auftauchten. Die Wände kahl, die Decke verputzt. Es gab keine Tür und kein Fenster in diesem Zimmer, keinen Zugang, nur diese Öffnung in der Mauer zu mir.
Aber warum stand der Schrank davor? Warum hatte man diesen Raum stillgelegt?
Ich leuchtete und suchte herum, bis mein Knie anfing zu pochen und ich mich anders hinsetzen musste. Um die Hände frei zu haben, legte ich die Lampe im Mauerdurchbruch ab. Eine Art Schalter fiel mir auf, bündig in die Ziegel eingelassen. Er klickte, als ich ihn berührte, und in einer weichen Bewegung glomm Licht auf. Der Raum lag plötzlich in einem orangegelben Schein.
Ein Anblick war es wie von Sternen, die im Verglühen innehalten. Hunderte Dioden saßen im Putz, in zwei Bändern umringten sie das Zimmer, eines lief dicht über dem Boden, das andere unter der Decke. Von allen Seiten funkelte Licht ohne Schatten. Das Parkett glänzte wie Honig, zur Wand hin schloss es mit Fußleisten ab. Massive, geölte Kirsche, soweit ich es erkennen konnte, ebenso teuer wie selten.

Das Möbelstück links war eine Chaiselongue, samtig grün gepolstert und zierlich, ein runder Tisch stand dicht daneben. Die Tischplatte blank.

An die rechte Wand hatte man ein Bett gerückt, breit genug für drei. Ein massives Gestell, aus dem ein filigranes Kopfteil aufragte, welches aus demselben Holz wie der Tisch geschnitzt war. Spanische Zeder, wie konnte das möglich sein? Ein dunkelbraunes Betttuch spannte sich über die Matratze, akkurat zurechtgezupft. Rote Kissen waren darauf verteilt, wie frisch geschüttelt, und am Fußende lag eine ebenso rote, zusammengelegte Decke. Der Nachttisch wiederum war leer und schimmerte matt unter den Dioden.

Ein Regal mit leeren Fächern überzog die dritte Wand, es reichte vom Boden über die gesamte Breite bis hin zur Decke. Ein kleiner heller Teppich lag davor, wahrscheinlich, damit die Leiter, die am Regal lehnte, das Parkett nicht zerkratzte.

Der gesamte Raum wirkte so kostbar, wie ich es unserem Haus gar nicht zugetraut hätte. Bloß der Geruch, der durch das Loch zog, erinnerte erneut an Flieder. Auf eine trockene, seltsame Art.

Alles war meins. Einzig durch meinen Schrank hindurch war es möglich, das Zimmer zu betrachten oder, eines Tages, es zu betreten, also gehörte das Zimmer zu meiner Wohnung. Ein neues Zimmer für mich.

Wie würde Ruben sich freuen. Platz für mich und für ihn zu haben und für alles, was noch aus uns hervorgehen würde. Platz für eine kleine Familie, wenn es uns gelänge, die Bringschuld zu erfüllen. Ich wünschte, sofort auf die Chaiselongue zu stürzen.

Lange Zeit später stieg ich aus dem Schrank, ließ aber die Dioden drüben brennen. Als ich mit Handfeger und Kehrblech die Holzspäne zusammenfegte, brauchte ich dafür nicht einmal Licht zu machen, denn durch die Löcher in der Holzwand drang der orangegelbe Schein zu mir und ließ die Haut meiner Hände funkeln wie Bernstein. Aus dem Ellbogen allerdings musste ich mir einen Splitter ziehen und außerdem hatte ich Hunger.
Mit einem Teller voll Zwieback streckte ich mich auf dem Fußboden aus, den Kopf im Licht, das aus dem Schrank fiel. Aber ich kam kaum noch zum Essen. Nach und nach rückte alles fort. Das Kauen. Das Ticken der Uhr, das Platschen der Tropfen. Das Rauschen der Weißen Wagen. Tief und fest schlief ich ein.

8.

Ich schlief so bleiern, dass ich ohne Wecker wohl nie mehr aufgewacht wäre. Dennoch fühlte ich mich am nächsten Morgen, als hätte ich kein Auge zugemacht. Ich duschte so heiß wie möglich, bis die Haut auf meinem Knie Falten warf.

Bevor ich zur Arbeit aufbrach, löschte ich das orangegelbe Licht im neuen Zimmer, schloss den Schrank ab und versteckte den Schlüssel. Die Wohnungstür sicherte ich erneut mit einem Klebestreifen und dann hatte ich es eilig. Ausgerechnet heute aber blieb der Linienbus auf dem Weg zur Firma liegen.

Wir hatten gerade erst die Kontrollstelle passiert, da bockte der Motor. Im Leerlauf rollten wir auf den Grünstreifen, während die Auspuffschwaden an unseren Fenstern vorüberzogen. Ein letztes Mal vibrierte der Unterboden, wie in einem Krampf, dann erschlaffte der Bus. Die vordere Tür musste mit einem Spezialschlüssel geöffnet werden. Schweigend nahmen wir unsere Taschen und stiegen aus. Wären wir mehr als fünfzehn Fahrgäste gewesen, hätte man einen Ersatzbus bestellt. So allerdings musste ich zu Fuß laufen und kam deutlich zu spät in der Firma an.

Das Team wartete bereits auf dem Hof. Der Seniorchef stand im Büro am Fenster und nickte mir nicht einmal zu.

Ich quetschte mich zwischen die Männer in den Bulli und drückte meinen Rucksack auf dem Schoß zusammen. Der Fahrer legte den Gang ein und gab Gas, so dass mein Kopf nach hinten flog. Das Wasser der Pfützen spritzte zur Seite. Der Seniorchef im Büro zog die Gardine vor.

Mir wurde warm, aber es war so eng im Bulli, dass ich die Jacke nicht ausziehen konnte. Die Männer kniffen zwar ihre Beine zusammen, um mich möglichst wenig zu berühren, zwischen ihren Schultern jedoch steckte ich fest. Irgendjemand hatte Knoblauch gegessen. Die Scheibenwischer quietschten und das Gebläse keuchte. Nur Ben saß gemütlich auf dem Beifahrersitz. Mit dem Ärmel rieb er die Seitenscheibe trocken.

Langsam wurde es hell. Die Wolken quollen wie Riesenboviste, grauweiße Kugeln, aus denen dunkle Fahnen wehten. Sporenpulver, das verloren ging.

Ich sah, dass die Miskantus-Felder am Stadtrand schon zur Hälfte abgemäht waren. Eine deutlich verfrühte Ernte, das war kein gutes Zeichen. Wenn die Regional Energie aus dem Gleichgewicht kam, würden die Konsequenzen nicht auf sich warten lassen.

Ein Mäusebussard zog Kreise über den freien Flächen. Wo das Miskantus-Schilf noch stand, wogte es träge in haushoher Dünung, grünbraun bis zum Horizont, vor dem die Schornsteine der Verwertungsanlage aufragten. Düstere Säulengewächse einer unwirtlichen Insel.

Das Auto vor uns wirbelte ein Schilfblatt hoch, es klatschte gegen unsere Windschutzscheibe und blieb am Wischer kleben. Unter uns spritzte das Wasser, als schlüge es gleich durch, und schließlich gerieten wir ins Rutschen, als wir die Auffahrt zum Schnellweg nahmen. Die Männer fingen

an zu murren und der Fahrer brummte. Ich hätte gern gewusst, wo die nächste Stadt inzwischen begann, aber so weit fuhren wir nie hinaus.
Im Rucksack steckten meine Notizen. Wir mussten heute das Gelände gestalten, auf dem wir vergangene Woche die Fichten gefällt hatten. Ich wollte ein paar neue Ideen anbringen und den Seniorchef dafür gewinnen. Hoffentlich würde er mir zuhören, obwohl er sich über mein Zuspätkommen wohl sehr geärgert hatte.
Als ich noch neu in der Firma war, hatte er mich ständig bei der Arbeit kontrolliert. Er bekam ja auch immerzu Anrufe von der Sozialen Kasse und musste mein Verhalten im Außenbereich bei den Kunden schildern. Da er eingewilligt hatte, mich im Rahmen der Sozialmaßnahme zu beschäftigen, trug er die Verantwortung für mein Benehmen und schaute zweimal täglich bei mir vorbei, vor allem, wenn ich bei älteren Leuten in der Erde wühlte. Ich blieb ganz locker ihm gegenüber, denn mir war klar, dass er die Details über mich gar nicht wissen konnte. Andernfalls nämlich, wenn er komplett über mich im Bild gewesen wäre, hätte er sich wohl kaum für mich als Angestellte entschieden.
Zwei Monate später ließen die Anrufe von der Sozialen Kasse nach und der Seniorchef ging dazu über, mich selbstständig an ihn berichten zu lassen. Er fragte mich abends, was ich bei der Arbeit erlebt hatte, und schrieb sich Stichworte auf.
Nach weiteren zwei Monaten entspannte er sich gründlich. Er fing an, mich in sein Büro einzuladen. Er zeigte mir seine Regale, Gartenbücher aus acht Jahrzehnten, komplette Nachschlagewerke und Ratgeber zu Schattenpflanzen und Steingärten. Prachtvolle Bildbände waren darunter, ich konn-

te Baumkulturen und Bodendecker sehen, die mir bis dahin völlig unbekannt gewesen waren. Als er bemerkte, wie glücklich mich die Bücher machten, präsentierte er mir an einem Glasschrank echte Pflanzenteile, die er in einer Zeit, als man noch reiste, eigenhändig getrocknet hatte. Er öffnete jeden Schaukasten für mich und ließ mich Stängel und Blätter berühren. Mit bloßen Fingern fasste ich an den Kelch einer Salpiglossis aus Chile. Leider zerbröselte ich dabei ihre Härchen und schämte mich, er aber pustete bloß die Krümel von meiner Fingerspitze und beschrieb mir die Wiesen in Südamerika, über die er damals mit seiner Botaniker-Trommel zu wandern pflegte.
Einmal drückte er mir ein ausrangiertes Infomodul in die Hand, aber es war leider nicht mehr zu reparieren.
Manchmal nippte er an einem Bier, während ich seine Bücher las, und schob für Sekunden seinen Blick über meine Beine. Allerdings schaute er auch immer wieder weg, selbst wenn ich meine Knie still hielt. Als ich es einmal wagte, sie einen Millimeter weit auseinanderzurücken, runzelte er die Stirn.
Eines Tages lud er mich plötzlich nicht mehr in sein Büro ein. Die Anrufliste in seinem Telefonspeicher verriet, dass er mit der Sozialen Kasse gesprochen hatte. Er musste ein brisantes Detail erfahren haben, irgendetwas, das ihn rigoros umschwenken ließ. Aber dennoch blieb etwas zwischen uns zurück, etwas Besonderes, Gemeinsames, ein Extrakt aus den Abenden über Pflanzen und Büchern.
Ben bot mir vom Beifahrersitz aus ein Brötchen an, ich lehnte ab. Wir verließen die Schnellstraße und näherten uns dem Arbeitsgelände. Höchste Zeit, eine Innere Übung zu absolvieren, um mich zu stärken, doch als ich die Augen

schloss, sah ich nichts als mein neu entdecktes Zimmer vor mir. Das polierte Holz, den Schimmer, das Bett. Mir war, als werde unterm Strich alles gut, wenn ich nur genug daran glaubte.

An der Kontrollstelle zur Bronzenen Zone mussten wir warten. Die Männer im Bulli hatten alle den gleichen Arbeitsausweis, aber an meinem Dokument klemmte der besondere Anhang, der Neugier erweckte. Der Kontrolleur bat mich, aus dem Bulli auszusteigen. Ich stellte mich auf die Straße, dicht vor die Kontrollkabine, und spürte die Blicke der anderen im Rücken.

Drinnen am Computer klickte man sich durch meine Daten. Ich kannte den Mann am Monitor noch nicht, dazu waren meine Einsätze in der Bronzenen Zone zu selten. Endlich nickte er mir zu. Mit entschlossenen Schritten betrat ich die Kabine. Es roch nach Kaffee und gebratenem Quorn, die Beamten hielten die Arme vor der Brust verschränkt.

»Sie unterliegen einer Sozialmaßnahme. Die Bronzene Zone ist kein guter Ort für Sie.«

»Danke, dass Sie sich Sorgen machen, aber als Gärtnerin habe ich meine Aufgaben.«

»Und was passiert, wenn ein Bronzener zu Ihnen Kontakt aufnimmt?«

»Meine Maßnahme läuft auf der Zielgeraden, ich weiß mich zu verhalten.«

Der zweite Beamte räusperte sich. »Ihre Mutter. Ich habe sie einmal kennengelernt.«

»Soll ich sie von Ihnen grüßen?«

»Dass ausgerechnet die Tochter dieser Frau in einer Sozialmaßnahme steckt.«

»Von wem soll ich denn grüßen?«
»Ach lassen Sie mal.« Er gab mir das Dokument.
Zurück im Bulli, ertrug ich das Stöhnen, als ich mich wieder zwischen die Männer presste. Ben klopfte mir von vorn auf die Schulter. Wir fuhren schweigend weiter, auf das Heim zu, einen nackten Bau, der auf einem Hügel stand. Ein Massiv aus Beton war es inmitten der Schilfebene, und selbst wenn man nicht hinschauen wollte, zog es sämtliche Blicke auf sich. Man guckte, weil man gucken konnte, weit über die Landschaft bis hin zum Tor.
Die Schranke vor der Auffahrt war geschlossen. Wir mussten warten, um auf das Gelände gelassen zu werden. Der Wind fegte über die Baumstümpfe am Wegesrand, die Schnittflächen glänzten im Morgenlicht. Oben vor der Rampe am Gebäude parkte ein Transporter. Ich beugte mich vor. Ein Bronzener stieg aus, ein zweiter folgte und hielt sich am Transporter fest. Ein Begleiter in Uniform legte ihnen Decken über die Schultern. Der Wind fuhr dazwischen und bauschte den Stoff auf, als sie auf die Rampe gerieten, der eine Bronzene zu Fuß, der andere im Rollstuhl. Zwanzig Meter ging es für sie bergauf ins Heim, ein letzter Auftritt an der frischen Luft.
Als sie verschwunden waren, blieb die Schranke immer noch unten. Der Fahrer stellte nun doch den Motor aus. Ben nestelte an seiner Hose. In der Ferne funkelten Lichter, die letzten Häuser der Silbernen Zone. Wenn jetzt dort jemand aus dem Fenster sah, Ruben zum Bespiel, sah er theoretisch auch uns.
Ich nahm nun doch ein Brötchen von Ben. Im selben Moment ging die Schranke hoch und wir fuhren nach oben auf den Parkplatz. Der Transporter hupte zum Gruß. Mit

vollem Mund stieg ich aus und entfernte mich zügig aus der Gegend um die Rampe.

Hinter dem Heim, wo ich die drei Fichten gefällt und persönlich die Wurzelstöcke gefräst hatte, sah es mittlerweile aus, als hätte ein Panzer gewütet. In den Fahrspuren unserer Maschinen stand das Wasser, Schlammlöcher taten sich auf, wo sich unsere Stiefel in den Boden gestemmt hatten. Einzelne Zweige, Rinden- und Wurzelstücke lagen herum. Aufrecht im Matsch steckte eine Wasserflasche aus Plastik.

»Hol uns Harken«, sagte ich zu Ben, der mir gefolgt war.

Er bohrte die Hände in die Taschen. »Wir sollen aber auf die Rhizome warten.«

»Wir machen hier erstmal sauber.«

»Ohne mich.«

Er spuckte in den Dreck. Ich ließ ihn stehen und ging allein zurück zum Bulli, um eine Harke zu holen. Der Fahrer hockte noch hinterm Steuer und las Zeitung, die anderen Männer strichen herum und redeten leise. Meine Füße sanken tief in den nassen Boden. Die Kofferraumklappe klemmte.

Ein Motor jaulte hinter mir auf, ein Auto des Nationalen Pflegedienstes preschte die Auffahrt hoch. Die Scheinwerfer schienen kaputt zu sein, ich guckte genauer hin, und noch bevor der Wagen eingeparkt war, wusste ich, wer darin saß.

Ich lehnte die Harke an den Bulli und ging dem Wagen entgegen. Die Männer hatten sich zusammengeschart und beobachteten ebenfalls, wie Carmen ausstieg. Heute trug sie ihren dienstlichen Overall, der violette Stoff spannte sich um ihren Körper. Auf dem linken Ärmel wippten die Quasten dreier bronzefarbener Orden. Sie rief meinen Na-

men und fiel mir um den Hals. Ihr Bauch drückte sich hart gegen mich. Ich gab ihr einen Kuss.
»Achtung!« brüllte Ben von weit hinten. Augenblicklich stoben die Männer auseinander und liefen zum Bulli. Der Seniorchef tauchte unten an der Auffahrt auf, zügig schritt er über den Asphalt.
»Wie lange bist du heute hier?«, fragte ich Carmen schnell.
»Keine Ahnung, komm doch nachher auf der Station vorbei.«
»Ich kann da nicht reingehen.«
»Putz dir einfach die Füße ab.«
Ich schob Carmen weg und lief los, um den Seniorchef zu begrüßen.
»Wer war das?«, fragte er leise.
»Eine private Bekannte«, antwortete ich.
»Du hast private Kontakte zum Pflegedienst?«
»Nur zu ihr, nicht zu ihren Klienten.«
Carmen winkte uns von der Rampe aus zu. Der Seniorchef schüttelte den Kopf.
»Ich muss darauf achten, dass du dich fernhältst.«
»Kein Problem. Sie macht ihre Arbeit und ich mache meine.«
Er schwieg und mir wurde ein wenig übel.
»Ich hätte dich hier nicht einsetzen dürfen«, sagte er, als wir den Bulli fast erreicht hatten. »Die Bronzene Zone macht alles kaputt.«
»Aber ich freue mich über Ihr Vertrauen, wirklich, und ich verspreche, es passiert nichts, was der Sozialen Kasse missfallen würde.«
Nachdem er die Männer begrüßt hatte, wollte ich über die Pläne für das Gelände sprechen. Ich schilderte, wie wilder

Wein an der Fassade des Heims emporranken könnte. Ich skizzierte eine Hecke aus Thujen, wie sie in dieser Gegend vor Jahrzehnten üblich gewesen war. Ich pries ihr Wachstum und ihre Dichte, aber der Seniorchef interessierte sich überhaupt nicht dafür. Knapp verwies er auf die Vorschriften für den öffentlichen Raum. Wir hatten für Biomasse zu sorgen, auch wenn es am Heim bloß um ein schmales Stück Boden ging. Meine Notizen konnte ich in den Müll werfen.

Als der Lastwagen mit dem Material kam, luden wir die Rhizome ab. Gemeinsam mit Ben zog ich hinter dem Gebäude die Egge durch den Matsch, während die anderen vorne beschäftigt waren. Meinem Knie aber tat die langsame Bewegung auf dem weichen Feld recht gut.

Noch dreimal hörten wir an diesem Morgen Transporter auf den Vorplatz rollen, anhalten und sich entladen.

Als wir gegen Mittag zum Parkplatz gingen, um eine Pause zu machen, war der Bulli weg. Ohne uns ein Wort zu sagen, waren die anderen zum Essen gefahren. Ben schmiss seinen Spaten in den Dreck.

»Das liegt nur an dir!«

»Heb den Spaten auf.«

»Hast du wenigstens was zu Futtern dabei?«

»Wir haben eben erst gefrühstückt.«

Er stampfte auf das Heim zu, sprang ohne zu zögern die Stufen hoch und verschwand.

Ich nahm seinen Spaten und hieb ihn am Rand des Parkplatzes in die Erde. Ich hatte ebenfalls Hunger und ich musste mal, aber weil es keine Bäume mehr gab, fand ich keinen Ort, an dem ich mich hätte hinhocken können.

Meine Haut fing an zu jucken, doch ich riss mich zusammen.
Ich lutschte ein Koffeinbonbon und verzog mich wieder hinter das Gebäude. Im Schutz der Hauswand wollte ich mich ausruhen, bis der Bulli zurückkam.
Das Fenster über meinem Kopf war gekippt. Die erste Station lag im Hochparterre, vor Blicken geschützt. Drinnen klapperte es leise, wie von Besteck. Wie gern hätte ich jetzt einen Mittagstisch gerochen. Quorn und Soße oder vielleicht sogar Kartoffeln. Ich wusste ja nichts über die Speisung von Bronzenen im Heim. Ich drückte meinen Hintern an den Putz und betrachtete das Gelände.
Plötzlich zischelte es über mir am Fensterspalt. Ein Schädel drückte sich von innen gegen die Öffnung und steckte seine Nase raus. Verwachsenes Gewebe, ein wucherndes Rhinophym. Knubbel an Knubbel, kaum noch als Nase zu erkennen, schwebte es einen halben Meter über mir. Ich wagte nicht, mich bemerkbar zu machen, denn es musste zu einem Bronzenen gehören.
Es zischelte und schnüffelte. Geschwollene Venen unter kupferroter Haut, die Poren weit wie fettheiße Krater. Bestimmt tat der Wind gut, der um diese Nase wehte, bestimmt gab es nichts anderes mehr zum Kühlen.
Es wäre nicht das erste Rhinophym gewesen, das ich berührte, aber ich verbot mir sofort den Gedanken. Am besten schaute ich gar nicht mehr hin, sondern blieb bloß mit dem Rücken an die Wand gepresst stehen und hoffte, weitgehend unsichtbar zu sein.
Nach einigen Minuten jedoch tropfte etwas auf meine Haare und ich rutschte ein kleines Stück zur Seite. Meine Hose schrappte dabei über den Putz und das Zischeln über

mir steigerte sich zu einem Fauchen. Zu einem Wimmern, zu einem Klagen. Dicke Tropfen plumpsten neben mir zu Boden, immer mehr, immer dichter.

Ich musste mich von der Wand lösen. Vor mir nichts als das Gelände, brach wie eine Mondlandschaft. Niemand würde beobachten, was ich tat. Blitzschnell streifte ich einen Arbeitshandschuh ab.

Das Wimmern wurde leiser, noch bevor ich das Rhinophym erreicht hatte. Ich strich sanft über die Haut, einmal, zweimal, dann zog sich der Schädel aus dem Fensterspalt zurück und es schoben sich Finger nach draußen. Schlanke, trockene Finger verschränkten sich wie selbstverständlich mit meiner Hand. Der Fensterrahmen schnitt in einen hellen Unterarm, auf dem weiche schwarze Haare wuchsen. Ein Männerarm.

Ruhig rieben sich die Finger an meinen Fingern. Der Daumen strich über meine Knöchel. Wie bauschige Kissen tupften wir unsere Ballen aneinander.

Wie glücklich wäre ich gewesen, wenn mich jemand in dieser Weise berührt hätte, als ich selbst eingesperrt gewesen war. Mir hätte sogar ein Blick als Berührung gereicht. Wie oft denn hatte ich am Fenster im Lager gestanden, hatte mich vor der Scheibe im Schlafsaal entblößt, während die anderen schliefen. Ich hatte mit der Brust über das Glas gerieben, in der Hoffnung, jemand schaute von draußen zu mir. Aber nie war es passiert, nie schaute jemand, nie kam jemand näher heran. Und auf gar keinen Fall hätte mir jemand die Hand gereicht.

Ich hob auch den zweiten Arm hoch und wollte, dass der Mann mir den Arbeitshandschuh auszog. In diesem Moment bog Ben um die Ecke. Er schrie auf. Ich versuchte zu-

rückzuspringen, kam aber nicht frei, sondern hing jetzt wie in einem Schraubstock am Fenster. Ben machte sich lang und schlug auf unsere Hände, bis der Fremde sich zurückzog und anfing zu kreischen. Eine dürre, verzweifelte Stimme. Ben umarmte mich: »Alles gut, alles gut.«
Das Fenster oben wurde weit aufgerissen, das Kreischen schwoll an, riss ab und Carmen beugte sich heraus, den Bauch auf die Brüstung gelegt.
»Hey Cosma, alles okay?«
»Sicher«, rief ich, »da drinnen hat sich nur jemand erschrocken.«
»Kann man so sagen! Ich komme gleich mal raus zu dir.«
Sie schloss das Fenster und ich musste plötzlich so dringend aufs Klo, dass es nicht mehr auszuhalten war.
»Ist der Bulli da«, fuhr ich Ben an.
»Wie hat der Typ dich zu fassen gekriegt?«
Ich rannte los und blieb erst wieder stehen, als ich in der Eingangshalle des Heims war. Die Pförtnerloge war nicht besetzt, kein Mensch zu sehen. Ein Schild wies den Weg zur Besuchertoilette, und als ich zurückkam, war ich immer noch allein. Ich schaute mich um. Eine Glaskuppel streute diffuses Licht. Der Boden der Eingangshalle war mit einem Terrakotta-Imitat gefliest, ein Mosaik umspielte die Mitte. Washingtonia-Palmen aus Plastik drängten sich in der Ecke. Ein pflegeleichter Laden.
Über die Monitore in der Pförtnerloge flimmerten Bilder von leeren Fluren. Ich beugte mich über den Resopaltresen und konnte auf einem der kleineren Bildschirme Ben erkennen. Er hockte draußen auf den Stufen, den Parkplatz starr im Blick. Ich müsste ihm einmal sagen, dass aus ihm nie etwas werden würde. Er brach die Regeln an den falschen Stellen.

Ich putzte meine Stiefel auf dem Schmutzfänger ab, holte Papiertücher aus dem Toilettenraum und wischte meine Fußspuren von den Bodenfliesen, bevor ich mich auf den Weg machte, tiefer in das Gebäude hinein.

Das Zimmer des Fremden musste im rechten Flügel liegen. Ich öffnete die Glastür. Ein Wagen mit Desinfektions- und Putzmitteln stand auf dem Linoleum, es roch nach Apfelsinen. Die Türen rechts und links trugen Blumennamen. Hinter den Veilchen wurde geseufzt, hinter den Margeriten gemurmelt.

Unbehelligt schlich ich über den Flur, Meter um Meter, und erreichte bald das Eckzimmer, das in Frage kam. Leimkraut, die Blume aus dem Eis. Leise drückte ich die Klinke. Überrascht sah Carmen auf. Sie saß an einem der Betten und drückte eine Spritze in einen Portkatheter. Über ihrer Uniform trug sie einen weißen Kittel, ärmellos und vorne offen. Sie bedeutete mir, still zu sein, denn ringsum wurde geschlafen.

Die Luft war zum Schneiden. Infusionsständer an der Wand, ein knochiges Spalier. Der Lack blätterte von den Bettgestellen und auf dem Tisch stapelten sich Windeln.

Der Alte, bei dem Carmen saß, schlief sehr tief. Er schien gar nicht zu merken, dass sie die Spritze aus dem Port entfernte und dass ich selbst anfing, über seine Bettdecke zu streichen. Dunkle Locken umhüllten seinen Kopf wie ein falscher Persianer. Das Gesicht war zur Seite gesackt, das Rhinophym wog sicherlich schwer. Die zärtlichen Hände aber lagen locker auf der Brust. Wie gern hätte ich sie noch einmal genommen.

»Der hat ja nicht mal graue Haare«, flüsterte ich Carmen ins Ohr, als sie mich auf den Flur zog.

Sie schloss die Tür. »Ein schöner Mann in der Tat, bis auf die Nase. Hast du Zeit für einen Kaffee? Wir haben oben einen Automaten.«
»Ich muss wieder raus.«
»Mimose. Also gut, wir setzen uns mit dem Kaffee in mein Auto. Geh schon mal vor.«
Sie bog ins Treppenhaus ab, der Kittel wehte hinter ihr her. Die Knöpfe konnte sie über ihrem Bauch bestimmt schon lange nicht mehr schließen.

»Warum fährst du eigentlich immer noch Auto und keiner beschwert sich?«, fragte ich sie Minuten später auf dem Parkplatz, als sie ihren Wagen aufschloss.
Sie setzte sich auf die Beifahrerseite, wo sie mehr Platz hatte als hinterm Steuer, und nahm einen Schluck von dem Kaffee.
»Man beschwert sich, klar. Aber man weiß auch, dass ich gebraucht werde. Und darum ist man froh, wenn ich überhaupt noch zur Arbeit komme.«
»Aber die Zwillinge kriegen es bestimmt mit, wenn du Stress hast.«
»Wo habe ich denn Stress? Der Job macht mir Spaß!«
»Da drinnen?«
Ich spielte am Blinkerhebel. Ein paar Meter neben uns steckte der Spaten von Ben in der Erde. Der Weg zur Rampe lag wie ausgestorben da. In den Scheiben der Stationen spiegelten sich die Wolken.
»Im Erlöser-Team sein, heißt sinnvoll sein«, sagte Carmen, »und über die Sozialpunkte, die das bringt, kann ich auch nicht meckern.«
»Und wenn einer nicht sterben will?«

»Sie wollen es natürlich langsam, und so mache ich es auch. Bei mir gleiten sie rüber wie auf Schlittschuhen. Rechtes Bein, der letzte Schritt bei uns. Linkes Bein, schon der erste Schritt drüben.«

»Und der Typ mit dem Rhinophym?«

»Ist jetzt schon drüben.«

Ich kurbelte das Fenster herunter, kurbelte es dann wieder hoch, den Brustkorb stramm, wie mit Helium geflutet.

Carmen stieß mich an. »Heulst du?«

Ich schüttelte den Kopf. »Weißt du, wie viele Tote ich schon gesehen habe? Vierundsechzig.«

»Stolze Leistung. Aber wenn man es professionell macht, steckt man es besser weg.«

»Ich habe keine Probleme.«

»In meinem Beruf hört man jedenfalls auf zu zählen.«

Die Tränen liefen mir über die Wangen. Carmen öffnete die Beifahrertür und warf ihren Kaffee aus dem Auto. Dann umschlang sie mich, so eng es der Bauch zuließ.

»Ich will nicht alt werden«, sagte ich.

»Ich schon«, antwortete sie. »Uralt, aber Golden.«

Ihr duftiges Haar an meiner Wange machte mich verlegen.

»Golden sieht die Welt natürlich anders aus«, sagte ich.

»Natürlich. Jeder will Golden sein, jeder will leben. Aber nicht jeder kann es.«

Sie kramte im Handschuhfach und gab mir ein Taschentuch. »Vielleicht sollte ich dich erlösen, bevor du eines Tages zur Bronze abgestuft wirst«, sie nahm mir den Kaffeebecher weg, »aber vorher lassen wir es noch ordentlich krachen!«

Ich rieb mir Gesicht und Nase trocken.

»Warum bist du eigentlich weggerannt, als wir neulich beim Bäcker waren?«, fragte ich.

Sie ließ das Handschuhfach schnappen. »Warum? Du hast doch wohl mitgekriegt, wie die Alte mich angemacht hat!«
»Du hättest mir doch Tschüss sagen können.«
Sie probierte meinen Kaffee und warf ihn ebenfalls aus dem Auto.
»Klar, entschuldige«, sagte sie, »aber wenn mich einer so dumm anquatscht, bringe ich mich zügig auf die sichere Seite. Außerdem dachte ich, wir sind auf einer Wellenlänge, Cosma.«
»Sind wir doch auch.«
»Distanz ist im Zweifelsfall das A und O.«
»Sicher.« Ich verstaute das Taschentuch. »Hast du eigentlich Ruben mal wieder getroffen?«
»Welchen Ruben?«, fragte sie.
»Jura-Student, blond, groß, schmal. Mein Freund.«
»Weiß nicht. Aber pass auf. Ich besuche dich mal.«
»Fein.«
Ich gab ihr meine Adresse und stieg aus. Der Arbeitshandschuh lag noch hinterm Gebäude unterm Fenster. Ich zog ihn an und machte mich an der Egge zu schaffen.

Der Flur im Haus roch nach Flieder. Ich rannte die Treppe hoch, um möglichst schnell in der vierten Etage zu sein. Der Klebestreifen am Rahmen meiner Wohnungstür war abgerissen.
Das Sofa schien unverändert zu sein, auch auf dem Teppich sah ich keine Spuren. Selbst in der Küche war alles an seinem Platz, die Mikrowelle war unbenutzt und der Schrank stand da wie heute Morgen, die Türen geschlossen. Als ich aber an einem der Griffe zog, stellte ich fest, dass jemand das Schrankschloss geöffnet hatte. Mit einem Ruck riss ich

die Tür auf. Fast hatte ich vermutet, die Alte im Schrank kauern zu sehen, aber niemand war dort und im Raum hinter dem Durchbruch war es dunkel.
Ich kontrollierte das Versteck, in das ich den Schrankschlüssel geschoben hatte. Es war unberührt, dennoch war eindeutig jemand in meiner Wohnung gewesen. Marie Rockmann, wer sonst. Vermutlich hatte sie sich ihre alte Bleibe anschauen wollen, das eheliche Nest der Dunckers. Sie kannte den verborgenen Raum und hatte zielsicher den Schrank geöffnet. Vielleicht war das Zimmer früher, als sie selbst noch hier wohnte, in Benutzung gewesen? Vielleicht hatten die Dunckers höchstpersönlich den Raum stillgelegt?
Ich ging duschen. Wenn ich sauber war, wollte ich wie gestern den orangegelben Schein in meine Wohnung fallen lassen und mich darin ausruhen.
Als ich aber im Nachthemd und mit nassen Haaren ins Schlafzimmer zurückkam, waren die Schranktüren plötzlich wieder geschlossen. Es fiel sogar Licht durch die Ritzen, jemand hatte die Dioden angestellt.
Ohne zu zögern, holte ich mein Gärtnermesser. Ich war so wütend, dass ich gar nicht darüber nachdachte, was mir für Konsequenzen drohen könnten, als ich die Schranktüren aufzog und die gezückte Klinge nach vorn stieß. Ich stieß zwar nicht nur nach vorn, sondern vor allem nach oben, aber es hätte sich doch jemand verletzen können, wenn jemand aufgesprungen wäre. Es war allerdings niemand da. Der Schrank war leer. Bloß das Licht brannte, im Raum hinter der Mauer.
Ich schlüpfte vor den Sehschlitz. Auf dem Bett drüben im Raum lag die Alte. Sie lag auf dem Rücken, die Decke um sich gewickelt und den Kopf auf eines der roten Kissen ge-

bettet. Ihr Kinn hatte sie in den Kragen ihrer Strickjacke gekuschelt. Ihr Haar leuchtete im Schein der Dioden wie ein Nest aus Mandarinenschalen. Die Augen hielt sie geschlossen. Sie schien zu schlafen.
»Raus da!«
Aber sie rührte sich nicht. Ich rief lauter und schlug dazu mit der Faust gegen den Schrank. Sie aber zuckte nicht einmal mit den Augenlidern.
Wie war sie auf das Bett gekommen? Warum konnte sie in den Raum spazieren und ich nicht? Die Schrankwand musste sich auf irgendeine Weise zur Seite bewegen oder im Boden versenken lassen. Es war für mich nicht zu ertragen, dass ausgerechnet ich nicht wusste, wie es ging.
»Du sollst von meinem Bett verschwinden!«
Nichts. Die Alte schlief. Ich fing an zu toben und randalierte im Schrank. Die Holzwand aber blieb, wo sie war, und die Alte wackelte nicht einmal mit den Zehen.
Da fiel mir ein, dass ich einen Zollstock holen könnte. Ich könnte ihn ausklappen und durch das Loch schieben, bis ich die Alte träfe. Ich würde sie pieksen, bis sie endlich zu sich käme.
Was allerdings sollte ich tun, wenn sie sich dann immer noch nicht rührte? Wenn sie gar nicht schlief, sondern längst tot war?
Ich beobachtete ihren Oberkörper, konnte allerdings nicht erkennen, ob sie atmete oder nicht.
»Marie!«
Nichts.
Wen könnte ich zu Hilfe holen? Ruben? Würde er zu mir halten, wenn sich herausstellte, dass die Alte tot dalag, in einem Raum ohne Eingang, aber mit Guckloch zu mir?

Tot war sie wie Nummer zweiundsechzig, deren Sterben ich ignoriert hatte. Tot wie Nummer dreiundsechzig und vierundsechzig, zwischen deren Körper ich mich gelegt hatte, tagelang, bis die Fliegen uns nicht mehr auseinanderhalten konnten. Als man mich weggeholt hatte, musste man Gummihandschuhe tragen und Ruben hatte es gesehen. Mit Gummihandschuhen hatte man mich auch später im Lager unter den Schlauch gestellt und abgespritzt. Ich war die Person, die den Tod nicht respektierte und erst recht nicht das Leben.

Ich machte den Schrank zu und fing an, mich zu kratzen. Ich föhnte mir im Bad die Haare, setzte mich aufs Sofa und fror. Ich war die letzte, die in der Nähe einer Toten gesehen werden durfte, und doch fing ich an zu heulen bei dem Gedanken, dass die Alte sich ausgerechnet zu mir gelegt hatte, als es mit ihr zu Ende ging. Meine Nummer fünfundsechzig, aber ich konnte sie überhaupt nicht gebrauchen.

»Marie, wach auf!«

Ich wagte es nicht mehr, das Experiment mit dem Zollstock zu unternehmen. Ich zog mir andere Klamotten an und verließ die Wohnung. Unten vor dem Fahrstuhl stand ein Mann. Ich bemühte mich, normal zu gehen, und grüßte. Es war der Arzt von vergangener Woche.

»Das würde ich an Ihrer Stelle nicht tun, junge Frau«, sagte er freundlich und hielt mich fest.

»Was?«

»Es ist nach elf und die Weißen Wagen fahren. Wie ich gehört habe, sind das keine guten Situationen für Sie.«

»Man hört wohl viel.«

Zu schnell sprach ich, zu laut. Er drückte lächelnd auf den brombeerfarbenen Fahrstuhlknopf.

»Ich habe meine Handschuhe bei Ihnen vergessen.«
»Die Handschuhe sind inzwischen bei den Rockmanns.«
»Begleiten Sie mich nach oben?«
Aus seiner Aktentasche ragten die Formulare. Der Knopf blinkte, die Fahrstuhltür öffnete sich und der Arzt trat ein. Ich machte kehrt und stieg die Treppe wieder hoch. Als ich in der dritten Etage ankam, wartete er auf mich, lässig an das Geländer gelehnt.
»Wie geht es der älteren Dame?«, fragte er.
»Wieso?«
»Sie wirkte neulich angeschlagen.«
Ich klingelte bei den Rockmanns. »Wussten Sie, dass sie aus der Schweiz eingereist ist?«
Er lächelte. »Wundert Sie das? Sie hat mir ihre Sondererlaubnis gezeigt.«
Ich klingelte noch einmal. »Vielleicht ist sie wieder ausgereist. Ich habe sie jedenfalls länger nicht gesehen.«
Der Arzt kramte zwischen den Papieren in seiner Tasche.
»Ihre Sozialmaßnahme ist bald beendet«, sagte er, »wie geht es denn für Sie weiter?«
»Ich bleibe hier im Goldenen Kern.«
»Nach der Maßnahme? Sind Sie denn schwanger?«
»Nein, ich habe Geld. Und so wie es aussieht, bestehe ich die Maßnahme mit Bravour.«
Ich klingelte ein drittes Mal, aber die Rockmann war nicht zu Hause.
Der Arzt beugte sich zu mir herab, die Wangen rau. Sein Atem roch nach Tabak.
»Hätten Sie ein Glas Wasser für mich?«
Ich hoffte, er konnte nicht sehen, wie mein Puls raste. Ich ließ ihm den Vortritt auf der Treppe und zwang mich, lange

auszuatmen. Als wir in meiner Wohnung waren, fiel mir ein winziger Lichtstrahl auf, der sich durch eine Schrankritze bohrte, aber der Arzt ging direkt in die Küche und setzte sich an den Tisch.

In Ruhe trank er ein Glas Wasser und erkundigte sich nach meiner Arbeit. Er tat, als sei er ein alter Bekannter des Seniorchefs, doch anhand der Fragen, die er stellte, wurde klar, dass er bloß ein Thema suchte, um unserem Gespräch einen persönlichen Anstrich zu geben. Ich ging auf ihn ein, erzählte von den zufriedenen Kunden und schilderte die Schwierigkeiten, die wir mit dem feuchten Wetter hatten. Dabei streckte ich die Beine aus und faltete die Hände, als führte ich einen gemütlichen Plausch. Auch er lächelte und nickte interessiert, obwohl ihm der Spott in den Augen stand.

Als er einen Anruf bekam, ging er endlich fort, allerdings nicht ohne mir aufzutragen, die Rockmann an seine Handschuhe zu erinnern.

Ich wartete, bis ich sicher sein konnte, dass er nicht mehr in der Nähe war, dann verließ auch ich das Haus. Es war gegen Mitternacht, die Weißen Wagen glitten um die Häuser. Ich schaute zu Boden und lief in die Altstadt zu meiner Mutter.

9.

Die Nacht in der Badewanne tat gut. Ich schmiegte mich an die Emaille, legte meine Arme längs neben den Rumpf, die Handflächen auf den Wannenboden gedrückt, und lauschte dem Echo meines Atems. Ich wusste nicht, wo meine Mutter war, und hatte, nachdem sie mir in der Nacht nicht geöffnet hatte, ihren Ersatzschlüssel aus dem Hohlraum hinter der Sockelleiste gefischt und mir Zugang zu ihrer Wohnung verschafft. Ich hatte mich zunächst in ihrem Sessel zusammengerollt und auf sie gewartet, dann hatte ich mich auf dem Sofa ausgestreckt, schließlich vor dem Schlafzimmer auf den Teppich gelegt, aber meine Haut hatte gesurrt wie ein defekter Transformator. Bilder von der Alten zogen durch meinen Kopf, Fragen tuschelten um mich, als säße der Arzt an meinem Ohr. Meine Haare kratzten wie Drahtwolle über den Kopf und mein Rücken schubbelte sich wund. Sogar das Knie fing wieder an zu pochen. Ein Fall für die Badewanne, ohne Zweifel, denn die Wanne hielt mich, glatt und kühl von drei Seiten. Ich schaute auf die weißen Wände und inhalierte den Zitronenduft. Bald spürte ich nichts mehr als mein eigenes Gewicht.

Weil am Morgen die Heizungsrohre knackten, wachte ich auf. Durch das Fenster fiel das erste Tageslicht ins Bad und meine Mutter schien noch immer nicht zu Hause zu sein.

Zumindest war sie nicht im Bad gewesen. Ich stieg aus der Wanne und ging durch die Wohnung.
Tropfen liefen über die Panoramascheibe. Die Scheinwerfer draußen an der Kirche leuchteten noch, aber ihr gelbes Licht verlor sich schon im Morgendunst. Der Wagen einer Handwerkerfirma parkte vor dem Gemäuer, niemand war zu sehen.
Der Mantel meiner Mutter hing nicht an der Garderobe, ihr Bett war unbenutzt. Ich machte Kaffee und hockte mich mit der Tasse vor die Panoramascheibe. Ich musste zur Arbeit, gerade nach dem Vorfall gestern mit dem Bronzenen am Heim, aber vorher müsste ich noch einmal nach Hause gehen und nach der Alten sehen: Ob sie noch immer so auf dem Bett lag, das Kinn in der Strickjacke vergraben und die Decke um die Hüften gezurrt. Ob ihre Zehen sich inzwischen bewegten, umspült vom Licht der Dioden, oder ob ihre Nägel blau angelaufen waren.
Ich benutzte das Telefon meiner Mutter und rief im Büro der Firma an. Der Seniorchef persönlich nahm ab.
»Ich warte schon auf Sie, Cosma.«
»Tatsächlich.«
»Sie hatten einen Zwischenfall gestern bei Ihrem Arbeitseinsatz am Heim.«
»Wer sagt das?«
»Sie haben sich viel zur dicht an einem der Fenster aufgehalten.«
Die Schweinwerfer an der Kirche erloschen. Der Dunst vor den Mauern schob sich zusammen, Nebel hing über der Stadt.
»Können wir das nicht in Ruhe besprechen, in Ihrem Büro?«, fragte ich.

»Ich werde umgehend der Sozialen Kasse Meldung machen müssen.«
»Bitte nicht.«
»Ich habe Ihnen vertraut, Cosma. Ich habe Sie am Heim eingesetzt, weil Sie sich gut geführt haben. Aber Sie wussten, dass Sie sich von Kritischen Kontakten fernhalten müssen. In Ihrem eigenen Interesse und im Interesse meiner Firma.«
»Ihre Firma hat keinen Schaden genommen.«
»Was wollten Sie denn am Fenster?«
»Ich habe herumgestanden und überlegt, wie wir die Rhizome setzen. Auf das Fenster in meinem Rücken habe ich gar nicht geachtet.«
»Wissen Sie, was ich machen werde? Ich werde mir Ihren Statusbogen bei der Sozialen Kasse angucken. Ich bin über Ihr spezielles Problem offenbar nicht ausreichend informiert.«
»Ich habe immer gut gearbeitet.«
»Sie brauchen gar nicht zu weinen.«
»Ich habe den Bronzenen nicht berührt.«
»Von wo aus rufen Sie eigentlich an? Das ist doch nicht Ihre Telefonnummer.«
»Ich bin bei meiner Mutter.«
Er hielt kurz inne, bevor er nachfragte:
»Das ist die Nummer Ihrer Mutter?«
»Wir haben gerade zusammen gefrühstückt und da hat sie mich gebeten, Sie anzurufen und zu fragen, ob Sie Interesse an einem Expertenforum an der Uni hätten.«
»Das glaube ich nicht.«
»Biomasse zwischen Ökologie und Ökonomie. Ein Vortrag im Frühjahr. Sie als Redner, meine Mutter als Moderatorin.«

»Hören Sie doch mal auf zu weinen!«
»Wollen Sie es mit ihr persönlich besprechen?«
Lange musste ich auf eine Antwort warten.
»Also Cosma, passen Sie auf. Sie bleiben heute bei Ihrer Mutter und beruhigen sich. Und ich sehe zu, dass das Gerede in der Firma aufhört.«
»Danke.«
»Man kann es den Leuten nicht verübeln, dass sie tratschen. Es gibt moralische Grenzen, die überschreitet man nicht.«
»Ja.«
»Bis morgen.«
Ein Lieferwagen hielt vor der Kirche, ein Gewirr aus Stangen und Pfosten türmte sich auf der Ladefläche. Drei Männer stiegen aus und fingen an abzuladen. Ich legte mich vor die Scheibe und sah ihnen zu. Stahlrohre klapperten, einzelne Teile wurden aussortiert, aufgerichtet, Verbindungsstücke wurden eingeschlagen. Im Nu stand die Basis für ein Baugerüst. Die Männer rückten es nah an die alten Quader heran, jeder Handgriff Routine.
Ich brachte den Kaffee in die Küche, spülte die Tasse aus und zog mich an. Als ich zurückkam, waren schon die ersten Bretter auf dem Gerüst verlegt worden. Ein Mann schwang sich hoch und nahm die Stangen für die zweite Etage in Empfang. Kraftvoll steckte er die Pfosten auf und hämmerte Bolzen in die Sicherungslöcher, fast auf Augenhöhe zu mir. Er trug eine dicke Jacke, als bereitete ihm die Arbeit keine Mühe. Sein halblanges Haar fiel ihm in die Augen, wehendes Silberlametta. Als er aufsah, entdeckte er mich hinter der Scheibe und grüßte.
Ein Mann, dem es gut ging, der eher alt war als jung. Der gebraucht wurde in einer Branche mit Zukunft und anpack-

te, ohne zu schwitzen. Der mir zuwinkte, ohne zu ahnen, wie fehlerhaft ich war.

Eine Einladung, die ich annehmen musste.

Der Mann rief seine Kollegen. Ich hörte sie lachen und spürte ihre Blicke auf meiner Brust. Meine Hände waren trotzdem schwer und wussten nicht weiter. Wie sollte ich mich auch entscheiden, wenn plötzlich so unergründlich war, worum es ging. Mit dem Kopf stieß ich gegen die Scheibe und ließ das T-Shirt halb hochgezogen am Leib.

Da machten sie draußen weiter, als existierte ich nicht. Sie steckten Stangen ineinander und legten Bretter auf.

In der Badewanne klebten Haare. Ich fing an zu putzen. Wanne, Waschbecken, Klo. Schlafzimmer, Küche. Ich schrubbte den Kühlschrank, wischte die Fußböden und polierte die Panoramascheibe, ohne noch einmal nach draußen zu schauen, bis ich meine Mutter an der Wohnungstür hörte.

»Wie siehst du denn aus«, begrüßte sie mich, »hast du heute frei?«

»Mama.«

»Ich brauche erst einmal eine Dusche.« Sie knöpfte sich die Bluse auf. »Hast du schon gefrühstückt?«

Ich räumte das Putzzeug weg und deckte den Tisch, während sie sich frisch machte. Wo war sie in der Nacht gewesen? Ich hoffte, sie erzählte es nicht.

Das Telefon auf dem Sekretär klingelte und zeichnete den Anruf eines Automaten auf. Meiner Mutter wurde ein Termin für den Nachmittag bestätigt, ein Termin in meiner Wohnung. Mit einem Hieb auf die Taste löschte ich die Nachricht und rannte zurück zum Herd, wo das Fett in der Pfanne zischte. Ich hatte doch gerade erst saubergemacht.

»Kann man von mir erwarten, dass ich mir Vorhänge anschaffe?« Meine Mutter frottierte sich die Haare und schaute mir über die Schulter, während ich das Vitalomelett würzte.
»Wegen der Leute auf dem Gerüst?«
»Wer schützt meine Privatsphäre? Oder habe ich keine persönlichen Rechte mehr, wenn die Kirche ihre Gemäuer renoviert?«
»Die Aussicht aus deinem Fenster wird schön.«
»Sonderförderung Nationalerhalt, dass ich nicht lache. Allein das Bewusstsein, wie sich die Akzente in diesem Land verschieben, treibt mich zur Weißglut.«
Sie setzte sich, kämmte sich mit den Fingern und goss Kaffee ein. Dann legte sie zwei Geldscheine auf den Tisch.
»Hier, fürs Putzen letzte Woche und für heute.«
Ich ließ das Vitalomelett auf ihren Teller gleiten und steckte das Geld in meine Hosentasche. Sie träufelte Brombeersirup auf das Omelett.
»Was für einen Termin hast du heute in meiner Wohnung?«, fragte ich.
»In deiner Wohnung? In meinem Haus, meinst du wohl. Ich bin deine Vermieterin.«
Sie probierte das Essen. Ich setzte die Pfanne ab.
»Du gehst mit der Sozialen Kasse in meine Wohnung?«
»Cosma, es ist die normale Begehung gegen Ende deiner Sozialmaßnahme. Ich muss vielleicht noch ein paar Fragen beantworten.«
»Ich will nicht, dass ihr bei mir rumspaziert.«
»Es gefällt mir gut, dass du dich aufregst.« Sie zwinkerte mir zu. »Uns ist das Gespür für Privatsphäre viel zu sehr abhandengekommen.«

Ich setzte mich an den Tisch. »Du wirst den Termin absagen.« Der jämmerliche Unterton in meiner Stimme machte sie stutzig.
»Ist dir kalt? Deine Lippen sind ganz blau.«
Ich schob mir die Hände unter die Beine, um sie zu wärmen. Meine Mutter fühlte an der Heizung, als sei es wie früher, als die Radiatoren im Winter zu glühen hatten, und rückte den Kaffee näher an meinen Platz.
»Mama, in meiner Wohnung liegt die alte Rockmann.«
»Bitte?«
»Marie Rockmann aus der Schweiz.«
»Sie liegt?«
»Vielleicht ist sie tot.«
Jäh lief meine Mutter rot an. »Was hast du getan?«
»Gar nichts.«
»Du hast sie bei dir sterben lassen?«
»Sie hat sich bei mir hingelegt und ist dann offenbar von ganz alleine gestorben.«
»Wer weiß davon?«
»Niemand.«
»Du hast sie nicht gemeldet?«
»Ich bin weggelaufen.«
Sie stand auf, sah aus dem Fenster und setzte sich wieder hin.
»Sei ehrlich, Cosma. Wie lange hast du sie angesehen, bevor du weggelaufen bist?«
Ich rückte das Besteck auf dem Tisch gerade. Das Messer, die Gabel, den kleinen Löffel dazwischen.
»Was ich damals gemacht habe, war wichtig für mich, Mama. Es war schön für mich, es hat mich getröstet, auch wenn ihr das nicht versteht.«
»Wie lange diesmal?«

Ich spielte mit dem Besteck. Wie lange hatte ich damals zwischen den Alten gelegen, ausgestreckt auf dem Rücken? Parallel zu den Toten, die ebenfalls lagen. Wie lange musste ich warten, bis der Trost über mich kam? Als sie mich fanden, war ich jedenfalls ruhig, friedlich und ruhig, doch der Anblick, den ich bot, brachte sie zum Schreien. Ich hatte ja auch nicht vorgehabt, mich erwischen zu lassen. Ich hatte bloß ein einziges Mal, nur für mich allein, hinter den Tod schauen wollen. Wo ging das Leben hin? Ich wollte es wissen, ich musste es herausfinden, und vielleicht hätte es sie ebenfalls interessiert, wenn sie von Anfang an dabei gewesen wären oder wenn sie mich hätten erzählen lassen, anstatt mich ins Lager zu verfrachten.

Keine Stunde war wie die andere gewesen, als ich zwischen den Toten lag, zwischen Nummer dreiundsechzig und vierundsechzig, und in jeder dieser Stunden passierte etwas, das sich auf das Vorhergegangene stützte.

Als erstes hatten uns die Fliegen bemerkt und in einer unglaublichen Geschwindigkeit ihre Eier aus den Leibern gedrückt. Dann formierten sich nahe der Tür, in einer Ecke des Zimmers, dutzende Ameisen, um eine Straße zu bauen. Leise liefen sie über den Teppich, bald schon zu hunderten, kletterten an den Haaren hoch zu den Fliegeneier-Nestern und rannten mit ihrer Beute davon. Und am nächsten Tag schlüpften aus dem Rest der Eier die Maden, bohrten sich hungrig ins Gewebe oder ernährten am übernächsten Tag bereits die Käfer, die folgten. Ein Jeder war des Anderen Nutzen. Was war daran schlimm? Es wimmelte doch wie nie. Hell und dunkel, da war kein Tod. Da war das pralle Leben, ein sich eifrig erneuernder Haufen, was für eine Erleichterung, was für ein Glück.

»Die Alte liegt in einem Zimmer, das hinter meinem Schrank versteckt ist. Ich habe keine Ahnung, wie sie da reingekommen ist. Ich bin nicht bei ihrer Leiche gewesen. Ich bin zu dir gelaufen, mitten in der Nacht, an den Weißen Wagen vorbei, und ich habe mich nicht umgeschaut. Ich habe deinen Ersatzschlüssel genommen und bei dir geschlafen. Dein Bett habe ich nicht benutzt.«
Ich legte eine Wange auf den Tisch. Meine Mutter sagte nichts mehr. Sie strich mir über den Nacken. Dann holte sie einen warmen Pullover und zog ihn mir über. Meine Arme verhedderten sich, aber sie half mir und trocknete mein Gesicht mit ihren bloßen Händen. Ihre Handflächen waren warm und weich, ihre Finger dufteten nach Brombeere mit Seife und schließlich sagte sie die uralten Formeln:
»Alles wird gut, ich kümmere mich darum.«
»Was willst du denn tun?«
»Es ist sicher besser, wir reden nicht darüber.«
»Die Alte wird bestimmt schon von der Rockmann gesucht.«
»Verlass dich auf mich.«
Sie lächelte, aber ihre Stirn war blass geworden und die Schatten um ihre Augen erinnerten an nasses Moos.

Obwohl ich versprochen hatte, nicht in meine Wohnung zurückzukehren, bog ich doch wenig später wieder in meine Straße ein. Es wäre viel zu heikel gewesen, am helllichten Tag im Goldenen Kern herumzuspazieren, ohne Ziel und ohne Aufgabe. In meinem Alter hatte man Kinder zu haben oder man ging arbeiten oder man war vorübergehend krank und lag im Bett. Auf keinen Fall flanierte man am Vormittag und stellte Müßiggang zur Schau, jedenfalls nicht, wenn man Aufsehen vermeiden wollte.

In meiner Straße spielte heute ein Kind. Es stand mit seinen Gummistiefeln im Rinnstein und sah zu, wie das Wasser um seine Sohlen strömte. Rechts und links wurde es von Frauen gehalten, beide hatten Regenschirme aufgespannt, die sich über dem Kind überlappten. Es juchzte in den höchsten Tönen, und wenn ich die Möglichkeit gehabt hätte, hätte ich mich dazugesellt.
So aber huschte ich in unserem Haus die Stufen hoch, ängstlich wegen der Rockmann, die jederzeit im Treppenhaus erscheinen und mich in ein Gespräch verwickeln konnte, und bedrückt wegen der starren Alten, die mich im Raum hinter dem Schrank erwartete. Erst als ich die letzten Stufen zur vierten Etage nahm, kam mir eine Idee, wie ich meine Lage verbessern könnte. Ich sollte mich auf den Dachboden zurückziehen und im Versteck Zeit gewinnen.
Die Dachbodentür klemmte, das feuchte, warme Wetter hatte das Holz aufquellen lassen. Mit einem Ruck zog ich sie auf und schlich weiter, die schmale Stiege empor. Die Lampe am Deckenbalken blieb dunkel, wahrscheinlich war schon wieder die Birne kaputt. Nur durch die Dachpfannen, die nackt auf den Sparren lagen, sickerte ein dämmriges Licht.
Geräusche von draußen sammelten sich im Raum, Motorenlaufen, Windgeraschel. Balken und Planken dünsteten modrig aus, ich stellte die Dachluke hoch. In diesem Moment bewegte sich weiter hinten an der Wand ein Schatten. Etwas kam auf mich zu. Ich zuckte zur Seite, knallte an einen Sparren und rollte mich ein. Die Rockmann.
»Ich habe die Tür nicht mehr aufgekriegt«, sagte sie, »mich selber eingesperrt. Wie spät ist es denn?« Sie fasste an mein Handgelenk. »Halb zwölf! Ich muss wohl eingeschlafen sein.«

»Was machen Sie hier oben?«
»Ein dummes Versehen.«
»Sie haben sich versteckt!«
»Haben Sie eigentlich heute schon meine Schwester gesehen?«
Im Zwielicht starrten wir uns an.
»Gestern Abend war der Arzt bei Ihnen«, sagte ich.
»Welcher Arzt?«
»Sie haben ihm nicht geöffnet.«
»Was soll das! Wir waren bei der Goldenen Gymnastik.«
»Sie und ihre Schwester?«
»Also ich muss jetzt los.« Sie ließ mich stehen und rief bloß noch: »Denken Sie mal an meinen Kochtopf, Cosma, ja?«
Ich klappte die Dachluke zu und lief der Rockmann nach. Ganz genau konnte ich sehen, dass sie am liebsten an meiner Wohnungstür stehen geblieben wäre, aber als sie mich hinter sich poltern hörte, ging sie doch weiter nach unten in die dritte Etage. Und mir blieb nichts anderes übrig, als wie sonst auch meinen Schlüssel zu nehmen und meine Wohnung zu betreten.
Alles wirkte unverändert. Das Glas, aus dem der Arzt getrunken hatte, stand in der Spüle. Die Mikrowelle war unbenutzt. Aus dem Schrank drang ein kleiner Lichtstrahl und Marie Rockmann lag auf dem Bett, als habe sie sich überhaupt nicht bewegt. Ihre Haut schimmerte wie gestern, warm und rötlich, und ihre Nägel leuchteten hell.
»Marie!«
Ich löschte das Licht in dem Raum, machte den Schrank zu und legte mich aufs Sofa. Was würde meine Mutter unternehmen, um mir zu helfen?
»Cosma.«

Ich fuhr hoch. Die Stimme kam aus dem Schrank.
»Hallo. Bist du da?«
Hinter der Mauer scharrte etwas. Die Alte lebte. Ich hielt mir den Mund zu, vor Schreck und vor Erleichterung. Da setzte sich plötzlich der Schrank in Bewegung. Er hob sich ein paar Zentimeter an, knackte und schob sich zur Seite, elegant und leicht als sei er aus Balsaholz. Ein Durchbruch in der Mauer kam frei und zwischen den Ziegeln stieg die Alte aus dem Raum.
»Hallo. Da staunst du.«
Schon hob der Schrank sich wieder empor und fuhr zurück, um sich an seinem Platz abzustellen wie eh und je: dunkel und klobig.
»Ich wette, du freust dich, mich zu sehen.«
Jetzt, ohne den warmen Schein der Dioden, kam das Schmutzige und Fahle an der Alten wieder zutage.
»Wie spät ist es?«, sie sah sich suchend um. »Haben wir schon Donnerstag?«
Mir kam kein Wort über die Lippen, aber ich konnte nicht anders und musste den Schrank untersuchen. Das blanke Holz, die durchlöcherte Rückwand. Alles war an Ort und Stelle wie sonst.
Die Alte bückte sich und fasste hinter den rechten Fuß des Schranks. »Hier ist der Knopf, du dummes Ding.«
Augenblicklich fing es wieder an zu knacken, der Schrank hob sich hoch und glitt zur Seite. Der Durchbruch stand einen Moment lang offen, dann fuhr der Schrank zurück und setzte sich ab.
»Du hast neun Sekunden Zeit, hindurchzugehen. Karl Manuel hatte eine Vorliebe für die Zahl Neun.«
»Karl Manuel Duncker?«

»Neun, die Vollkommenheit, der Anfang und das Ende. Multipliziere eine Zahl zwischen Eins und Zehn mit Neun. Die Quersumme wird immer die Neun sein.«

»Ich weiß.«

»Die allmächtige Neun, die sich selbst reproduziert. Kein Wunder, dass Karl Manuel sie so anziehend fand.«

»Ich will in den Raum.«

»Bück dich und such den Knopf.«

Ich tastete den Schrankfuß ab und fand einen kleinen Hebel. Als ich ihn herunterdrückte, setzte sich der Schrank in Bewegung. Fast wäre er gegen meinen Kopf gefahren. Die Alte zählte die Sekunden laut mit, kaum dass der Durchgang offen war, und stupste mich an. Bei Sieben machte ich Licht im Raum und bei Acht trat ich nach vorn durch die Ziegel.

Der Glanz der Dioden hüllte mich in eine Wolke aus Sternenstaub. Funken zerstoben auf meiner Haut und flogen davon. Ich streckte meine Arme aus und griff durch das Gefunkel, über und über mit Schimmer belegt. Der Nachttisch und das Bett waren tatsächlich aus Spanischer Zeder gefertigt und fühlten sich warm an, als hätte die Sonne sie lange beschienen. Das Parkett spiegelte meine Beine, es war, als ginge ich auf flüssigem Gold. Mit jedem Schritt aber wurden meine Glieder schwerer.

Ich drehte mich um und war allein. Der Schrank war längst wieder vor den Durchbruch geglitten.

Das Bett zog mich auf sich, ich wollte gern liegen, aber nicht da, wo es noch nach der Alten riechen konnte. Ich stand wieder auf, träge, kaum hatte ich Zeit, da sank ich schon auf die Chaiselongue. Der grüne Samt liebkoste mein Gesicht. Dankbar zog ich die Beine an und kuschel-

te mich an die Lehne. Meine Augen fielen zu, es kratzte am Durchbruch und mit Mühe schaute ich noch einmal hin. Am Loch im Schrankholz erschien ein runzeliger Mund.
»Viel Spaß!«
Ich wollte rufen, aber kein Ton kam aus mir. Ich wollte mich hochstemmen, aber meine Arme lagen wie Blei auf dem Polster. Eine Haarsträhne hing mir über Lippen und Nase und als ich sie wegpusten wollte, begriff ich: Ich atmete nicht mehr.

Mit angezogenen Beinen lag ich auf der Seite. Stockfinster war es und in den Ohren rauschte es. War ich davon aufgewacht? Oder von dem Rumpeln in der Brust? Das Herz pochte hart und stolperte.
Vorsichtig setzte ich mich auf. Ein samtiges Polster, die Chaiselongue. Ich hielt eine Hand vor den Mund und hauchte, holte noch einmal Luft und pustete ohne jede Schwierigkeit. An der Wand helle Flecken vom Tageslicht, das durch die Löcher im Schrank in den Raum fiel.
»Du weißt nicht, wie du den Durchbruch wieder aufbekommst«, rief die Alte von drüben.
»Was soll das?«
»Ich will nur wissen, wie viel du weißt. Karl Manuel hätte es gut gefunden, dass du seinen Raum benutzt.«
Ich tastete die Mauer unter dem Durchbruch ab. Auf Höhe der Fußleiste fand ich den Hebel und der Schrank wich zur Seite.
Die Alte saß auf meinem Bett und grinste, als ich durch die Ziegel trat.
»Hau ab«, sagte ich mit einer Hand am Herz, das sich nur langsam beruhigte.

»Neun Minuten warst du drin«, sie zuckte mit den Schultern, »da hast du nicht viel gewonnen.«
Ich sah auf meine Armbanduhr. Die Alte lachte mich aus.
»Deine Uhr musst du wohl neu stellen. Und das nächste Mal nimmst du sie am besten nicht mit rein.«
Dem Datum nach hatten wir denselben Donnerstag wie eben, das bestätigte auch die Anzeige des Netzwerktelefons, aber die Armbanduhr hinkte dem Telefon um neun Minuten hinterher.
»Der Raum stammt von Karl Manuel Duncker?« Ich nahm die Uhr ab.
»Das hast du ja wohl gemerkt.«
Wie die Funken der Dioden über das Zifferblatt gerutscht waren. Ich warf das Ding auf den Nachttisch.
»Der Raum manipuliert die Zeit?«
»Dein Herz hört auf zu schlagen, dein Atem setzt aus. Du legst dich hin und die Zeit steht für dich still.«
»Das ist verboten.«
»Neuntausend Dioden. Beziehungsweise nennen wir sie so, weil sie aussehen wie handelsübliche Dioden.«
Ich lief ins Wohnzimmer, so weit wie möglich weg von der Alten, weg von dem Schrank und von dem, was mit mir passiert war. Meine Beine zitterten, ich lief wieder zurück, zur Belustigung der Alten.
»Karl Manuel hatte es weit gebracht mit seiner Forschung«, sie schloss die Schranktüren ab, »aber man wollte ihm alles zerstören.«
Meine Hände. Meine Haut. Neun Minuten jünger als normal.
»Die Dunckersche Zelle gibt dir die Chance, aus dem Zeitstrom auszusteigen, und wenn du willst, steigst du wieder

ein, ganz ohne Schaden. Für ein junges Ding wie dich ist das doch toll.«

Mein Körper fühlte sich ekelig an. Ausgestanzt. Die Alte hielt mir den Schrankschlüssel hin, und als ich ihn nicht nahm, steckte sie ihn mir in die Hosentasche.

»Ihr jungen Leute solltet diesen Raum ausführlich benutzen. So hatte es Karl Manuel gedacht.«

Ich schaute im Bad in den Spiegel. Das Bild war eine Lüge. Nichts passte mehr zusammen. Mein Bild war ein Bild, das vor neun Minuten hierher gehört hätte, aber nicht jetzt.

Die Alte wartete im Türrahmen.

»Soll ich dir etwas verraten, Cosma? Ich glaube, dass die Zeit nicht bloß stillsteht, sondern anfängt rückwärtszulaufen, wenn du länger als neun Stunden in der Zelle bist. Eine Spielerei von Karl Manuel.« Sie rollte die Schultern und zog die Knie hoch wie eine Sportlerin. »Guck mich an. So beweglich war ich zuletzt vor einem halben Jahr. Und wie lange war ich vergangene Nacht unter den Dioden?«

Ich wollte mich gerne setzen, aber ich wusste nicht, wohin. Zwischen den Dingen und mir klaffte ein Riss, neun Minuten weit. Mit nichts war ich mehr synchron, denn anders als ich, war alles beständig an seinem Platz gewesen, das Sofa, der Stuhl, der Teppich.

Es klopfte.

»Marie! Bist du da drinnen bei Cosma?«

Die Alte öffnete die Tür. Annalena Rockmann erschrak, als sie mich sah.

»Was habt ihr getan?«

Dann zog sie ihre Schwester ins Treppenhaus und man ließ mich allein.

10.

In der Nacht weckte mich das Biofon. Ich konnte die Töne zunächst nicht zuordnen, weil noch nie jemand dieses Gerät angewählt hatte. Ich stolperte durch die Wohnung und begriff nur langsam, was los war.

»Nationaler Gesundheitsdienst. Ihre Mutter ist bei uns.«

»Wie bitte?«

»Wir haben sie abgeholt, nachdem sie einen Zusammenbruch hatte.«

»Wann?«

»Wir haben auch bei der Sozialen Kasse Meldung gemacht. Ihre Mutter wohnt immerhin im Goldenen Kern.«

»Selbstverständlich wohnt sie dort!«

»Sie wird bald siebzig sein und sie ist kollabiert. Dennoch halten wir inne, bevor wir sie in eine Anlage des Integrierten Wohnens verweisen.«

»Sind Sie verrückt?«

»Dieses Telefonat wird aufgezeichnet.«

»Entschuldigung.« Mir fehlte Licht, mir fehlte eine Uhr, und die Stimme aus dem Biofon war zu leise.

»Wir halten inne, weil Ihre Mutter im Nationalfernsehen an einer Goldenen Kampagne beteiligt ist, die noch nicht gesendet wurde.«

»Richtig.«

»Im öffentlichen Interesse kann sie demnach nicht als Silbern eingestuft werden. Derzeit.«
»Wo ist sie jetzt?«
»Die Goldene Gesundheitsbescheinigung Ihrer Mutter wird befristet. Nach der Kampagne im Fernsehen wird sie sich einer neuerlichen Prüfung unterziehen, sie wird die Prüfung nicht bestehen und in eine Anlage des Integrierten Wohnens überstellt werden.«
»Ich will mit ihr sprechen.«
»Die Soziale Kasse hat uns mitgeteilt, dass Sie als Tochter ebenfalls unter Beobachtung stehen.«
»Das hat damit nichts zu tun.«
»Von diesem Biofon aus wurde jüngst ein Arzt gerufen.«
»Ja, aber wegen einer mir völlig fremden Frau im Haus!«
»Ihr Biofon. Und es ist Ihre Mutter, die eine schwerwiegende Krankheit verschwiegen hat.«
»Welche Krankheit?«
»Sie persönlich haben sich im vergangenen Sommer schuldig gemacht, Verstorbene versteckt zu haben. Mehrfach wurden in Ihrem Umfeld sozial relevante Ereignisse nicht angemessen behandelt.«
»Welche Krankheit hat meine Mutter?«
»Holen Sie sie bitte ab, bei uns im Zentrum für Nationale Gesundheit. Hiermit endet das Gespräch.«

Die Laternen waren noch ausgeschaltet. Ich lief halb blind und hatte den Eindruck, dass diese Nacht nicht nur dunkel, sondern auch besonders feucht war. Als ich zur Apotheke kam, pulsierte die Anzeige der roten Uhr verschwommen und matt, als sei sie in nasse Tücher gehüllt. Viel zu spät bemerkte ich, dass unter der Uhr ein Weißer

Wagen parkte. Motor und Scheinwerfer waren aus, doch im Innenraum brannte Licht. Ich lief am Wagen vorbei. Der Fahrer hatte die Sitzlehne zurückgeklappt. Seine Uniformjacke stand offen. Er zog gerade ein Brot aus einer Tüte und eine Trinkflasche klemmte zwischen seinen Beinen. Vor neun Minuten wäre er noch gar nicht hier gewesen, sondern hätte gerade das Krematorium verlassen, wo seine Ladefläche geleert worden war.

Der Wachhund am ehemaligen Getränkemarkt schlug an, lange bevor ich am Zaun war. Vielleicht roch meine Angst strenger, als ich dachte. Kilometer für Kilometer legte ich zurück bis zum Zentrum der Nationalen Gesundheit und wunderte mich nicht einmal, als ich in einer Toreinfahrt zwei Jugendliche knutschen sah.

Meine Mutter wartete in der Empfangshalle. Scheinwerfer blendeten mich und der Sessel, in dem sie saß, stand halb hinter einem Paravent verborgen, aber ich entdeckte sie dennoch sofort. Die Beine übereinandergeschlagen, die Hände gefaltet, saß sie kerzengerade und lächelte wie beim Friseur. Als sie mich bemerkte, sprang sie auf. Ihr Lidstrich war an beiden Augen verlaufen und am Unterkiefer klebte Salz. Sie lächelte immer weiter, ich nahm sie in den Arm und hielt sie fest, denn für einen Moment sackten ihre Knie weg. Als sie sich von mir löste und zum Ausgang schritt, sah ich, dass ihre Bluse schmutzig war. Sie musste mit dem Rücken über den Boden gerutscht sein.

Am Ausgang ließ sich niemand blicken. Die Kameras richteten ihre Linsen auf uns und die Schiebetür öffnete sich automatisch. Meine Mutter stürmte los und drehte sich erst wieder um, als zwei Querstraßen zwischen uns und dem Zentrum für Nationale Gesundheit lagen.

»Du glaubst es nicht! Die allerfeinste Technik. Aber nur, um einen auszuspionieren.«
»Mama, was ist passiert?«
»Kleinkram.«
»Die haben mich über das Biofon angerufen und zusätzlich die Soziale Kasse informiert.«
»Mach dir keine Sorgen, ich habe alles im Griff. Auch das, worüber wir gestern gesprochen haben.«
»Du verstehst nicht. Sie haben die Soziale Kasse nicht meinetwegen informiert, sondern deinetwegen!«
»Die werden mich noch kennenlernen. War denn inzwischen jemand bei dir zur Begehung?«
»Nein.«
»Siehst du, das hat schon mal geklappt. Ich habe den Termin abgesagt, gestern noch.«
»Sag mir, was passiert ist.«
»Nichts Besonderes. Ich bin zur Vorlesung gegangen. Eine Luft im Hörsaal, zum Fürchten. Mir kann keiner weismachen, dass unsere Klimaanlage funktioniert.«
»Ist dir schwindelig geworden?«
»Plötzlich war ich weg. Und irgendjemand hat den Gesundheitsdienst gerufen. Was für ein Schwachsinn.«
»Sie behaupten, dass du ernsthaft krank bist.«
»Das hätten die wohl gerne. Vielleicht bin ich doch zu kritisch gewesen in meinen Interviews? Mir knurrt der Magen.«
Ein Weißer Wagen rauschte heran. Meine Mutter warf mir einen Blick zu.
»Wir nehmen den Bus«, sagte ich, »die Bäckerei bei mir um die Ecke macht gleich auf.«
Ich legte ihr die Jacke um die Schultern und stützte sie. Durch meinen Schweiß hindurch roch ich ihre herbe Note,

und wenn uns ein Wagen entgegenkam, betrachtete ich im Scheinwerferlicht die Flecken unter ihren Augen.
Als die Laternen angingen, saßen wir schon im Bus. Sie legte ihren Kopf auf meine Schulter und fing an zu weinen.
»Denkmalschutz, das können sie. Aber wir hatten auch mal ganz andere Möglichkeiten in diesem Land.«
Wir stiegen aus, ließen die Bäckerei links liegen und gingen hoch in meine Wohnung. Im Treppenhaus drückte ich den Knopf für den Fahrstuhl, aber meine Mutter weigerte sich, ihn zu benutzen. Schwer atmend kam sie mit mir in der vierten Etage an und hielt sich an der Flurkommode fest.
»Ich muss kurz in den Raum gucken.«
»Der Schrank ist abgeschlossen und du kannst beruhigt sein, es ist niemand mehr da.«
»Wieso?«
»Marie Rockmann ist rausspaziert. Ich denke, wir wissen beide Bescheid, Mama.«
»Nicht ganz, nicht ganz. Sonst wäre doch alles anders gekommen.«
Ich legte sie auf das Sofa und deckte sie zu. Aus Zwieback und Dauermilch rührte ich einen Brei an, aber als ich sie füttern wollte, schlief sie bereits.
Ich setzte mich zu ihr. Vielleicht hatte sie gestern genau zu der Zeit, als ich in der Dunckerschen Zelle war, mit der Sozialen Kasse telefoniert und für mich gelogen.
Auf ihrem Handrücken liefen Altersflecken ineinander, wenn auch gebleicht. Ihre Nägel hatte sie auf Hochglanz poliert. Ich legte ihr Handgelenk frei, fühlte ihren Puls. In jeder Sekunde meines eigenen Lebens hatte auch ihr Herz geschlagen, hatte auch sie geatmet wie ich. Ich aber hatte sie, ohne dass sie es wusste, für neun Minuten verlassen.

Leise wischte ich ein wenig Staub und machte das Badezimmer sauber. Die Wäsche sortierte ich zurück in den Schrank und maß dabei die Löcher in der Rückwand aus. Ich wollte im Laufe der Woche Sperrholz kaufen, um die Wand zu verschließen.
Meine Mutter schlief später noch immer, als ich zur Arbeit aufbrach. Ich ging nicht gern fort, aber ich konnte mir in der Firma nichts mehr erlauben. Die Schale mit Brei ließ ich neben dem Sofa stehen und zog die Tür hinter mir sanft ins Schloss.

Der Seniorchef hatte sich inzwischen beruhigt, allerdings verzichtete er darauf, mich im Büro zu empfangen. Er verteilte auf dem Hof die Außentermine auf die Männer und trug mir mit knappen Worten auf, heute dazubleiben und in der Halle die Geräte zu warten.
Obszön drückte der Dienstälteste seine Zunge in die Wange. Die übrigen Männer wagten es nicht, mir in die Augen zu schauen.
Als ich an ihnen vorbeiging, um für sie eine Motorsäge in den Bulli zu packen, stellte mir einer ein Bein. Ein anderer fing mich auf und drückte mich an sich, faltig und klapprig wie er war. Dann stieß er mich fort und spuckte aus. Ben gab ihm einen Tritt in den Hintern.
»Lasst sie in Ruhe.«
Die Männer wandten sich Ben zu. »Du brauchst dich gar nicht an sie ranzuschmeißen«, sagte der Älteste, »Cosma steht auf verfallenes Fleisch.«
»Ihr seid bescheuert.«
»Sie grabscht Bronzene an. Oder etwa nicht? Ausgerechnet unser Fräulein, unser Kräutchen Rührmichnichtan.«

Ich wollte ihn schlagen oder beißen, doch er wich geschickt aus.
»Immerhin wissen wir jetzt, warum sie keine Kinder kriegt«, sagte er.
Allgemeines Gelächter, dann zogen die Männer ab. Ben bückte sich nach der Motorsäge, aber ich wollte nicht, dass er mir half, und schob ihn weg.
»Du hättest die Sache, die am Heim passiert ist, nicht rumerzählen dürfen«, sagte ich.
»Habe ich auch nicht!«
»Jaja.« Ich steckte den Kettenschutz neu auf.
Ben ließ die Schultern hängen. »Vielleicht war es diese Frau vom Pflegedienst. Die, mit der du gesprochen hast. Sie hat getratscht, aber ich doch nicht!«
Ich nickte, halbwegs versöhnlich, und brachte die Säge zum Bulli. Ben stieg ein, fuhr mit dem Team vom Hof und ich ging in die Halle zur Werkbank.
Der Arbeitstisch war klamm und im Fensterfalz stand Wasser. Ich tupfte es mit einem Lappen auf und richtete mir einen sauberen Platz ein, an dem ich unser Material pflegen konnte. Das Maschinenöl stand sattgelb in der Flasche.
Die Lautsprecher an der Decke knackten. Der Seniorchef hatte für mich das Infomodul eingeschaltet. Er saß in seinem Büro mit dem Rücken zur Halle und konnte nicht sehen, wie ich mich durch die Scheibe bedankte. Die Bassstimme des Nachrichtensprechers erfüllte den Raum, während ich sämtliche Harken, Schaufeln und Spaten zusammentrug, die gereinigt werden mussten. Die Nationalen Meldungen. Ein Hochdruckgebiet näherte sich von Nordosten und versprach trockenere Luft. Die Zahl der Bronze-

nen in der Stadt ging weiter zurück. Es wurden mehr Mädchen geboren als Jungen.

Der Dreck fiel klumpig von den Spaten, ich schliff die Messer unserer Mäher und ölte jedes Scharnier. Bald lief Musik im Nationalradio, und als die Nachrichten wiederholt wurden, versuchte ich, sie mitzusprechen. Beim siebten Mal klappte es gut.

Der Seniorchef ließ sich nicht blicken. Am frühen Nachmittag verließ er das Büro, stieg in seinen Wagen und fuhr davon. Ich hätte gern nachgesehen, mit wem er seit gestern telefoniert hatte, aber er hatte die Bürotür abgeschlossen. Ich wartete noch eine Weile, ob er zurückkam, räumte dann aber die Halle auf und nahm den nächsten Bus nach Hause. Vielleicht könnte ich mich mit Ruben verabreden? Nicht bei mir, wo meine Mutter auf dem Sofa lag und eine Dunckersche Zelle darauf wartete, wieder versiegelt zu werden, sondern irgendwo draußen auf den Feldern, weitab von anderen Menschen.

Es war selten, dass ich um diese Uhrzeit schon im Bus nach Hause saß. Ich schaute weit über die Miskantusfelder und meinte, in der Ferne die Silhouette des Heims zu erkennen. Plötzlich bog der Busfahrer ab und schlug eine Route ein, die anders war als die Abendroute, die ich kannte. Die anderen Fahrgäste schienen sich nicht zu wundern, ich dagegen machte große Augen. Wir näherten uns den Anlagen des Integrierten Wohnens und passierten eine Kontrollstelle, ohne dass unsere Ausweise geprüft wurden. Auf einem Großparkplatz nahmen wir, als sei es üblich, Silberne auf. Sie drängelten sich in den Bus, in den ganz normalen Linienbus, und niemand erhob Einspruch, im Gegenteil, der Busfahrer beugte sich in den Gang und lächelte ihnen entgegen.

Fünfzehn oder zwanzig Silberne, die meisten von ihnen trugen Rucksäcke. Ein Sozialversuch, anders konnte es nicht sein, vielleicht hatte man vor, die kostspielige Silberne Flotte abzubauen und die Linienbusse für alle freizugeben. Aber was wurde dann aus Leuten wie mir, die sich in ihrer Freizeit von allem fernhalten sollten, was alt war? Hatte ich auszusteigen?
Der Bus wendete. Ich stand auf. Die Silbernen wurden von zwei Integrierten begleitet, ich kannte sie nicht, doch es waren Frauen in meinem Alter.
»Status?«, fragte mich die blonde Integrierte.
»Ich möchte aussteigen«, antwortete ich.
»Bitte nehmen Sie Platz, verhalten Sie sich wie sonst auch«, sie drückte mich nach unten und zog mit der anderen Hand einen Silbernen herbei, einen Mann mit blassen Wangen und schütterem Haar. Er setzte sich zögernd neben mich und umklammerte den Rucksack auf seinem Schoß, während der Bus die Silberne Zone wieder verließ.
Der Mann sah aus dem Fenster. Es schüttelte ihn, Schultern und Arme waren unablässig in Bewegung, er stieß mich sogar an und hatte Mühe, sich auf der Sitzschale zu halten.
»Kennen Sie meine Tochter?«, fragte er mich.
»Nein.«
»Wo ist sie?«
»Ich weiß es nicht.«
»Ist das meine Tochter?«
Ein Geruch nach kaltem Kaffee. Die blonde Frau stellte sich neben uns in den Gang. Ich schaute weg. Ich gehörte weder zu ihr noch zu den Silbernen, noch zu der Atemluft um sie herum. Ich gehörte zu der Welt, die vor neun Minuten existiert hatte, als der Bus noch leer war.

Eine Erntemaschine kämpfte sich durch den Miskantus, nicht zu fassen, man hatte auch hier den Blattfall nicht abwarten können. Die Blätter waren zum Teil noch grün, und trotzdem mähte die Maschine bereits alles ab. In einem dunklen Strahl flogen die Häcksel auf einen LKW, Feuchtegehalt mindestens vierzig Prozent. In anderen Jahren hätte sich dafür kein Abnehmer gefunden, heute aber stand bereits ein Mitarbeiter der Regional Energie parat und überwachte die Abfuhr.

Ein Zupfen an meiner Jacke erschreckte mich. Der Silberne neben mir schob seine Hand unter meine verschränkten Arme. Ich nahm sie abwehrend hoch, aber nun versuchte er, mit seinen bloßen Fingern an meinen Hals zu greifen, und als ich ihn wegdrückte, schob er seine Hand auf mein Bein und stieß einen peinlichen Ton aus. Schräg hinter uns reckte man schon die Köpfe, während die Blonde nach vorn zum Fahrer gegangen war und mir nicht helfen konnte. Ich stieß dem Alten meinen Ellbogen in die Rippen. Er schnaufte durch die Nase, wie voller Genuss. Jederzeit konnte er anfangen zu stöhnen und jederzeit konnte man mich verantwortlich machen, ihn berührt zu haben, in einem Linienbus. Mit dem Rucksack als Sichtschutz packte ich die Hand des Alten und quetschte sie zusammen, so fest ich konnte. Tatsächlich hörte er sofort auf zu schnaufen, aber er machte keine Anstalten, sich von mir zurückzuziehen. Er fing stattdessen an zu lächeln und schloss die Augen. Aus seinem gesamten Oberkörper schien die Luft zu entweichen und das Schütteln, das ihn eben noch geplagt hatte, hörte auf. Ich drückte und drückte, bis wir an einen weiteren Großparkplatz kamen und die Blonde Kommandos gab. Der Alte stemmte sich aus seinem Sitz und musste gehen.

»Ich soll Sie von Ihrer Tochter grüßen«, sagte ich noch, er aber tippte sich an die Schläfe.

Meine Mutter war nicht mehr in der Wohnung, den Brei hatte sie immerhin gegessen. Die Schale stand leergekratzt vor dem Sofa, der Löffel lag abgeleckt auf dem Tisch. Ich ließ in der Küche das Spülwasser einlaufen und versenkte meine Hände. Mein Herz schlug heftig. Plötzlich wurde mir alles zu viel. In den Ohren knisterte es, als steckte ich bis zur Nase im Schaum. Auch hörte ich vage die Dachbodentür knarren und vermutete Schritte im Flur.

Wie oft war die Dunckersche Zelle schon benutzt worden, ohne dass ich es mitgekriegt hatte? Wie oft war die Rockmann schon heimlich hinter die Wand gestiegen? War sie vielleicht gar nicht so viele Jahre jünger als ihre Schwester, sondern hatte sie ihre Zeit bloß öfter angehalten? Und was war mit der Alten? Was war mit Isabell? Aus dem Gespräch, das ich im Friseursalon belauscht hatte, und aus Isabells Benehmen bei ihrem Besuch in meiner Wohnung musste ich schließen, dass sie ebenfalls Termine in der Zelle wahrnahm. Termine, die sie mit der Rockmann ausgehandelt hatte, regelmäßig, bis ich hier eingezogen war und störte. Ich störte den Betrieb, ich störte das illegale, ekelhafte Treiben und inzwischen war ich sogar zur Mitwisserin geworden.

Ich zog mich nackt aus und legte mich im Wohnzimmer auf den Teppich. Wie ein umgedrehter Teller wölbte sich mein Bauch zwischen den Hüftknochen. Das war neu. Das Becken schien sich insgesamt verändert zu haben und an Armen und Beinen waren weitere Muskeln gewachsen. Ein Erfolg der Gartenarbeit.

Warum konnte Ruben jetzt nicht bei mir sein? Ich würde ihm heute von mir erzählen, etwas Harmloses, das ihm gefallen könnte: Wie ich zum Beispiel früher mit diesen Händen den Fahrradlenker gehalten hatte, Rostflecke auf den Knöcheln. Die Mickey-Mouse-Klingel hatte gescheppert, wenn ich auf dem Weg zur Uni, zum Büro meiner Mutter, über das Kopfsteinpflaster fuhr. Die Oberarme zitterten, die Beine strampelten, so schnell sie konnten, und die nackten Füße drohten zu zerschrammen. Auf dem Rückweg spürte ich die Hand meiner Mutter im Nacken, manchmal zu fest. Was für ein Anblick, wenn man sich die Zeit nimmt, über die Jahre zu schauen, und sich selbst wiedererkennt. Ich machte ein paar Liegestütze.

Als ich ins Schlafzimmer kam, fiel es mir auf: Durch die Schrankritzen kroch schon wieder ein orangegelber Strahl. Ich ließ den Schrank zur Seite fahren und war mir sicher, die Alte erneut auf dem Bett vorzufinden. Sie lag auch tatsächlich dort, übergossen vom gleißenden Licht der Dioden, aber sie war nicht allein. Neben ihr lag Annalena Rockmann. Und drüben auf der Chaiselongue lag meine Mutter, reglos und starr wie ein Barren auf Samt.

Spontan stieg ich durch den Durchbruch. Ich wollte die Alte mit bloßen Händen von der Matratze fegen, die Rockmann zu Boden schmeißen und meine Mutter schütteln. Ich war wie von Sinnen und stand mitten im Raum, als die neun Sekunden vorüber waren und der Schrank sich in Bewegung setzte, um den Durchbruch zu verschließen. Die Dioden bitzelten auf der Haut, Arme und Beine wurden schwer, mit jedem Pulsschlag noch schwerer, aber zu meinem Erstaunen fühlte es sich nicht schlecht an. Die Wut rann aus mir heraus, Gedanke für Gedanke wollte sich zur Ruhe legen, eine riesengroße Verlockung. Der Schrank verschloss das Loch, ich strauchelte, streifte den Körper der Rockmann und kam dadurch halb zur Besinnung. Mit letzter Kraft schleppte ich mich zum Schalter und stellte die Dioden aus. Gerade noch rechtzeitig. Mein Herz stolperte und konnte sich fangen.

Die Weiber auf dem Bett begannen im Dunkeln zu seufzen. Die Rockmann regte sich als Erste, ihre Schwester als Zweite. Meine Mutter murmelte auf der Chaiselongue etwas vor sich hin. Ich tastete nach dem Hebel für den Schrank, hielt aber inne, als ich von drüben etwas hörte.

»Cosma?«

Gedämpft klang Rubens Stimme zu uns in die Dunckersche Zelle. Er musste im Hausflur stehen, direkt vor meiner Tür.

»Mach auf!«

Die Alten auf dem Bett fingen an zu husten. Ich fuhr herum. »Seid still!« Meine Mutter kicherte in der Dunkelheit. Ruben klopfte lauter. »Cosma? Bist du da?«

Er durfte auf keinen Fall hören, dass die Alten bei mir waren. Dass meine Mutter in der Dunckerschen Zelle war, gemeinsam mit mir, dass es die Zelle überhaupt gab. »Still!« Ich schlug mit der flachen Hand nach der Rockmann und erwischte ihre Beine.

»Cosma«, flüsterte meine Mutter von der Chaiselongue.

Ich drückte den Schalter für das Licht, und wahrscheinlich weil die Anlage noch warm war, flammten die Dioden so plötzlich wieder auf, dass es wehtat.

»Einer muss das Licht ausmachen«, rief die Rockmann, aber ihre Augen hingen auf Halbmast. Mein eigener Blutdruck sackte ab, die Ohren dröhnten und schon wieder fiel es mir schwer, mich zu bewegen. Ich legte den Hebel am Schrank um und postierte mich dicht an der Mauer, um hindurchzustürzen, sobald der Durchgang frei war. Meine Mutter setzte sich auf, Marie Rockmann wühlte im Nest auf ihrem Kopf und fing an zu wimmern. Viel zu laut war es und ich zählte die Sekunden. Endlich war der Schrank weg und ich schlüpfte hinaus. Die Rockmann plumpste auf das Parkett und wollte mir nachkrabbeln, aber sie war einen entscheidenden Moment zu spät. Der Schrank fuhr zurück und ihr Körper erschlaffte auf dem schimmernden Boden.

Ruhe. Alle in der Dunckerschen Zelle waren verstummt. Auch Ruben im Treppenhaus sagte nichts mehr.

»Ruben?«, rief ich. Er antwortete mit einem Klopfen und ich öffnete ihm mit glühendem Gesicht.

»Du holst mich gerade vom Klo.«

»Ich habe doch Stimmen gehört.«

»Von wem?«

Er küsste mich und zog Schuhe und Jacke aus, während er sich umsah.

Ich versuchte, ihn zu umarmen. »Es tut mir leid, was neulich mit Lukas und Tom passiert ist.«

»Hast du mir die Tür extra nicht aufgemacht?«

»Wie geht es den beiden Silbernen denn?«

Sein Haar roch nach Shampoo und er hatte sich frisch rasiert. Rosig sah er aus, jung, leicht zu verstören. Könnte ich ihm die Zelle zeigen? Darauf vertrauen, dass er solidarisch wäre und nach einer Lösung suchen würde, anstatt mich anzuklagen, weil ich selbst unter den Dioden gewesen war?

»Manchmal fürchte ich, dass du Geheimnisse hast«, sagte er, »und dann habe ich Angst um deine Sozialmaßnahme.«
»Nur weil ich auf dem Klo war?«
Er zog an meinem Ausschnitt und pustete auf meine Brust. Widerstandslos ließ ich mich ins Schlafzimmer schieben und wir fielen aufs Bett. Vier Meter weiter stand der Schrank.
»Wir dürfen uns keine Ausrutscher leisten«, sagte Ruben, »gerade jetzt nicht. Ich kann Großverdiener werden.«
»Du?«
»Ich darf ein Praktikum machen und im Anschluss daran Gutachten erstellen. Juristische Fragen rund um die Agenda Nationalerhalt.«
Er zog sich den Pullover aus. Seine Haut roch wie gebadet, dabei gab es gar keine Badewanne bei Lukas und Tom.
»Ich werde mir mit dem Job Sozialpunkte kaufen«, er legte sich auf den Rücken, »und dann werden wir beide unser eigenes Geld haben.«
»Als ob mein Geld nicht reichen würde.«
Ich streifte meine Hose ab. Er rollte sich auf mich und der Badewannenduft quoll noch stärker auf. Der Schrank stand wie ein Mahnmal in der Ecke. Mir fiel ein, dass möglicherweise heute Abend noch Carmen vorbeikommen wollte oder sogar die Soziale Kasse, um mir zu sagen, wie es mit mir und meiner Mutter weitergehen würde.
»Ich muss dir was sagen, Ruben.«
»Sag es schnell.«
»Karl Manuel Duncker hat mal in dieser Wohnung gewohnt.«
»Nicht dieses Thema.«
»Er hat hier seine Zeitexperimente gemacht.«

»Warum kannst du dich nicht mal zurückhalten?«
»Die Rockmanns lassen mich nicht in Ruhe.«
Er stützte sich auf seine Arme. »Haben wir das nicht geklärt? Du musst dich gegen die Alten abgrenzen. Rigoros, vor allem, wenn hier eine Kranke versteckt wird.«
»Aber die Dinge passieren!«
»Was denn für Dinge?«
Ich zögerte. Ich spürte den Schrank, als stürzte er auf mich. Ruben hakte nach.
»Bist du in irgendetwas verwickelt, das dich in Schwierigkeiten bringen könnte?«
»Nein.«
»Etwas, das mich in Schwierigkeiten bringen könnte?«
»Nein! Ich selbst mache nichts, aber die anderen.«
»Die Rockmann zum Beispiel?«
»Ja.«
Er ließ sich niedersinken. »Dann vergiss es. Es geht uns nichts an.«
»Und mit wem soll ich reden, wenn nicht mit dir?«
»Wir sind so dicht dran«, flüsterte er in mein Ohr, »sehr dicht. Wenn du die Maßnahme bestehst, fehlt uns nur noch der letzte Schritt.«
Mein Magen zog sich zusammen. »Welcher Schritt?«
Als Antwort drang er in mich ein und ich nahm den Blick vom Schrank. Ich rechnete nach, wann ich zuletzt meine Tage gehabt hatte. Lange war es her, mein üblicher verzögerter Zyklus. Minus neun Minuten.

Carmen kam, als wir uns gerade wieder angezogen hatten. Sie begrüßte Ruben mit einer Umarmung, »jetzt weiß ich wieder, wer du bist«, und nahm mein Gesicht, das immer

noch heiß war, in ihre Hände. »Ich dachte schon, es ist zu spät, dich zu besuchen. Ich bin zu Hause in der Badewanne eingeschlafen.«
»Ich würde auch gern einmal baden«, sagte ich.
»Dann komm bei mir vorbei«, Carmen zog die Schuhe aus, »jederzeit.«
Ruben grinste. Ich ging in die Küche, um Gläser zu holen, während er sich mit Carmen ins Wohnzimmer verzog. Als ich sie plaudern hörte, drückte ich das Gesicht in ein feuchtes Handtuch.
Die Rockmanns und meine Mutter waren nun mindestens seit dem Nachmittag hinter dem Schrank. Ich hatte keine Ahnung, wann die Neun-Stunden-Grenze erreicht war, ab wann die Zeit in der Dunckerschen Zelle möglicherweise anfing, rückwärtszulaufen. Wie wurde der Moment gewertet, in dem ich die Dioden ausgeschaltet hatte? Was passierte jetzt gerade, ein paar Meter von mir entfernt, mit meiner Mutter? Ich wünschte, ich wäre so geistesgegenwärtig gewesen, wenigstens sie vorhin aus dem Raum zu schleppen, bevor ich Ruben in die Wohnung ließ.
Ich brachte die Gläser und eine Flasche Wasser auf einem Tablett ins Wohnzimmer und setzte mich auf den Teppich. Ruben und Carmen belegten das Sofa. Er erklärte ihr gerade die Agenda Nationalerhalt. Obwohl sie mitten im Restaurationsgebiet lebte, schien sie keine Ahnung zu haben, auf welcher Grundlage die Arbeit an den Gemäuern zustande kam. Sie lauschte seinen Worten, lag dabei halb auf dem Rücken und hielt ihren Bauch in die Luft gestreckt. Als eine Böe den Regen gegen die Fensterscheibe prasseln ließ, schlang sie mit versonnener Miene die Arme um ihren Leib. Genauso hätte ich es gemacht, wenn ich schwanger gewesen wäre.

»Ich kriege sogar ein eigenes Schlafzimmer bei meinem Prof«, sagte Ruben.
»Ach ja?«, Carmen legte den Kopf schief.
»Er hat ein riesiges Haus«, Ruben öffnete die Flasche, »und wenn es mal spät wird, wenn wir die Gutachten schreiben, kann ich direkt bei ihm pennen.«
»Wo steht denn dieses Haus?«, fragte ich.
»Im Goldenen Kern, will ich hoffen«, ergänzte Carmen.
Ruben nickte, stolz, und ich schob mich näher an seine Füße.
»Mir ist es lieber, du kommst jeden Tag nach Hause in unser Bett«, sagte ich.
»Ihr zieht zusammen?«, fragte Carmen. »Verdammt, wann das denn?«
Ich nahm ein Glas Wasser und trank es leer. Ruben rutschte vom Sofa zu mir auf den Teppich.
»Wir hängen es noch nicht an die große Glocke. Es sind noch ein paar Dinge zu klären.«
»Das ist ja super! Herzlichen Glückwunsch.«
Carmen setzte sich aufrecht hin. Sie musste ihre Beine weit spreizen, um ihren Bauch nicht zu quetschen.
Ich schenkte mir nach. »Wie gesagt. Noch nicht an die große Glocke hängen.«
»Ich kann schweigen«, sagte Carmen, »das hast du ja gestern gemerkt.«
Ruben nahm sich ebenfalls ein Glas vom Tablett. »Was war denn gestern?«
»Hat sie dir nichts erzählt?« Carmen schaute mich vielsagend an. »Sie hat einen Bronzenen berührt! Weil er nach ihr gerufen hat.«
»Wo?«

»Am Heim. Er hat gerufen und sie ist an sein Fenster gegangen, um ihn zu trösten. Total süß.«

Im Schwall klatschte der Regen ans Haus. Das Licht der Straßenlaterne brach sich in den Tropfen am Fenster. Eines Tages würden Carmens Kinder ihre Zungen an diese Wohnzimmerscheibe drücken und versuchen, die Tropfen aufzulecken.

Ruben war blass geworden. »Was bedeutet, du hast den Bronzenen getröstet?«

»Sie haben Händchen gehalten«, sagte Carmen.

Ich stöhnte: »Nicht, was du denkst. Es hat nichts mit irgendwelchen alten Geschichten zu tun.«

Carmen schlug sich die Hand vor den Mund. Ruben schwieg. Ich goss noch einmal alle Gläser voll und schraubte die Flasche zu.

»Viele Grüße aus dem Fettnäpfchen«, flüsterte Carmen.

»Wer hat dich dabei gesehen?«, Rubens Stimme war klar und scharf.

»Keiner«, antwortete Carmen an meiner Stelle, »und ich war im Grunde auch gar nicht da.«

Vom Sofa aus stupste sie Ruben in den Rücken, gerade in dem Moment, als er sein Glas wieder aufnahm. Wasser spritzte auf seinen Pullover.

»Scheiße!« Er sprang auf und ging aus dem Zimmer.

Ich sprang ebenfalls auf: »Wo willst du hin?«

»Du hast noch frische Sachen von mir im Schrank.«

Kurz bevor er das Schlafzimmer erreichen konnte, erwischte ich ihn an der Schulter.

»Ich hole dir ein T-Shirt.«

»Spinnst du? Darf ich nicht in deinen Schrank gucken oder was?«

»Ich erkläre dir das später.«
»So, wie du mir deine anderen Geheimnisse erklärst?«
Ich bemühte mich um einen ruhigen Tonfall. »Vertrau mir. Ich habe dir das mit dem Bronzenen nicht erzählt, weil du nichts darüber hören willst.«
»Nein!«, er funkelte mich an. »Ich will bloß nichts über die Alten hier im Haus hören. Über Kranke im Goldenen Kern oder die Witwe von Duncker. Aber was du persönlich treibst, wenn du unterwegs bist, das möchte ich sehr wohl erfahren.« Er stieg in seine Schuhe und riss die Jacke vom Haken. »Ich dachte, wir halten zusammen. Und eigentlich müsste ich längst wieder zu Hause sein.«
Carmen saß immer noch auf dem Sofa, als ich zurück ins Wohnzimmer kam.
»Was hat er damit gemeint, mit Kranken im Goldenen Kern und dieser Witwe?«
»Phantasiegeschichten, die ihm seine Silbernen erzählt haben.«
»Oder ist er auf irgendetwas eifersüchtig? Bei euch ist echt Feuer drin.«

11.

Keine Ahnung, wie es am Heim weiterging, ob die Rhizome Probleme machten oder anwachsen konnten. Ich hatte auch gar nicht erwartet, noch einmal in der Bronzenen Zone eingesetzt zu werden, mich störte nur die Art, wie der Seniorchef am Samstag die Kollegen zum Heim schickte, damit sie die Kulturen überwachten, und mir dagegen auftrug, ganz allein die Miskantusfelder an der Grenze des Goldenen Kerns zu kontrollieren. Seine bedeutungsschwangere Miene, das Gezische der Kollegen und Bens geflüstertes »Mach dir nichts draus«.

Zu Fuß verließ ich das Firmengelände, müde bis auf die Knochen nach der turbulenten Nacht. Mir war schlecht, meine Hose kniff am Bauch und in der nebeligen Luft fiel mir das Atmen schwer. Neben mir, auf den Feldern der Regional Energie, raschelten die Halme der Biomasse. Ich schulterte die Arbeitstasche und versuchte, an möglichst wenige von meinen Problemen zu denken. Zum Beispiel nicht daran, dass meine Mutter krank war und dass sie mir nichts darüber erzählt hatte. Oder dass sie ins Visier der Sozialen Kasse und des Gesundheitsdienstes geraten war, aber zugleich für die Fernsehkampagne zur Verfügung stehen sollte. Dass sie die Dunckersche Zelle benutzte, gemeinsam mit den Rockmanns.

Wie anders war mein Leben geworden, seit der Schrank Löcher hatte. Dringend musste ich Abstand gewinnen. Ich musste mich auf mich selbst konzentrieren, auf meine Sozialmaßnahme, auf meine Zukunft mit Ruben, die mir doch immer das Wichtigste gewesen war, das Wertvollste. Jedenfalls bis neulich, bis ich angefangen hatte, Geheimnisse zu haben, und bis ich anfing, darüber nachzudenken, ob Ruben bei fremden Leuten badete und warum er plante, bei seinem Professor zu übernachten. Ich sehnte mich zurück in die Zeit, in der die Agenda Nationalerhalt uns noch genauso egal gewesen war wie eine Einreiseerlaubnis aus der Schweiz.
Vielleicht war es am besten, wenn ich Schritt für Schritt vorging und zunächst meine Situation auf der Arbeit stabilisierte. Hier musste ich im Grunde nur den Seniorchef zufriedenstellen, und das war leicht. Ich würde seinen Auftrag heute perfekt und geduldig ausführen. Ich würde zu Fuß zu den Feldern gehen und dort den ganzen Tag beschäftigt sein, allein, ohne für die Firma oder für irgendjemanden sonst ein Risiko darzustellen.
Die Landstraße schnitt schnurgerade durch das Grün und verlor sich im Nebel. Acht Kilometer lagen vor mir bis zum Einsatzgebiet. Ich hoffte, die Sonne käme noch durch. Ab und zu näherte sich ein Auto, ich trat dann auf die Grasnarbe neben dem Asphalt und ließ es vorbei.
Einmal winkte mir eine Fahrerin zu und etwas an ihr erinnerte mich an die Frau, die Carmen und mir neulich in der Bäckerei den Platz am Fenster freigemacht hatte. Hinter der Heckscheibe ihres Autos lag eine große Tasche, wie eine Golftasche, dabei war der Golfplatz schon vor fünfzehn Jahren geschlossen worden. Er hatte zu weit außerhalb gele-

gen, noch jenseits der Heime, und er wurde nur wenig genutzt. Als in der Stadt die Idee aufkam, dort draußen ein Lager zu errichten, widmete man den Platz um. Man überzog ihn mit Zäunen und Stacheldraht, um ein sicheres Grenzgebiet zu schaffen, und baute in der Mitte das Lagergebäude auf.

In den Nächten, wenn ich im Schlafsaal am Fenster stand, die nackte Brust an die Scheibe gepresst, und hoffte, gesehen zu werden, schimmerte der Rasen im Scheinwerferlicht, noch immer sattgrün und dicht. Wie eine wärmende Decke überzog er den Hügel jenseits der Auffahrt und schmiegte sich um den alten Golfteich, in dem Rohrkolben versuchten, Land zu gewinnen. Vielleicht war der Rasen noch dichter geworden, seitdem niemand mehr auf ihm spielte. Vielleicht wurde er noch immer vom selben Platzwart gepflegt, denn obwohl das Düngen teuer war, hatte man entschieden, die Fläche zu erhalten. Nie würde hier Miskantus angepflanzt werden, nie würde man den Zaun überwuchern lassen, denn die Wachleute in den Türmen brauchten ihre freie Sicht und die Therapeuten waren darauf angewiesen, das Areal von ihren Büros aus im Auge zu behalten. Und so konnte ich dastehen, Nacht für Nacht, und weit in die Ferne schauen. Das Hemd hielt ich hochgeschoben, auch in kühlen Zeiten, um sicherzugehen, dass man auf mich reagierte, wenn man mich entdeckte.

Es hatte sich allerdings nichts getan. Kein einziges Mal kam jemand über den Platz gelaufen und schaute zu mir hoch. Nicht einmal die Wachleute, die stündlich ihre Runden drehten, schenkten mir einen Blick. Sie gingen vorüber, schwatzten und gestikulierten, und ich blieb am Fenster stehen, reglos wie der Rasen, der Stacheldraht und der Zaun.

Hätte ich damals gewusst, dass ich eines Tages wieder so frei sein würde, acht Kilometer zu Fuß zu gehen.
Das Auto mit der Golftasche hinterließ eine Wolke aus Sprühnebel. Schon wieder wurde mir schlecht. Ich musste einen Zwieback essen und den obersten Hosenknopf öffnen, um es mir bequemer zu machen.
Der Weg gabelte sich. Ich verließ die Landstraße und nahm einen Pfad aus Betonplatten, der, wie der Seniorchef versichert hatte, direkt zum Einsatzgebiet führte. Die Grasnarbe neben dem Pfad wurde schmaler, bald drängte sich der Miskantus bis an den Beton. Im Vorbeigehen knickte ich ein paar Halme ab. Eine geläufige Giganteus-Sorte war es, aber mit fünf Metern Höhe deutlich kräftiger als die üblichen Aksel-Olsen-Klone der Region. Unten zwischen den Horsten moderte eine dicke Schicht aus Blättern, dunkelbraune Materie, von Insekten durchsetzt. Als ich innehielt, rannte mir eine Feldmaus vor die Füße und verschwand im Humus. Als ich weiterging, raschelte sie noch eine Weile lang neben mir her.
Immer dunkler wurde es, je enger die Schilfschlucht sich zuzog. Die Luft staute sich zwischen den Halmen. Unter meinen Füßen knatschten blanke Ausläufer der Rhizome, die sich durch den Beton gefressen hatten. Mehrfach rutschte ich aus, aber ich machte mir keine Sorgen, denn ich wusste, dass der Weg besser werden würde, wenn ich die Nutri-Gebiete erreichte.
Tatsächlich öffnete sich bald die Schlucht, das Schilf wurde lichter und kleiner, die Luft wieder frischer. Am Himmel tauchte die Sonne auf, ein verschleierter, kleiner Ball.
Als ich die ersten Mahnschilder las, prüfte ich ordnungsgemäß, ob meine Taschen geschlossen waren. Auf dem Weg

bleiben, nichts berühren, nichts pflücken. Videokontrolle. Kein Problem. Und dann tauchten die Äcker auf.
Roggen, Weizen und Mais waren schon geerntet worden und einen Großteil der Fläche hatte man umgepflügt. Bis zum Horizont liefen die Furchen, allesamt mit einem Drall nach links. Stroh lag zwischen den Verwerfungen, aber wo die Schollen besonders wohlgeformt waren, glänzten sie fettig. Ich traute mich, kurz stehen zu bleiben, die Fußspitzen exakt am Wegesrand.
Auf dem Maschendraht vor den Äckern hing Tau. Ein Windhauch trug den Duft des Bodens heran. Dunkel war die Erde, wie mit Kakao aufgerührt. Helle Reste von Getreideähren steckten darin wie gestiftelte Mandeln.
Alle hundert Schritte variierten die Äcker. Mal war die Krume feiner geharkt, mal grob wie mit Kellen geformt. Im Sommer würde ich einmal wiederkommen und dem Getreide beim Wachsen zusehen.
Nach einer halben Stunde machte der Weg eine scharfe Kurve und präsentierte eine Überraschung. Rechts erstreckte sich ein Feld, das dicht bepflanzt war. Zu Zigtausenden überzogen Tagetes und Serradella die Fläche, ein Gründünger, den ich bisher nur aus Büchern kannte. Zu teuer, zu aufwändig war diese Methode, das hatte ich gelernt. Hier jedoch lag die Leguminose in Wolken herum, vereinzelt getupft in rosa und weiß. Man musste sie erst im Herbst ausgesät haben, denn noch jetzt im Dezember wuchs sie so kräftig, dass sie sich an den Tagetes hochschob, deren Blüten bereits welk von den Stängeln hingen. Dicke Bausche in gelb und orange, umgeben von einem Panzer aus Gestank. Ein prächtiges Schauspiel, eine Demonstration des Vitalen, während sich unter der Erde Nematoden-Völker vergiften ließen.

Ein Bussard segelte über dem Feld. Ich hätte mich gern hingelegt und abwechselnd in den Himmel und auf das Grün geschaut. Stattdessen ging ich weiter, durchquerte das nächste Miskantus-Schilf und gelangte erneut an eine Straße. Ein Bus fuhr vorbei. Am Seitenfenster klebte ein Mann, der höchstens in meinem Alter war. Die Schilder jenseits der Straße zeigten an, dass die Nutri-Gebiete noch nicht zu Ende waren, und so gelangte ich über einen weiteren Betonpfad an ausgedehnte Braunkohlfelder. Eine Monokultur, die sich bis zum Horizont zog. Kniehohe Palmen, dicht an dicht. Wassertropfen glitzerten auf dem Gekräusel.

Carmen hatte Hunger gehabt in der vergangenen Nacht, nachdem Ruben uns verlassen hatte. Ich hätte ihr durchaus etwas von meinem Zwieback gegeben, doch kaum ging ich in die Küche, fiel ihr ein, dass sie zu Hause selbst noch etwas im Kühlschrank hatte. Vitaminoptimierte Suppe, calciumreiche Brause, was man so zu sich nahm, wenn man schwanger war. Ihr plötzliches Aufspringen hatte allerdings dazu geführt, dass sie sich an mir festhalten musste. Ich konnte die Gelegenheit nutzen und meine Hand auf ihren Bauch legen. Er fühlte sich immer noch hart an, fast krankhaft prall.

»Die Zwillinge treten nur morgens, du kannst jetzt nichts fühlen«, sagte Carmen, löste sich von mir und verschwand. Ich räumte die Gläser in die Küche und wollte Carmens und Rubens Spuren verwischen, bevor ich die Frauen aus dem Raum holte und sie sich neugierig bei mir umsehen konnten. Da rutschte mir aber ein Glas vom Tablett und fiel zu Boden, und noch während es fiel, noch während der Sekundenbruchteile, in denen ich es heile vor mir sah, dach-

te ich an die Zeit vor neun Minuten zurück, als es fest auf dem Wohnzimmertisch gestanden hatte. Was wäre, wenn ich entschieden hätte, es dort zu lassen? Fiele es dann jetzt nicht? Die Scherben verteilten sich in der gesamten Küche.
Als ich schließlich den Hebel am Schrank umlegte, wollte ich den Weibern einen Empfang bereiten, der sich gewaschen hatte. Da lagen sie: meine Mutter auf der Chaiselongue, die Alte auf dem Bett und die Rockmann auf dem Boden. Ich löschte die Dioden und erwartete angewidert das zähe Erwachen. Aber die Drei benahmen sich ganz anders, als sie es am Nachmittag getan hatten. Sie murmelten nicht und seufzten nicht, sondern reckten sofort ihre Arme. Nach neun Sekunden, als der Schrank wieder zurückfuhr, waren sogar ihre Stimmen weitgehend klar.
»Cosma, Liebes«, rief die Rockmann, »wie spät ist es?«
»Oder wie spät ist es und an welchem Tag ist es so spät?«, fragte die Alte. Sie winkte mir zu, dann verschloss sich der Durchbruch zwischen uns.
Ich betätigte den Hebel erneut und meine Mutter stieg mir als Erste entgegen. Sie drückte mir die Schulter und ging in die Küche. Auch die Alte und die Rockmann versuchten, sich an mir vorbeizuschieben, aber ich hielt sie fest.
»Meint ihr, ich lasse mir alles gefallen?«
»Wieso? Deine Mutter hat uns ausdrücklich eingeladen, den Raum mit ihr zu benutzen.«
»Das hat sie mit Sicherheit nicht getan.«
»Lassen Sie mich los, Cosma.«
»Ich werde Sie anzeigen!«
»Ja? Ihre eigene Mutter wollen Sie an den Pranger stellen?«
Die Rockmann stieß mich zur Seite. »Komm, Marie, ich glaube, hier entwickelt sich ein Zwist in der Familie.«

»Cosma«, sagte meine Mutter hinter mir.
Ich fuhr herum. »Was fällt dir ein, in den Raum zu gehen!«
»Das wollte ich nicht.«
Sie nahm das Netzwerktelefon und betrachtete die Anzeige. Die Rockmann-Schwestern huschten durch die Wohnungstür hinaus.
»Drei Uhr morgens«, meine Mutter war blass, »ich war sechzehn Stunden lang in der Dunckerschen Zelle.«
»Falls du dich verjüngen lassen wolltest: Pech für dich, ich habe zwischendurch die Dioden ausgeschaltet.«
Sie ging ins Bad und ich folgte ihr. Vor dem Spiegel reckte sie ihren Hals. Am liebsten hätte ich die Haarbürste genommen und damit zumindest auf das Waschbecken geschlagen.
»Zufrieden mit der Schönheitskur, Mama?«
»Annalena Rockmann hat mich gezwungen, mit ihr in die Zelle zu gehen. Sie hatte mitgekriegt, dass ich in deiner Wohnung war.«
»Dass ich nicht lache.«
»Sie hat damit gedroht, dich sonst bei den Behörden zu melden.«
»Mich?«
»Sie hat dich in der Hand, du betreibst immerhin eine Dunckersche Zelle.«
»Ich betreibe überhaupt nichts!«
»Aber man könnte es so darstellen. Die Zelle wird von deiner Wohnung aus betreten und für die Soziale Kasse wäre der Sachstand klar. Bei dem Ruf, den du hast.«
»Weißt du was? Ich reiße die Dioden raus und zerstöre das gesamte Ding.«
Sie bückte sich, um Wasser aus dem Hahn zu trinken. Dann sagte sie mit nassem Mund:

»Wenn du versuchst, innerhalb des Systems zu agieren, wirst du dich verheddern.«
»Geh mir mit deinem Überbau nicht auf die Nerven!«
Sie trocknete sich ab, ließ mich stehen und legte sich im Wohnzimmer auf das Sofa. Ich wartete, ob sie noch irgendetwas erklären wollte, aber sie schwieg, und je länger die Stille andauerte, umso größer wurde mein Wunsch, zu schreien.
»Du hast gerade erst beim Nationalen Gesundheitsdienst gesessen! Wie kann man nur so leichtsinnig sein?«
»Wenn du die Dioden zerstörst, Cosma, dann akzeptierst du den Umstand, dass die Zeitforschung verboten ist.«
»Das ist überhaupt nicht mein Thema!«
»Würdest du die Zelle denn auch zerstören, wenn du vollkommen frei über sie urteilen dürftest?«
Ich machte eine abfällige Handbewegung und wollte mich verziehen, meine Mutter jedoch war noch nicht fertig:
»Stell dir vor, du könntest die Anlage gezielt nutzen. Du hättest die Chance, etwas zu verändern in dieser Stadt, in diesem Land. Für junge Menschen wie dich.«
»Ich will meine Ruhe. Ich will nichts verändern.«
»Willst du denn auch mich?«
Sie sah mich an, als erwartete sie ernsthaft eine Antwort. Weil ich aber beharrlich schwieg, schaute sie schließlich weg und seufzte. »Wir machen es so: Ich rede mit den Rockmanns, damit sie dich in Ruhe lassen. Als Vermieterin habe ich Möglichkeiten, mich durchzusetzen. Und du machst mit der Dunckerschen Zelle, was für dich persönlich am besten ist. Mach sie also kaputt, wenn du meinst.«
Ihr kaum verhohlenes Bedauern ließ mir das Blut in den Kopf schießen. Sie redete, als wisse sie nichts über mich, gar nichts über das Leben, das ich zu führen hatte. Als ob

es kein Lager für mich gegeben hätte, als ob ich keine Versagerin in Sachen Bringschuld wäre und als ob ich keine Sozialmaßnahme durchlaufen müsste, an deren Ende eine Prüfung stand. Als ob es stattdessen angebracht wäre, Enttäuschung in die mütterliche Stimme zu legen, weil ich nicht in der Lage war, eine Revolution anzuzetteln. Nie würde ich zu etwas Großem in der Lage sein, immer weit hinter den Fähigkeiten meiner Mutter zurückbleiben, obwohl sie doch ihr Leben lang versucht hatte, mir alle Steine aus dem Weg zu räumen.

»Jag das System selbst in die Luft!« So laut war ich, dass sie zusammenfuhr. »Unternimm doch selbst etwas, anstatt dich von Journalisten hofieren zu lassen und dann heimlich mit den Rockmanns in den Raum zu schleichen.«

»Ach so! Aber für wen mache ich das denn? Für wen lasse ich mich hofieren? Nur für dich habe ich seit vierzig Jahren darauf geachtet, nicht mehr anzuecken.«

»Du hast es dir einfach gemacht, Mama. Sonst nichts.«

»Ich bürge für dich vor der Sozialen Kasse, das muss man sich mal vorstellen. Ich! Und nur weil ich so angepasst tue und mich hofieren lasse, durftest du überhaupt aus dem Lager heraus.«

Brüsk wandte ich mich ab, aber noch bevor ich meinen Kopf über das Klo hängen konnte, hörte ich sie aus dem Wohnzimmer rufen:

»Nur dass wir uns richtig verstehen. Wenn ich kein Kind gehabt hätte, wäre ich lieber tot gewesen, als vor der Sozialen Kasse zu buckeln.«

Die Worte hallten in mir nach, auch jetzt noch, während ich die Nutri-Gebiete durchquerte. Ich kickte einen Stein zur Seite und er flog mit Schwung über den Zaun in den Braunkohl. Der Strunk brach auseinander.

Meine Mutter hatte gestern zu guter Letzt, als ich im Bad wieder hochkam, neben mir gestanden. Die Flecken auf ihrem Gesicht liefen von einem hellen Grau unterm Lidrand in ein dunkleres Grau über, das auf den Wangenknochen lag. Ich spülte mir ausführlich den Mund aus.

»Wenn ich kein Kind gehabt hätte«, sagte sie mit fester Stimme, »hätte ich keine Lust gehabt, in diesem Land so lange zu leben.«

Sie nahm mir das Handtuch weg und hielt einen Zipfel unter den Wasserhahn. Dann tupfte sie mir über die Schläfen und wischte über die Lippen, spülte das Handtuch aus und wiederholte die Prozedur.

»So lange lebst du doch noch gar nicht«, murmelte ich in den Frottee-Stoff.

Mit jeder Bewegung setzte sie den herben Geruch frei, der sie neuerdings umgab, und auf einmal, während ich zusah, wie sie sich langsam über das Becken beugte, um sich selbst das Gesicht zu waschen, wie konzentriert sie die Finger krümmte und die Hände aneinanderlegte, um das Wasser aufzufangen, sorgfältig vermeidend, mit dem Bauch an das Waschbecken zu stoßen, wusste ich, was los war.

Ich hielt mich am Handtuchhalter fest, so dass er knackte. Sie merkte auf und ihre Augen wurden schmal. Da schlang ich von hinten meine Arme um sie. Ihr Puls ging hart. Ich drückte sie an mich, als sei mit Kraft zu verhindern, dass etwas zwischen uns wuchs.

Lange, lange blieben wir so stehen, die Blicke im Spiegel verhakt, in dem Bild, das uns zeigte, wie wir hintereinanderstanden und uns zugleich von vorn betrachteten, vielleicht zum letzten Mal.

»Das Problem ist nur«, sagte sie endlich, »es fällt mir so schwer, Tschüss zu sagen.«

12.

Bis sich alles eingependelt hatte, vergingen Tage. Die Rockmann war erst einmal misstrauisch und weigerte sich, in die Dunckersche Zelle zu gehen, wenn ich nicht als Sicherheitspfand an ihrer Seite war. Sie fürchtete, ich hetzte ihr die Behörden auf den Hals, sobald sie selbst wehrlos und allein in der Zeitanlage steckte. Also musste ich mich mit ihr gemeinsam unter die Dioden legen. Sie rollte sich auf dem Bett zusammen, ich wählte die Chaiselongue an der Wand. Doch wann immer ich wieder zu mir kam, fiel mein Blick als Erstes auf ihren Hintern und ich wurde daran erinnert, dass ich nie wieder mit jemandem synchron sein könnte außer mit ihr, und dass ich trotzdem keine andere Wahl hatte, als genau so weiterzumachen. Es war der einzige Weg, um meiner Mutter zu helfen. Ihr Vorteile zu verschaffen, ohne dass die Rockmann missgünstig wurde.

Ruben war unterdessen im Nichts verschwunden. Kein Bild, kein Ton. Wenn ich unsere Beziehung noch retten wollte, hatte ich selbst Kontakt aufzunehmen. Nach dem Streit an dem Abend, als Carmen bei uns war, fühlte er sich garantiert im Recht. Ich müsste mich bei ihm für die Geheimnisse entschuldigen, angefangen beim Kontakt zum Bronzenen am Heim bis hin zum Versteck hinter dem Schrank. Es summierte sich und ich würde mich darum

kümmern, später, wenn ich mit der Dunckerschen Zelle, den Rockmanns und der Gesundheit meiner Mutter alles geregelt hätte.
Die Schwestern Rockmann sollten die Zelle ab sofort zu festgelegten Zeiten nutzen, damit sie zufrieden waren und ruhig blieben, und für meine Mutter hatte ich ein Spezialprogramm vorgesehen: Sie sollte jede Nacht unter den Dioden liegen, so viele Stunden wie möglich, um ihre Krankheit aufzuhalten oder sogar zurückzuentwickeln.
Alle Beteiligten hätten mit diesem Plan gut leben können. Als ich aber in die dritte Etage hinabstieg, um zunächst der Alten das Stundenraster für den Raum zu präsentieren, presste sie die Lippen aufeinander und schüttelte den Kopf.
»Habe ich Ihnen zu wenig zugeteilt?«, bemühte ich mich um einen Konsens.
Die Alte fegte den Plan zur Seite. »Du hast das Vermächtnis von Karl Manuel überhaupt nicht begriffen.«
Sie schaltete den Fernseher ein und starrte auf den Bildschirm, als sei alles gesagt. Ihre Füße schwang sie auf einen Schemel, dessen Polsterflor bis auf den Webstoff verschlissen war. Sie trug keine Nylonstrümpfe mehr, vielleicht waren sie kaputt oder wurden endlich gewaschen, aber das Geräusch, das sie jetzt machte, als sie die bloßen Fersen aneinanderrieb, ließ mich wünschen, sie sei angezogen wie früher und die Strümpfe könnten die Schrunden egalisieren.
In der Küche backte Annalena Rockmann Plätzchen. Ich händigte ihr den Plan aus.
»Um 14 Uhr an Werktagen dürfen Sie in den Raum. Das sage ich Ihnen fest zu. Und um 16 Uhr holt meine Mutter Sie wieder heraus. Wenn ich also von der Arbeit komme, sind Sie aus meiner Wohnung verschwunden.«

Die Rockmann putzte sich die Hände an der Schürze ab und studierte den Stundenplan.
»Aber Cosma, Sie haben sich ja selbst gar nicht eingetragen.«
»Ich brauche mich nicht einzutragen. Es ist meine Wohnung.«
Sie faltete das Blatt Papier und steckte es in ihre Schürzentasche.
»Nein, dieses Angebot werden wir nicht annehmen. Sie sollen exakt so viel von dem Raum haben wie wir und das sollte auch schriftlich festgehalten werden.«
Sie klappte einen Eckschrank auf und hantierte mit Tassen und Tellern. Auf dem Tisch stand ein Backblech mit rohen Vanillekipferln. Der Ofen heizte vor.
»Gut, dann gehen Sie eben gar nicht in den Raum«, sagte ich.
»Einverstanden«, antwortete sie, »aber aus Gründen der Fairness werde ich die Sache selbstverständlich der Sozialen Kasse melden.«
Ich klaubte ein Kipferl vom Blech und rollte es zu einer Kugel.
»Früher sind Sie auch in die Dunckersche Zelle gegangen, ohne sich darum zu kümmern, welcher Anteil mir zustand«, ich warf die Kugel unter den Tisch.
»Aber Cosma, ich bin doch niemals in der Zelle gewesen!« Sie drehte sich um und lächelte mich an. »Ich wusste gar nicht, dass es diesen Raum überhaupt gibt! Das kann ich der Sozialen Kasse erklären. Ich weiß erst jetzt Bescheid, weil Sie mich schriftlich zu einer Benutzung eingeladen haben.« Sie klopfte auf die Schürzentasche.
Meine Hand schnellte vor und schlüpfte in den Stoff, bevor die Rockmann es verhindern konnte. Ich riss ihr das Papier

aus der Tasche und hielt es hoch in die Luft, so dass sie nicht mehr herankam.
»Wie Sie wollen, Cosma. Aber wundern Sie sich nicht, wenn die Soziale Kasse bei Ihnen klingelt, ausgerechnet in dem Moment, wenn Ihre Mutter unter den Dioden liegt. Bei allem Verständnis, aber in diesem Land wird soziale Gerechtigkeit groß geschrieben.«
Sie wandte sich wieder ihrem Geschirrschrank zu. Ich warf ein zweites Vanillekipferl zu Boden und zerdrückte den Rest des Teiges auf dem Blech. Die Rockmann tat, als kriegte sie davon nichts mit, bis auch noch die Alte heranschlurfte und mir von der Küchentür aus zusah. Ich nahm das Blech und schob es in den Ofen. Die Rockmann drehte den Ofen aus.
»Cosma, Sie müssen sich entscheiden. Entweder gehen wir alle in den Raum oder es geht keiner hinein. Wobei ich Ihr Zögern gar nicht verstehen kann. Hat man als junger Mensch nicht das gleiche Interesse an einer Zeitverlängerung wie als Goldener?«
Die Alte stampfte im Flur mit dem Fuß auf. »Cosma hat Karl Manuel nicht verstanden und du hast ihn ebenfalls nicht verstanden, Annalena.«
Sie kam noch näher und hielt sich an der Lehne eines Küchenstuhls fest. Ihre Fingerknöchel wölbten sich unter der Haut wie Kiesel. Sie sah mich an, leckte mit einer seltsam dunklen Zunge ihre Lippen und ging langsam in die Knie, um die Kipferl auf dem Boden zu erreichen.
Ich spürte, wie die Rockmann mich ansah, wie sie darauf lauerte, dass ich einen Fehler beging, und tatsächlich wuchs in mir der Drang, etwas zu tun. Die Alte bückte sich mühsam, immer tiefer, das Unterhemd blitzte unter der Strickjacke auf, und mir kam es falsch vor, den üblichen Regeln

zu folgen. Jeder Atemzug kam mir falsch vor, und zugleich wusste ich nicht, was richtig war. Ich ging einfach in die Hocke, runter zu ihr, und es war mir egal. Zum ersten Mal seit meiner Zeit im Lager fiel etwas von mir ab. Was auch immer ich anstellte, in dieser Küche, in diesem Haus vor den Augen der Rockmanns, es könnte nicht schlimmer sein als das, was ohnehin auf mich zukam: Meine Mutter starb und sie starb meinetwegen. Sie war nicht rechtzeitig zum Arzt gegangen, sondern hatte die Goldene gemimt, nur um mich aus dem Lager zu holen. Ihr eigenes Leben hatte sie meinem Leben untergeordnet, um mir zu helfen. Ein tonnenschwerer Beweis für Mutterliebe. Und ich? Ich war viel zu sehr mit mir selbst beschäftigt gewesen, als dass mir etwas aufgefallen wäre.

Oder war es eher der Ausdruck einer politischen Haltung gewesen, dass sie sich so entschieden hatte? Die Folge eines moralischen Anspruchs, an dem andere Menschen, die schwächer waren als sie, zerbrochen wären? Aber wie kleinkariert musste ich sein, jetzt schon wieder solche Gedanken zu hegen, anstatt ihr schlicht zurückgeben zu wollen, was sie mir großherzig zugeschoben hatte.

Die Alte, tief gebückt in der Küche, wedelte mit der Hand, um mich wegzuscheuchen, doch ich rückte ihr noch dichter auf die Pelle. Ich lachte ihr ins Gesicht und dann ging alles sehr schnell.

Das Leid glitt aus ihrem Kragen und schlüpfte in meinen Pullover. Warm rann es über meinen Bauch und suchte sich seinen Platz, während meine Hand anfing, über den Boden zu tasten, um das Kipferl zu finden. Der Teig war weich und ich bot ihn der Alten dar. Sie jedoch labte sich an meinem Gesicht, labte sich gierig und ich gab mich hin.

Vielleicht hätte ich von mir aus kein Ende mehr gefunden, wenn nicht über mir das elektronische Klicken eines Auslösers zu hören gewesen wäre. Die Rockmann legte eine Kamera beiseite.
»Ihre Mutter wird sich sehr dafür interessieren«, sagte sie, »wie schamlos Sie hier in meiner Küche herumkriechen.«
Ich riss die Kamera an mich. Der Stuhl kippte um und polterte gegen die Beine der Alten. Sie fiel mit einem dumpfen Geräusch auf die Hände und plumpste dann zur Seite auf Hüfte und Kopf. Sofort war die Rockmann bei ihr.
»Marie, was hat sie dir getan?«
Die Alte jammerte. Ich klickte mich durch das Menü der Kamera und konnte keine einzige Aufnahme finden. Komplett leer schien der Speicher zu sein. Da drückte ich auf den Auslöser und knipste die Schwestern, wie sie auf dem Fußboden übereinander hingen. Die Kamera in der Hand, das Bild noch auf dem Display, lief ich aus der Wohnung zurück in die vierte Etage.

Gegen Abend klopfte die Rockmann an meine Tür, schaute mich wortlos an und ich nickte. Es war doch egal. Ich ging mit ihr in mein Schlafzimmer, öffnete uns den Raum und stellte die Dioden an. Während sie sich auf dem Bett ausstreckte, rollte ich mich auf der Chaiselongue zusammen und ließ den Herzschlag stocken. Das Polster glänzte im Licht, wie Bernstein glommen die Fingernägel auf, während das Bewusstsein schwand.

13.

Am zweiten oder dritten Tag des Arrangements, ich weiß es nicht genau, da ich vorübergehend nicht zur Arbeit gegangen war, brauchte ich frische Luft. Sobald die Straßenlaternen am Morgen brannten und die Weißen Wagen in ihren Garagen verschwunden waren, stieg ich in die Joggingklamotten und lief los. Ich lief aber auf eine andere Art als sonst, sah kaum nach rechts und links, und wenn mir jemand entgegenkam, wich ich nicht aus. Ich wollte mir den Weg bahnen, war durchaus bereit, zu rempeln oder mich schubsen zu lassen, falls es dazu käme. Doch sobald die Leute mich auf sich zustürmen sahen, sprangen sie bereitwillig zur Seite. Selbst Goldene machten mir Platz. Ich konnte es nicht fassen, dass sich niemand bereitfand, mich für mein asoziales Verhalten zu bestrafen.

In manchen Fenstern hingen Lichterketten, die Läden waren festlich geschmückt. Es war die Saison, in der man als Gärtnerin gutes Geld verdienen konnte, indem man Tannenzweige schnitt oder Weihnachtssterne anbot. Noch nie hatte ich diese Zeit verpasst, aber in diesem Jahr war es unmöglich, an Nebengeschäfte zu denken. Es schien mir ohnehin sinnlos zu sein, noch mehr zu arbeiten, noch mehr Geld zu verdienen, um Sozialpunkte zu kaufen, die ein besseres Leben versprachen. Was hieß denn »besser« in meinem Fall?

Ich lief und lief und endlich musste ein Auto bremsen, weil jemand auf die Straße gesprungen war, um mich passieren zu lassen. Die Reifen schrubbten über den Asphalt, ich hob die Hand zum Gruß.

Vor dem Kinderladen stand ein großer Weihnachtsbaum. Der Allwetterschmuck schaukelte im Morgenwind, die Prismen und Kugeln klirrten gegeneinander. Das Personal hatte sich an der Pforte aufgereiht, um erste Kinder in Empfang zu nehmen. Eine Frau brachte Zwillinge, zwei kleine Jungen mit gelben Schwertern aus Plastik. Ich lief langsamer, sah noch, wie einer sein Schwert hoch in den Tannenbaum warf, dass es schepperte, dann musste ich um die Ecke biegen.

Aus der Bäckerei drang Gelächter. Durch die Scheiben sah ich die Kronleuchter glitzern, die im Gastraum hingen. Ein paar Leute standen vor der Tür und unterhielten sich. Vielleicht lief drinnen Weihnachtsmusik, vielleicht gab es Stollen. Ich spuckte auf den Bürgersteig und hätte beinahe die Person übersehen, die im Café direkt am Fenster saß: Carmen. Sie saß am selben Tisch wie neulich, als wir uns kennengelernt hatten, und rührte in einer Tasse. Ich klopfte kurz an die Scheibe und lief, ohne ihre Reaktion abzuwarten, über die Rampe ins Café. Auf Carmens Tisch war für zwei Personen gedeckt, an ihrem Platz und am Platz gegenüber. Der zweite Stuhl jedoch war leer.

Sie begrüßte mich mit ausgebreiteten Armen. »Gut siehst du aus! Ich wünschte, ich könnte auch wieder joggen.« Dann rückte sie die beiden Tassen zur Seite, als ob sie nicht zu ihr gehörten.

Ich ließ mich auf den freien Platz fallen. »Hast du endlich aufgehört zu arbeiten?«

»Bisher hieß es immer, man könne auf mich nicht verzichten, und jetzt stellt man mich frei.«
»Wie sagt man so schön: Deine Klienten werden es überleben, wenn du nicht zur Arbeit erscheinst.«
»Ich mache es so gut wie kein anderer. Neulich war einer bei mir, der war noch nicht einmal Bronzen. Aber er wollte es unbedingt haben, und zwar von mir.«
»Du hast einem Silbernen hinübergeholfen?«
Sie gab der Bedienung ein Zeichen, dass sie bezahlen wollte. Ich schwitzte vom Joggen und wollte auch gern wieder gehen, da sah ich zwischen den Goldenen am Tresen eine Jacke, die mir bekannt vorkam.
»Ruben?« Schon war die Jacke wieder verschwunden.
»Ruben!«
Die Goldenen drehten sich zu mir um. Ich eilte zum Eingang. Eine Frau zeigte vage nach draußen, aber draußen war niemand zu sehen.
»Groß und blond?«, fragte ich die Frau.
»Weiß nicht«, antwortete sie, »jung auf jeden Fall, aber das muss Ihre schwangere Bekannte doch wissen, die hat eben noch mit ihm am Tisch gesessen.«
Ich kehrte an Carmens Platz zurück. Sie stützte ihren Kopf in die Hände.
»Habt ihr eigentlich schlimme Probleme mit Fremdgehen oder so?«, fragte sie.
»Du hast hier tatsächlich eben mit Ruben gesessen?«
»Natürlich nicht!«
Hinter mir wurde gekichert. Carmen kniff ein Auge zu.
»Lass dich doch nicht verarschen.«
Die Bedienung brachte die Rechnung und ich verließ den Gastraum.

»Warte!«, rief Carmen mir nach. »Du bist doch mit Ruben zusammen? Ihr wollt doch zusammenziehen, oder?«
Draußen hatte es angefangen zu regnen und ein paar Menschen hatten unter dem Vordach der Bäckerei Schutz gesucht. Ich drängelte mich durch, ein Mann beschwerte sich, hielt aber sofort die Klappe, als ich ihm ins Gesicht sah.
Die Sonne war noch nicht aufgegangen, unter den Laternen hing das Licht in Kegeln. Ein Schwarm Radrennfahrer rollte im Leerlauf vorbei, die Goldenen Embleme blitzten mit den Speichen um die Wette. Ich war an diesem Tag schon sechzehn oder achtzehn Stunden jünger, als ich es gewesen wäre, wenn ich die Dunckersche Zelle nicht entdeckt hätte. Aber was hatte ich durch diese Stunden eigentlich gewonnen?

14.

Auf dem Kiesweg vor Isabells Salon klebten die Blüten der Tradescantia. Das Blau war ausgebleicht, die Kronblätter hatten sich an den Rändern aufgerollt. Der Sturm musste sie in der Nacht von den Pflanzen gerissen haben. Das Blattgrün steckte noch im Beet, erschöpft, als habe es versucht, die Blüten zu halten. Die kahlen Lanzetten erinnerten an lilafarbene Adern eines gekochten Huhns.
Ich selbst hatte den Sturm verpennt, hatte durchgeschlafen bis zum Morgen, und erstmals fühlte ich mich an diesem Montag frischer als meine Mutter. Als ich sie nach dem Aufwachen aus dem Raum geholt hatte, war ich nicht so blass gewesen wie sie und meine Augen waren abgeschwollen. Ihr dagegen stand der Schweiß auf der Oberlippe, kaum dass sie aus dem Durchbruch geklettert war. Sie musste sich auf meinen Arm stützen und legte sich hin, während ich das Frühstück zubereitete.
Wir wussten inzwischen, dass die Starre unter den Dioden nicht mit einem erholsamen Schlaf zu vergleichen war. Beim Innehalten der Zeit schien der Körper von sich selbst zu zehren. Er strengte sich an, besonders dann, wenn die Zeit die Richtung wechselte und rückwärts lief. Man blühte biologisch gesehen vielleicht auf und wurde jünger, aber der Körper reagierte wie der eines Babys, das umso mehr Er-

holung braucht, je aktiver es ist, und diese Nebenwirkung wurde für meine Mutter zum Problem.
»Ich kann mich nicht ausruhen«, sagte sie, »ich muss zur Uni gehen und auftreten wie immer, sonst schöpft jemand Verdacht.«
Ich hätte gern gewusst, welchen Anteil die Müdigkeit an den Schatten unter ihren Augen hatte und welchen Anteil die Krankheit. Ihre Stirn zum Beispiel hatte sich nach wenigen Tagen der Therapie leicht rosa gefärbt, nach weiteren Tagen meinte ich sogar, dass die Haut an ihrem Hals anfing, sich zu straffen. Selbstverständlich konnten wir nicht wissen, wie es um den Zustand ihrer Organe bestellt war, aber unsere Hoffnung wuchs trotzdem.
Die Soziale Kasse, die davon ausging, dass die Krankheit den legalen Weg nahm und weiter fortschritt, hatte meiner Mutter Medikamente zukommen lassen, mit denen verhindert werden sollte, dass sie noch einmal öffentlich zusammenbrach. Sie sollte durchhalten, denn sie war inzwischen zum Aushängeschild der Behörde geworden.
Im Fernsehen war die Kampagne angelaufen, in der sie für das System warb. Vom Bus aus hatte ich die ersten Plakate gesehen. Man hatte die Portraits gut retuschiert. Meine Mutter sah sportlich aus, mit dem typischen Blick, den man sowohl belustigt als auch neugierig nennen konnte. »Das Beste kommt«, wurde ihr mit einer Sprechblase in den Mund gelegt. Ihre Lippen glänzten und durch wohl dosierte Falten um die Augen wurde ihr eine besondere Reife untergejubelt. Eine mit Zuversicht unterfütterte Reife, um die sie zu beneiden war.
Am Kragen ihrer Bluse leuchtete das Logo der Sozialen Kasse.

»Durch die Kampagne«, sagte sie, »bin ich glatt auf dem Weg, zu einem archetypischen Symbol zu werden.«
Wie groß aber der Druck war, der auf ihr lastete, darüber sprachen wir nicht. Auch nicht über die Gefahr, die von der Sozialen Kasse ausging. Wir konnten sicher sein, dass die Mitarbeiter der Kasse meine Mutter hassen würden. Sie hatte die Behörde gedemütigt. Man war ihr lange hinterhergerannt, um sie für die Kampagne zu gewinnen, und man hatte dabei nicht gemerkt, dass sie todkrank war. Sobald die Kampagne vorbei wäre, würde man versuchen, sich zu rächen.
Aber was würde passieren, wenn auch das nicht klappte? Wenn meine Mutter sich plötzlich wieder als gesund erweisen würde, anstatt sich zur Silbernen abstufen zu lassen? Würde die Kasse sie gehen lassen?
Ich zweifelte manchmal an meinem eigenen Vorgehen, stellte den Sinn des Plans in Frage und verdächtigte wahlweise meine Mutter oder mich, blauäugig zu sein.
Ich fragte mich auch, für wen meine Mutter sich eigentlich ins Zeug legen sollte, um wieder gesund zu werden. Für sich selbst, um länger leben zu dürfen in einem System, das sie doch verachtete? Oder erneut für mich, weil ich ohne ihre Goldene Bürgschaft nicht zurechtkommen würde, ohne ihr Geld und ihre Prominenz? In diesem Fall wären wir auf ewig aneinandergekettet.
Ab und zu hatte ich sie weinen gesehen. Wenn sie zum Beispiel auf dem Sofa eingeschlafen war, während ich in der Küche ein Abendessen kochte. Die Tränen quollen ihr unter den Lidern hervor, ich weckte sie vorsichtig auf. Ich fütterte sie, wenn ihr die Augen wieder zufallen wollten. Sie musste essen, sie musste sich wappnen für die Reise zurück

in die Gesundheit. Und dann verfrachtete ich sie rigoros hinter den Schrank auf die Chaiselongue.

Das Tannengrün auf den Kübeln der Augusta Luise leuchtete wie frisch gewaschen. Ich hob die Zweige an, um die Kübelerde zu begutachten. Der Schimmel hatte sich ausgebreitet, und weil so viel Regen durch die Zweige gesickert war, hatte sich der Pilz tief verästelt. Es roch nach feuchtem Karton. Ich drückte auf die verholzten Rosentriebe, um zu prüfen, inwieweit sie faulten.
Isabell stand im Salon hinter der Scheibe und guckte mir schon wieder zu. Ich beschloss, mich erst einmal umzuziehen.
Auf der Arbeitsplatte im Holzverschlag wartete ein Stück Marmorkuchen, daneben eine Thermoskanne aus rosafarbenem Plastik. Ich schraubte den Deckel ab. Pfefferminztee, gar nicht gut für meinen Magen.
Wegen der Wetterlage entschied ich, Gummistiefel zu tragen. Die Beine der Cargohose stopfte ich stramm in die Schäfte. Der Spinnenbiss am Knie war inzwischen fast verheilt, weil ich seit Tagen nicht mehr gewagt hatte zu kratzen. Ich suchte nach der Lichterkette, um endlich, knapp vor Weihnachten, den Deko-Auftrag zu erfüllen. Das lange Kabel hatte sich verknotet. Die Lämpchen klickten aneinander, während ich sie entwirrte, und als ich den Verschlag verließ, zog ich die Kette wie eine meterlange Schleppe hinter mir her.
Im Salon brannten inzwischen drei Kerzen auf dem Adventskranz. Ein stilisierter Schlitten leuchtete an der Wand und sämtliche Friseurinnen trugen rote Mützen.
Die Eibe am Rande des Rasens ragte vier Meter hoch auf. Sie war das höchste grüne Gewächs in diesem Garten und

somit das richtige für den Weihnachtsschmuck. Ich drapierte die Lichterkette auf dem Boden, um den Stamm herum, und konzentrierte mich darauf, das Schauspiel aufzuführen, für das ich bezahlt wurde. Eine Kundin hatte sich schon drinnen am Fenster postiert, um mir zuzusehen. Auf ihrem Kopf wippte silberne Folie. Eine andere Kundin trat neben sie, reichte ihr eine Kaffeetasse und schaute ebenfalls herüber. Ich spielte ein wenig mit dem Ende der Kette, ließ die Lämpchen durch meine Finger gleiten und hielt die Stiefel auf dem feuchten Rasen hüftbreit auseinandergestellt.

Ein Pfiff schreckte mich auf.

»Ohne Leiter wird das nichts.«

Drüben vor dem Verschlag stand Isabell, die rote Mütze in der Hand. Für eine Friseurin sah sie beinahe ungepflegt aus. Ich ließ die Kette fallen und ging zum Verschlag, um die Leiter zu holen. Isabell hielt mir die Tür auf.

»Dein Seniorchef schickt einen zweiten Mann vorbei. Er hat eben angerufen.«

»Warum das denn?«

»Willst du lieber mit mir allein sein?«

Die Leiter war sperrig und Isabell stand im Weg.

»Wir haben etwas zu besprechen«, sie machte mit Absicht keinen Platz, »und zwar in deinem eigenen Interesse.«

Ich nahm die Thermoskanne von der Arbeitsplatte, goss Tee in den Becher und setzte mich, als sei es Zeit für eine Pause. Isabell nahm mir den Becher vor der Nase weg.

»Du kannst ja mal schätzen, wie alt ich bin«, sagte sie.

Ich schüttelte den Kopf. Sie wartete und nippte am Tee.

»Wie alt bin ich?«

Die Haut an ihrem Hals saß locker, auch auf den Handrücken, schlaff. Wie lange hatte sie schon mit Annalena Rockmann gemeinsame Sache gemacht unter den Dioden? Wie viele Jahre hatten sich die beiden schon damit abgewechselt, die jeweils andere in die Dunckersche Zelle zu lassen und wieder herauszuholen? Sich gegenseitig belauernd, ob auch niemand das Geheimnis verriet, und sich insgeheim grämend, weil man den Raum nicht alleine bedienen konnte. Aber hätte es nicht jemandem auffallen müssen, dass die Frauen kaum älter wurden? Oder starben alle Zeugen im Laufe der Zeit weg?

»Ich könnte heute die Zweige von den Rosenkübeln nehmen«, sagte ich.

Isabell stieß gegen den Stuhl. »Ab sofort kriege ich wieder Termine hinter der Wand.«

Schritte näherten sich von draußen und Ben grüßte durch die Tür. »Ich bin's. Verstärkung.«

Isabell stellte den Becher weg und verließ den Verschlag. Ben schaute ihr fragend hinterher, aber ich schnalzte mit der Zunge und bat ihn, die Leiter zu nehmen.

An der Eibe fuhr ich die Leiter aus. Ben sicherte halbherzig die Standfüße. Ich stieg die Sprossen empor, um den Wuchs der Zweige zu überprüfen und um in Ruhe nachzudenken. Isabell musste in den Stundenplan eingebunden werden. Wenn ich ihr den Zugang zu den Dioden verweigerte, würde sie genau den Ärger machen, den ich fürchtete.

Ich stieg immer weiter, so hoch, dass Ben nervös wurde und die Holme mit beiden Händen packte. Bald konnte ich über die Mauer gucken, die den Salongarten begrenzte.

Auch bei den Nachbarn hatte der Sturm seine Spuren hinterlassen. Ein Gartentisch lag vor der Terrasse auf dem Rasen. Der Ast einer Birke war auf ein Beet gefallen und ein Schneemann aus dickem, grünlichem Glas war gegen einen

Kübel gekippt. Niemand hatte aufgeräumt, obwohl jemand zu Hause sein musste, denn die Terrassentür stand offen. Ein Vorhang wehte ins Freie, blauer, glänzender Stoff.
Ben wechselte unten seine Position und brachte die Leiter zum Schwanken. Ich musste mich an der Eibe festhalten, beugte mich aber trotzdem vor, um einen noch besseren Blick auf das Nachbargrundstück zu haben. Das Lachen eines Mannes gluckerte hinter dem Vorhang, begleitet vom Quietschen einer Frau, die, ihrer Stimme nach zu urteilen, längst aus den Jahren heraus war, in denen sie es für die Bringschuld tat. Eine Sehnsucht nach Ruben erfasste mich, die beinahe unheimlich war.
Die Leiter schwankte stärker. Ben kletterte zu mir hoch, das Ende der Lichterkette über der Schulter, und wollte behilflich sein. Ich nahm die Kette in Empfang und schickte ihn wieder fort. Er sollte in den Verschlag gehen und die Kabeltrommel vorbereiten. Mürrisch verzog er sich, aber bei den Nachbarn trat unterdessen ein Mann auf die Terrasse. Er trug eine kleine, dürre Alte auf den Armen. Sie war in eine Art Nachthemd gehüllt. Ihr Dutt aus grauem langem Haar hatte sich halb aufgelöst und ihre Füße baumelten nackt in der Luft. Sie schmiegte ihre Wange an die Brust des Mannes und sie redeten leise miteinander. Der Gürtel seines Bademantels schleifte über den Boden, aber er trug die Frau bis zum Schneemann aus Glas.
Ich duckte mich, beschämt. Der Mann konnte der Sohn der Frau sein, ein Vertrauter auf jeden Fall, mit dem sie scherzte. Mit dem sie alles machen konnte, weil er das Risiko einging und sie versteckte, eine kranke, alte Frau, die nicht mehr alleine gehen konnte, mitten im Goldenen Kern.

Hastig verteilte ich die Lämpchen auf den Zweigen der Eibe und hoffte, von den beiden nicht gesehen zu werden. Dann stieg ich hinunter. Das Kabelende schlängelte sich über den Rasen zum Verschlag, die Kabeltrommel aber fehlte. Ich rief nach Ben und bekam keine Antwort. Wahrscheinlich war er in den Salon gegangen.

Auf Socken trat ich durch die Hintertür in den Flur, so wie an dem Tag, an dem mich die Spinne gebissen hatte. Die Küchentür war diesmal geschlossen, aber noch bevor ich sie erreicht hatte, hörte ich, was dahinter geschah. Isabell und Ben. Und es gab nichts, was ich hätte falsch interpretieren können.

Ich fand die Kabeltrommel hinten im Garten und stöpselte an der Eibe die Lichterkette ein. Die Lampen sahen hübsch aus auf dem Grün, eine Vielzahl von Sternen, geschickt in Szene gesetzt.

»Sie steht auf Frauen«, sagte ich zu Ben, als er wieder am Arbeitsplatz erschien.

»Du hast ja keine Ahnung«, antwortete er und plötzlich tat Isabell mir leid.

Sie saß in der Küche und rührte ein Pulver in ein Glas stilles Wasser. Die Tischplatte war leer gefegt. Es roch nach Pfefferminz. Jemand hatte gespült und das Geschirr zum Abtropfen in ein Gestell sortiert. Isabell ließ den Löffel klirren und sagte:

»Wiegt euch nicht in Sicherheit, du und die Rockmann. Dass ich euch bisher nicht angezeigt habe, bedeutet gar nichts.«

»Die Rockmann kann dich mit in den Raum nehmen. Du begleitest sie bei ihren Terminen.«

»Nein. Ich begleite nicht sie, sondern dich.«
»Ich benutze den Raum gar nicht.«
»Bist du blöd?«
Sie taxierte mich. Ihre Wangen waren gerötet, die Frisur saß jetzt besser als vorhin.
»Du musst die Zelle wie alle anderen benutzen, Cosma, sonst wird es zu gefährlich für dich.«
»Ansichtssache.«
»Du traust der Rockmann doch wohl nicht über den Weg?«
Wie gerne hätte ich gefragt, was sie im Detail über die Dunckersche Zelle wusste. Wusste sie, wer wie oft den Raum benutzt hatte, seitdem es ihn gab?
Sie nahm den Löffel aus dem Glas und hielt mir das Getränk hin. Die Flüssigkeit war trotz des Pulvers klar geblieben und duftete nach frischen Erdbeeren. Ich probierte einen Schluck und ein warmes Gefühl machte sich in meinem Magen breit.
»Was weiß eigentlich deine Mutter über den Raum?«, fragte Isabell.
»Gar nichts.«
»Sie war doch mit Karl Manuel Duncker auf du und du.« Sie stockte. »Ich weiß das, ich war ja dabei.«
Damals dabei? Eine wilde Gier nach Erdbeeren überfiel mich. Ich stellte das Glas ab und wollte die Küche verlassen. Isabell aber wurde lauter:
»Stell dir mal vor: Deine Mutter im Fernsehen, überall sieht man sie auf den Plakaten und heimlich benutzt sie eine Dunckersche Zelle!«
»Das tut sie nicht. Sie weiß gar nichts von den Raum.«
»Aber das kann doch nicht sein. Weißt du, wie das damals war? Karl Manuel Duncker war mit der einen Rockmann-

Schwester verheiratet und mit der anderen, mit Annalena Rockmann, hat er geschlafen. Ich habe sie erwischt, hier im Holzverschlag. Und um mich zu bestechen, haben sie mir von der Zelle erzählt. Ich war es, die die ersten Termine unter den Dioden hatte. Aber deine Mutter war auch oft im Haus. Ich garantiere dir, dass sie etwas mitgekriegt hat.«

»Die Rockmanns und ich sind die einzigen, die von der Anlage wissen.«

»Gefährlich, gefährlich.«

Als ich wieder draußen war, musste ich mich fast übergeben. Der Erdbeergeschmack war zu streng und mein Bauch fühlte sich aufgedunsen an. Noch während ich aber den Hosenbund lockerte und auf meine Brüste herabsah, überfiel mich eine Ahnung: Ruben und ich waren dabei, die Bringschuld zu erfüllen.

15.

Das neue Leben, das in mir wuchs, stellte alles auf den Kopf. So lange hatte ich darauf hingearbeitet, ein Kind zu bekommen, und jetzt war trotzdem nichts richtig vorbereitet. Ruben war verschwunden, stattdessen war meine Mutter nachts bei mir. Ich war abhängig von der Verschwiegenheit der Rockmanns und der Erfolg meiner Sozialmaßnahme hing am seidenen Faden. Es gab außerdem viele Formalitäten zu beachten, von denen ich wenig Ahnung hatte. Ich hätte mich als Schwangere sofort bei der Sozialen Kasse melden können und man hätte mir einiges abgenommen, aber ich wurde den Wunsch nicht los, als Erstes Ruben einzuweihen. Sicher bekam unsere Beziehung jetzt eine neue Chance. Auch wenn er sich so lange nicht bei mir gemeldet hatte, würde er sich unter den veränderten Umständen mit mir versöhnen müssen. Er würde sich freuen und stolz sein, ganz besonders dann, wenn er der Erste wäre, der von der Schwangerschaft erführe.
Wenn ich in den Spiegel schaute, sah ich mich glühen, und auch meine Mutter hatte mich kritisch gemustert, als ich vom Friseursalon nach Hause gekommen war, aufgeregt und beschwingt. Ihr Blick hatte mich zunächst gedämpft, denn ich musste daran denken, dass sich durch das Baby auch für sie einiges ändern würde. Die Routine, mit der wir

die Abende und Nächte verbrachten, würde nicht aufrechtzuerhalten sein und meine Fürsorge würde insgesamt knapper ausfallen müssen. Meine Mutter würde sich darüber beschweren, so wie sie sich jetzt schon beschwerte, weil sie so viel auszuhalten hatte. Die Rockmanns zettelten neuerdings Diskussionen an, wenn sie nachmittags aus dem Raum kamen. Marie wollte immerzu über das Prinzip der Dunckerschen Zelle reden, während Annalena es darauf anlegte, ein paar Minuten mehr für sich herauszuschlagen. Widerspenstig und streitlustig waren die Schwestern, anstatt sich in den Plan einzufügen und meine Mutter in Ruhe zu lassen. Aber würde das Baby uns nicht andererseits auch motivieren? Meine Mutter enger ans Leben binden und uns mit Stolz erfüllen? Und was für ein Gefühl würde es für mich sein, mit dem Baby auf dem Arm zum ersten Mal den Fahrstuhl zu benutzen? Es kribbelte in meinem Bauch.

Am Abend dieses Tages verfrachtete ich meine Mutter besonders zeitig auf die Chaiselongue. Dann löschte ich im Wohnzimmer das Licht, zog mich aus und stellte mich in die Nähe des Fensters. Unten gingen noch Leute über die Straße, doch niemand konnte mich entdecken, weil ich nicht direkt an der Scheibe stand. Ich war zufrieden so. Ich wollte nur nach draußen schauen, die Hände auf den Bauch legen und mir in Ruhe ausmalen, was als Nächstes passierte. Dick und rund würde ich werden, unübersehbar schwanger. Ein eigener Mensch wuchs in mir heran. Zu großartig, um es sofort zu verstehen.

Vielleicht würde ich bei Ruben langsam anfangen und mit einer Andeutung beginnen: »Du brauchst für Tom und Lukas nicht mehr allzu gründlich zu putzen«, oder: »Meine

Mutter möchte dich näher kennenlernen«. Anschließend könnte ich konkreter werden: »Unser Einsatz nach Feierabend hat sich gelohnt«, oder: »Wie heißt es eigentlich richtig: Wir werden Eltern oder sind wir schon Eltern?«
Später würde er fragen: »Wer weiß schon davon?«, und ich könnte antworten: »Niemand außer dir, denn du bist der Vater und wir halten zusammen.« Wir würden uns küssen, glücklich, weil wir das Leben verändert hatten.
Ich würde dann bald mit Ruben zur Sozialen Kasse gehen, um den Bringschuld-Ausweis abzuholen. Im Wartezimmer würden wir besprechen, wie wir unsere Familie zu organisieren hätten, wann Ruben zum Beispiel zu mir in den Goldenen Kern ziehen müsste. Selbstverständlich hätte ich ihn in die Besonderheiten einzuweihen, die meine Wohnung und meine Mutter betrafen, aber wir würden die Situation meistern, denn ab sofort waren wir eine Familie. Ich würde uns alle miteinander in einen reibungslosen Ablauf bringen, meine Mutter, Ruben, unser Baby und mich.
Gegen drei Uhr in der Nacht drückte ich mich an die Scheibe, ging aber schließlich zu Bett.

Am nächsten Morgen fuhr ich vor der Arbeit zur Silbernen Zone, um mit Ruben zu reden. An der Kontrollstelle gab es aber mehr als die üblichen Probleme. Der Beamte ließ die Schranke unten.
»Ich erinnere mich an Sie. Sie unterliegen einer Sozialmaßnahme.«
»Dann wissen Sie auch, dass meine Mutter für mich bürgt.«
»Bringen Sie mir ein Dokument Ihrer Mutter. Bringen Sie mir irgendetwas, mit dem ich mich absichern kann, denn was Sie hier planen, ist ein erneuter privater Besuch.«

Ich machte einen Schritt auf die Schranke zu, daraufhin hob er die Kamera. Sofort drehte ich mich um und nahm den Bus zur Arbeit. Es war besser, sich nicht aufzuregen.
Der starke Wind machte dem Busfahrer zu schaffen. Die Leute plumpsten zur Seite, wenn das Fahrzeug ins Schlingern kam. Immer wieder stieß ich mit der Schulter gegen meinen Sitznachbarn, einen weichen, großen Mann. Er ließ sich nicht stören und fingerte an einem Etui mit Diabetes-Besteck.
In Kürze würde man mich im Bus um Erlaubnis bitten, bevor man sich neben mich setzte. Man würde sich bemühen, mich nicht allzu auffällig zu mustern, aber selbstverständlich würde ich die Blicke spüren, die meinen Bauch trafen, und abwesend lächeln. Ich bräuchte auch nicht mehr zu arbeiten. Ich dürfte gar nicht mehr. Ich würde dem Seniorchef eröffnen, dass ich schwanger war. Er würde seine Arme ausbreiten, einen Moment lang hingen sie in der Luft, bevor er sie verlegen wieder baumeln ließe. Oder vielleicht ließe er sie auch nicht baumeln, vielleicht wagte er es im Ansturm der Gefühle und umarmte mich.
Die Nachricht würde sich unter den Kollegen verbreiten wie ein Lauffeuer: Der Seniorchef hat Cosma umarmt. Ben würde mich zur Rede stellen und ich würde ihn, aber nur ihn, mit leiser Stimme in meinen Zustand einweihen. Meine Sachen packen und gehen. Ganz ruhig würde es auf dem Hof werden, wenn ich ein letztes Mal zum Büro hinüberwinkte.
Beim Bäcker, wenig später, würde man mir einen Stammplatz einräumen. Ich säße am Fenster und rührte in meinem koffeinfreien Kaffee. Versunken in Gedanken, allein am Tisch, aber keinesfalls einsam. In mir schlug ja schon

ein zweites Herz, das mich nie mehr im Stich lassen würde. Ein Herz, das ich beschützen könnte, so wie es mich beschützte, sobald es dazu in der Lage wäre. Eine Liebe, die nicht mehr zu kappen war.

Die Bürgschaft, die meine Mutter mir gab, könnte eigentlich aufgelöst werden. Für die Wohnung bräuchte ich auch keine gesonderte Abgabe zu zahlen. Sozialwert jetzt drei Komma null. Beim Kinderarzt würden Ruben und ich andere Eltern in unserem Alter treffen. Wir würden Carmen besuchen, die dann vielleicht schon einen neuen Freund haben würde.

Der Mann neben mir im Bus zog sich eine Spritze auf. Unter dem Hemd tastete er nach einer Bauchfalte. Ich sah nach draußen über die Miskantus-Felder. Der Sturm hatte die Biomasse in einer Schneise zu Boden gedrückt. Die Halme waren schlammverschmiert, und dennoch parkten Fahrzeuge der Regional-Energie am Wegesrand und Experten tauchten Messgeräte in das Schilf. Hoffentlich waren die Nutri-Gebiete vom Sturm verschont geblieben.

Ich würde mein Kind jedenfalls stillen.

In der Firma angekommen, marschierte ich direkt ins Büro des Seniorchefs.

»Grüße von meiner Mutter. Sie möchte sich bald mit Ihnen treffen, um den Gastvortrag zu besprechen, den Sie an der Uni halten.«

»Sie sind zu spät, Cosma, das Team ist bereits unterwegs.«

»Kann ich heute in der Halle bleiben? Ich mache die Geräte sauber.«

»Seit wann suchen Sie sich Ihre Arbeit selbst aus?«

Unwillkürlich legte ich eine Hand auf meinen Bauch, sein Blick wanderte mit, schob sich hoch auf meine Brust und

ich fürchtete schon, mich verraten zu haben. Aber der Seniorchef blieb sitzen.
»Das monatliche Pech der Frau?«
Ich biss mir auf die Wangen, um nicht zu lachen, woraufhin er mir einen Stuhl heranrückte. Es war vollkommen normal, dass er mir nicht zutraute, die Bringschuld zu erfüllen. Er trat an sein Regal, das vom Boden bis zur Decke mit Büchern gefüllt war, und zog ein Buch hervor.
»Duboisia myoporoides. Ich hatte mir mal einen Setzling aus Australien mitgebracht.«
Er reichte mir das Buch. Ein Bild einer recht zierlichen Duboisia war aufgeschlagen, eine Fotografie wie aus der Wüste. Rötlicher Staub lag auf den harten, schmalen Blättern, die korkige Rinde wirkte verschröngelt. Ich wusste, dass der Seniorchef mir gern kleine Aufgaben stellte, und sah genauer hin.
»Das hier ist eine hopwoodii und keine myoporoides.« Ich blätterte nach dem richtigen Bild.
Er lachte. »Cosma, irgendwann kriege ich Sie.«
Als er wieder hinter seinem Schreibtisch Platz genommen hatte, zog er eine Schublade auf.
»In Australien wird die Duboisia gerne genutzt. An den fraglichen Tagen kauen die Frauen die Blätter.«
»Wohl nicht nur an den fraglichen Tagen.« Ich klappte das Buch zu. »Duboisia ist ein Rauschmittel.«
»Ich habe es aber selbst mitangesehen und meine Aufzeichnungen gemacht.«
Er holte einen braunen Umschlag hervor und schüttete den Inhalt auf die Schreibunterlage. Bröselige, braune Blätter mit einem schwachen, dumpfen Geruch. Er fischte ein Stück heraus und bot es mir an, aber ich musste ablehnen.

»Das ist doch keine Medizin!«
»Es hilft. Es entspannt, besonders im Bauch. Ein Teufelszeug für jedermann.« Er steckte sich das Stück selbst in den Mund. »Vor hundert Jahren hat man es sogar als Wahrheitsdroge benutzt.«
Er schob ein zweites Stück hinterher und schloss die Augen, als müsse er sich auf Geschmack und Wirkung konzentrieren. Ich schüttelte den Kopf. Die Blätter würden nichts anrichten. Sie waren so alt, dass sämtliche Stoffe verflogen oder verdorben sein mussten.
Er faltete die Hände. »Man kommt zur Ruhe und hat nicht einmal mehr Lust zu lügen, Cosma.«
Langsam öffnete er die Augen und sah mich unter schweren Lidern an. Nicht so, als wolle er etwas Bestimmtes von mir, aber auch nicht so, als sei er gänzlich ohne Interesse. Etwas dazwischen, etwas Reduziertes.
»Wir haben schon lange nicht mehr gemeinsam in Ihrem Büro gesessen«, sagte ich.
Er lächelte und fegte die Blätter zusammen, um sie zurück in den Umschlag zu füllen. Er bewegte sich tapsig, beinahe theatralisch bedröhnt, so dass ich ihn nicht ernst nehmen konnte. Zum Aufstehen und Weggehen hatte ich allerdings auch keine Lust.
Das Buch auf meinem Schoß über die Flora Australiens war eine antike Kostbarkeit. Das Papier gelblich angelaufen, manche Bilder verblasst, als hätte es aufgeschlagen in der Sonne gelegen. Duboisia in allen Varianten. Ich vertiefte mich in die Texte, bis der Seniorchef plötzlich ein Glas in die Höhe hielt und damit rappelte. Es war mit einem Deckel verschraubt und zur Hälfte mit kleinen schwarzen Beeren gefüllt.

»Fragen Sie sich nicht, Cosma, wo der Setzling hingekommen ist, den ich aus Australien mitgebracht habe?«
»Ich nehme an, er ist inzwischen eingegangen.«
»Von wegen. Man hatte ihn mir weggenommen. Man hat mit meiner Duboisia experimentiert!«
»Wer?«
Er stellte das Glas ab, von Benommenheit keine Spur mehr.
»Nicht öffnen! Auf gar keinen Fall den Deckel abschrauben!«
Aus seiner Jackentasche holte er einen Schlüssel für einen weiteren Schreibtisch-Container, öffnete ihn und zog ein Dokument hervor, versehen mit den Stempeln der Universität.
»Man hat sich damals für alle möglichen Pflanzen interessiert, die man medizinisch nutzen konnte. Wir suchten einen preiswerten Beitrag zum Gesunden System.«
Das Dokument trug eine Unterschrift, die ich nicht entziffern konnte. Der Seniorchef tippte mit der Fingerspitze darauf.
»Ein Jahr lang haben sie meine Duboisia behalten. Aber als ich sie wiederbekommen habe, sah sie so frisch aus, als sei sie nie fortgewesen. Ich habe die Beeren abgeerntet und wollte sie vermehren.«
»Und dann?«
»Also.« Er fuhr sich grob über das Gesicht. »Das ist jetzt vielleicht ein wenig kompliziert.«
Er sah mich an, mein Herz klopfte wie verrückt.
»Erzählen Sie es mir«, sagte ich.
»Nein, entschuldigen Sie.« Er nahm das Dokument wieder an sich.
Ich legte das Buch auf den Schreibtisch, vorsichtig, als könne jedes Geräusch ihn verschrecken.

»Warum sah die Pflanze so frisch aus, dass Sie sich gewundert haben?«
Er schüttelte den Kopf und ließ das Glas im Schreibtischcontainer verschwinden. »Lassen Sie es gut sein.«
»Sie können mir vertrauen.«
»Was meinen Sie damit, Cosma?« In seinem linken Auge war eine Ader geplatzt.
»Es gibt Methoden. Zum Frischhalten. Aber ich rede nicht, wenn Sie nicht reden.«
Es war zu wenig, um ihn aus der Reserve zu locken. Er rieb sich die Stirn, als habe er Kopfschmerzen, und als ich um den Tisch herumging und mich zu ihm stellen wollte, bat er um sein Buch und packte es zurück in das Regal.

In der Mittagspause war ich froh, dass die Kollegen noch unterwegs waren und ich allein sein konnte. Anders als sonst hatte ich mir für heute ein kostspieliges Essen besorgt. Vitaminreich wie frisches Obst. Ich stärkte mich und hatte die Trinkflasche gerade wieder in der Tasche verstaut, als Ben in der Halle erschien. Er warf seine Jacke in die Ecke.
»Ich fürchte, ich bin verliebt. Und zwar nicht in dich!«
Ich dachte an Isabell, wie sie mich gefragt hatte: »Was glaubst du eigentlich, wie alt ich bin?« Kaum zu ertragen, wie Ben jetzt in den Knien wippte, als er die Spaten von der Leiste nahm.
»Ben, wir sollten dem Seniorchef mal eine Überraschung bereiten.«
»Warum?«
Das Mineralgetränk rumorte in meinem Magen. »Zum Beispiel, um ihn dazu zu bringen, den Job bei Isabell auf uns beide aufzuteilen.«

»Nicht nötig.« Er schlug die Putzlappen aus. »Du darfst draußen sowieso nicht mehr allein arbeiten, vor allem nicht, wenn alte Leute in der Nähe sind.«
Ich blieb ruhig. »Wir sollten ihm eine Duboisia schenken.«
»Eine was?«
»Wenn du mir hilfst, halte ich dich über Isabell auf dem Laufenden.«
»Inwiefern?«
»In seinem Schreibtischcontainer steht ein Glas mit schwarzen Beeren. Du könntest es holen.«
»Was ist mit Isabell?«
Ich stieß auf, hielt mir die Hand vor den Mund und musste zum Klo laufen.
»Alles klar«, hörte ich Ben in meinem Rücken sagen und wusste nicht, was er meinte.

Als ich in die Halle zurückkam, war er verschwunden. Dafür summte die Sprechanlage an der Wand. Ich nahm ab und hörte die Stimme des Seniorchefs.
»Wir sind für morgen zur Miskantus-Expertise bestellt.« In seiner Stimme schwang Stolz mit.
»Stimmt es, dass ich nicht mehr allein arbeiten darf, wenn alte Leute in der Nähe sind?«, fragte ich, aber anstatt zu antworten, diktierte er mir eine Liste von Geräten, die ich für die Expertise vorzubereiten hatte. Als er damit fertig war, wiederholte ich die Frage.
»Cosma«, sagte er, »die Soziale Kasse hat von mir nichts über Ihren Fehler am Heim erfahren.«
»Warum gibt es dann die Regel für meinen Außeneinsatz?«
»Ich sagte, von mir hat die Kasse nichts erfahren. Von mir nicht.«

Er legte auf. Wenig später fuhr sein Wagen davon, nachdem er im Büro die Jalousie heruntergelassen hatte, anders als üblich. Vielleicht fürchtete er, ich könnte das Fenster knacken und mit langem Arm die Beeren aus dem Container fischen. Tatsächlich hatte ich große Lust, genau das zu tun, anstatt die Liste für die Expertise abzuarbeiten. Manche Geräte wurden so selten benutzt, dass ich tief ins Lager kriechen musste, um sie zu finden, und wann immer ich mich bückte, rebellierte mein Magen.
Als ich endlich den letzten Feuchtemesser in die Transportkiste gepackt hatte, sah ich draußen eine Bewegung. Ben kam aus der Bürotür spaziert, schloss sie in Seelenruhe ab und schlenderte zu mir an den Arbeitsplatz. Er hielt ein Buch in die Höhe.
»Ich weiß doch, wie verrückt du bist, wenn es um so etwas geht.«
Er legte es auf den Tisch. Es war das Australien-Buch.
»Eine schwarze Beere konnte ich leider nicht finden«, sagte er, »auch nicht das Glas, von dem du erzählt hast.«
»Woher hast du den Büroschlüssel?«
»Hast du etwa keinen?«
Das Buch lag auf Sägespänen und wurde schmutzig.
»Du hast den Seniorchef beklaut!«
»Wolltest du nicht, dass ich das für dich tue?«
»Das war doch nicht ernst gemeint!« Ich wischte den Umschlag sauber. »Ich bringe es zurück.«
»Also wie war das mit Isabell? Du wolltest mich auf dem Laufenden halten.«
»Gib mir den Schlüssel.«
»Netter Versuch«, er wippte zum Ausgang, drehte sich aber noch einmal um.

»Nur zur Info«, rief er, »den Schlüssel hat mir der Seniorchef persönlich gegeben. Ich sollte für ihn das Miskantus-Register suchen.«
»Idiot.«
»Und das Buch lag in deinem Fach. Oder glaubst du echt, dass ich für dich klaue?«

16.

Vor der Anlage des Integrierten Wohnens wurde gegrillt. Neben den Boule-Plätzen zischten Würstchen auf Rosten, die über offenen Feuerstellen hingen. Die Silbernen umlagerten die Sitzbänke, aus den Lautsprechern der Anlage ertönte Tanzmusik. Wie ich wusste, würde sich ab und zu ein Weihnachtslied dazwischenmogeln, um das Wintergrillen vom Sommergrillen zu unterscheiden. Eine Tanzgruppe aus Jugendlichen machte sich bereit. Ihre Kostüme saßen knapp, einige schäkerten miteinander, als seien sie zum Spaß hier.
Für mich hatte die Veranstaltung den Vorteil, dass der Weg zu Rubens Wohnanlage nahezu frei von Menschen war. Ich fühlte mich sicher und hoffte nur, dass Ruben selbst nicht zum Fest gegangen, sondern bei Lukas und Tom in der Wohnung geblieben war. Die beiden Alten aßen kein Fleisch und pflegten die Amüsier-Stunden zu meiden, so oft es ging.
Auf mein Klingeln hin wurde geöffnet, ohne dass jemand nach meinem Namen gefragt hatte. Tom ließ mich eintreten.
»Lukas ist krank.«
»Das tut mir leid.«

»Richtig krank.« Er sah aus, als habe er sich seit Tagen weder rasiert noch gewaschen. »Man kann nicht zu ihm ins Zimmer gehen.«

Auf leisen Sohlen erschien Ruben im Flur.

»Cosma. Was willst du hier?« Er trug Latex-Handschuhe und hatte die Ärmel hochgekrempelt.

»Was ist mit Lukas?«

»Hau ab.«

Sein Gesicht war schmal geworden, das Haar hing ihm platt vom Kopf. Ich setzte meine Tasche ab.

»Vielleicht kann ich euch helfen.«

Tom zupfte an Rubens Arm. »Ich dachte, sie ist die Frau vom Erlöser-Team, darum habe ich die Tür aufgemacht.«

Ruben zögerte, dann riss er sich die Handschuhe herunter, schob mich in sein Durchgangszimmer und knallte die Tür hinter mir zu. Er blieb draußen. Ich bekam nur noch mit, wie er Tom im Flur den Befehl gab, das Bad aufzusuchen, dann wurde es still.

Ich wartete. Als nichts weiter passierte, öffnete ich meinen Hosenknopf und setzte mich auf den Fußboden vor Rubens Bett. Die Bettwäsche roch vertraut, doch als ich sie durchwühlte, lugte plötzlich ein fremdes Hemd hervor. Rot mit weißen Streifen. Die Musik vom Grillfest wehte durch das gekippte Fenster herein. Synthie-Pop, ein schwebender Rhythmus.

Fast zufällig stieß ich gegen den Nachttisch. Ein Stapel Zeitschriften lag darin, obenauf eine Broschüre über Säuglingspflege. »Eltern sein«, Sonderheft Zwillingsgeburten. Ein Prospekt »Glück im Doppelpack«, zerknittert. Zerlesen. Mit einem Bauch auf dem Bild, der so rund war wie der Bauch von Carmen.

Ich rollte mich in der Mitte des Bettes zusammen. Das rotweiße Hemd stopfte ich unter das Kissen. Nebenan im Bad plätscherte jemand. Im gegenüberliegenden Gebäude ging das Licht elektrischer Kerzen an. Die Musik auf dem Fest wechselte zu Jingle Bells und ich war fast den Tränen nahe, als Ruben endlich ins Zimmer kam.
»Ich bin schwanger«, sagte ich.
»Du?«
Er drückte die Tür ins Schloss und blieb am Rahmen stehen.
Dieses Erstaunen, und wie er mich ansah, die schönen Augen aufgerissen, ein frisch gebackener Vater, mit heimlichen, fremden Kenntnissen in Säuglingspflege. All meine Ideen für die Gesprächsführung lösten sich auf und ich fing an zu schluchzen.
Ruben setzte sich neben mich.
»Bist du sicher?«
»Sehr sicher. Immerhin haben wir darauf hingearbeitet, oder?«
Er schwieg. Er schaute mich an, mit einer penetranten Ausdauer. Auch ich rührte mich nicht, bis irgendwann das Plätschern im Bad aufhörte und die Spannung unerträglich wurde. Ich griff in den Nachttisch und zog die Broschüre über Säuglingspflege hervor. Ruben riss sie mir sofort aus der Hand.
»Das geht dich nichts an!«
Er wollte den Nachttisch wieder verschließen, aber ich hielt meine Fußspitze dazwischen:
»Hast du dir das Zeug vorausschauend besorgt oder warum liegt das hier?«
Er drängte meinen Fuß zur Seite.

»Ich habe immer alles für uns getan«, seine Stimme zitterte, »aber wofür? Nur um zu erfahren, dass du Geheimnisse vor mir hast!«
»Wem gehört eigentlich das Hemd hier?«
Ich tastete unter dem Kissen nach dem rot-weißen Stoff, Ruben aber sprang auf.
»Du fasst Bronzene im Heim an, obwohl dich das ins Lager zurückbringen könnte!«
»Ein hübsches Hemd. Riecht gut.«
»Du versteckst Dinge vor mir im Schrank und schämst dich nicht, dich bei Carmen über mich zu beschweren.«
»Bitte was?«
»Du hast dich hinter meinem Rücken bei ihr ausgeheult, weil ich nicht genug Geld habe, um bei dir im Goldenen Kern zu wohnen!«
Mir blieb der Mund offen stehen. Ruben schleuderte das Hemd durchs Zimmer.
»Dir kann keiner über den Weg trauen, Cosma.«
Ich stand jetzt ebenfalls vom Bett auf, zog den Bauch ein und knöpfte mir die Hose zu.
»Und du vögelst mit Carmen, obwohl wir beide ein Kind erwarten.«
»Von unserem Kind wusste ich bisher nichts.«
»Kannst du denn Carmen vertrauen? Weißt du jetzt sicher, ob sie schwanger ist, und willst du für die Zwillinge den Papa spielen?«
Er zuckte mit den Schultern, eine ungeheure Provokation. Ich hob die Hand, doch er fing sie ab.
»Hör auf.«
Und dann sprang er mich an. Er umklammerte mich und drückte seine Lippen auf mein Haar. Sein Brustkorb zuckte

und seine Hände fingen an, über meinen Rücken zu schrubben. Ein Paddeln, kurz vor dem Ertrinken. Der Vater meines Kindes.

»Ich habe mich nicht bei Carmen über dich beschwert«, sagte ich.

Er nahm die Lippen aus meinem Haar. »Ich will bei dir sein und bei unserem Kind.«

Ich hörte sehr wohl den Trotz in seiner Stimme, als müsse er sich mit seinen Worten selbst überzeugen, und ich spürte auch Trotz in mir selbst. Warum sollten wir uns nicht trennen? Für mich würde einiges einfacher werden. Ich bliebe allein in meiner Wohnung und müsste Ruben in keine Details einweihen. Ich hätte eine Person weniger zu koordinieren, ein unschätzbarer Vorteil, vor allem in der anstrengenden Baby-Zeit. Aber es sträubte sich zugleich alles in mir, diesen Mann freizugeben, der sich durch mich vermehrte.

Ich küsste ihn auf den Mund, und als ich seine Zunge berührte, fiel mir alles wieder ein: Wie ich ihn stolz machen wollte auf unsere Intimität. Wie wir alles miteinander besprechen würden und an einem Strang zögen. Wie wir gemeinsam beim Kinderarzt säßen, und unten auf der Straße würde Carmen gehen, einsam und allein hinter ihrem Zwillingswagen.

Es klingelte an der Wohnungstür. Wir zuckten zusammen und lauschten. Es klingelte noch einmal. Ruben bat mich, leise zu sein, und lief aus dem Zimmer. Von außen schloss er ab. Auch am Bad wurde verstohlen ein Schlüssel herumgedreht, dann begrüßte Ruben jemanden. Jemanden, der durch den Flur schritt und mit Worten sparte. Ein metallisches Klicken wie von der Schnalle eines Gurtes. Bestimmt war das Team vom Heim da und man wollte Lukas abholen. Er musste vom Silbernen zum Bronzenen geworden sein, während ich in der Wohnung war. Ich kroch unter die Bettdecke. Warum hatte Ruben mich nicht vorgewarnt? Er musste das Team doch gerufen haben und er wusste bestens über meine Sozialauflagen Bescheid.

Durch die Wand drang Toms Stimme aus dem Bad. Er redete vor sich hin und überlagerte mit seinem Gebrumme sämtliche anderen Geräusche in der Wohnung.

Mein Rücken kribbelte. Die Bettdecke lag schwer auf meinem Gesicht. Ich zupfte sie zurecht, so dass die Ohren ein wenig freikamen.

Das Abholen aus Wohnungen ging meistens sehr schnell. Die Taschen hatten gepackt zu sein, man verzichtete auf Zeremonien, um keine Emotionen zu schüren. Aber im Fall von Lukas, seltsamerweise, tat sich für Ewigkeiten gar nichts.

Holten sie ihn etwa nicht ab? War es gar nicht das Heim-Team, das geklingelt hatte? War es stattdessen das Erlöser-Team, möglicherweise Carmen persönlich, die gekommen war, um Lukas hinüberzuhelfen? Aber das war in der Anlage des Integrierten Wohnens verboten und Ruben würde sich wohl kaum auf etwas Illegales einlassen.

Ich konnte nicht länger im Bett bleiben, sondern rollte mich auf den Fußboden. Wenn ich bloß sicher wüsste, ob es Carmen war, die drüben Hand anlegte. Tat sie es, weil es ihr Spaß machte? Fühlte sie sich geschmeichelt, weil Ruben sie gerufen hatte?

Ich horchte an der Tür. Versuchte, durch das Schlüsselloch zu spähen. Mehrmals überlegte ich, zu klopfen, ließ es aber bleiben. Toms Gemurmel im Bad zermürbte mich.

Endlich schritt wieder jemand durch den Flur, ging rasch zur Wohnungstür und verschwand. Ich wartete erst, dann klapperte ich mit der Türklinke, um Ruben zu bedeuten, dass er mich herauslassen sollte. Er rief nach Tom und mir und schloss nach einer Weile auf.
Gelöst lächelte er mich an, die Schläfen erhitzt. Ich verstand, dass Lukas tatsächlich gestorben war, und mehr noch: Ich verstand, dass Ruben das System tatsächlich betrogen und einen Erlöser zu Lukas gelassen hatte, ob es nun Carmen gewesen war oder nicht. Mitten in der Anlage der Silbernen hatte Ruben einen Ablauf für Bronzene eingeleitet, ganz ohne schlechtes Gewissen. Ich wusste auch, warum: Er hatte sich fluten lassen, war immer noch voll von Mitgefühl für Lukas, über alle Regeln hinweg. Nie hätte ich ihm so etwas zugetraut und nie liebte ich ihn mehr als in diesem Moment.
Ich fragte nicht nach Carmen, sondern machte mich bereit, die Wohnung zu verlassen. Meine Tasche fand ich bei Tom im Bad. Er cremte sich gerade das Gesicht ein und ich legte ihm die Hand auf den Rücken. Wie sehr ich ihm wünschte, dass er sich mit seinem nächsten Mitbewohner ebenso gut verstand wie mit Lukas. Wie ich Lukas jetzt schon vermisste.
Die Tür zum Schlafzimmer war geschlossen. Ich stellte mir vor, hindurchzugehen. Das Fenster zu öffnen, mich zu Lukas zu setzen und zuzuschauen, wie das Leben seinen Körper nutzte, um sich zu erneuern.
Aber ich drehte mich um und ging nach Hause. Ich hatte es geschafft.

17.

Es war Abend, meine Mutter lag seit einer Stunde im Raum und ich hatte gerade ein wenig aus dem Fenster gesehen, da störte mich Isabell. Es war ihr bisher nicht gelungen, mit der Rockmann ins Gespräch zu kommen und sich einen Termin zu besorgen, also wollte sie sich jetzt von mir helfen lassen, dabei wurde die Rockmann auch für mich zunehmend komplizierter.

Neulich hatte sie verlangt, dass man etwas zu trinken für sie bereithielt, wenn sie nachmittags gemeinsam mit ihrer Schwester die Dunckersche Zelle verließ. Meine Mutter fand nichts dabei und empfing sie schon am nächsten Tag mit einem Glas Leitungswasser in der Hand. Annalena Rockmann allerdings wünschte sich etwas von meiner Dauermilch. Außerdem wollte sie noch einen Zwieback essen und erst gestern hatte sie verlangt, dass ich in der Küche einen kompletten Wertstoff-Imbiss für sie alle bereitstellte, bevor ich zur Arbeit ging.

»Wie viele Monate habe ich für Sie gekocht, Cosma? Immerzu Würstchen und Kohl, damit Sie etwas Warmes in den Magen bekamen. Was spricht dagegen, dass Sie nun im Gegenzug uns versorgen?«

»Sie dürfen in den Raum und meine Mutter holt Sie pünktlich wieder heraus. Mehr Bedienung gibt es nicht.«

Sie zupfte an der Kittelschürze, die sie nun täglich trug. »Nennen wir es nicht Bedienung.«
»Mir egal«, sagte ich, »hier im Haus wird sich sowieso bald einiges ändern.«
Sie schien mich nicht ernst zu nehmen. Sie rieb die Fingerspitzen einer Hand aneinander, als müsse sie einen Geldschein prüfen.
»Nennen wir es den Anfang einer notwendigen Entlohnung, Liebes.«
Ich musste lachen. »Wenn hier einer entlohnt wird, dann ja wohl ich.«
Später allerdings wurde ich unsicher. Die Rockmann hatte noch nie, seitdem ich sie kannte, etwas angekündigt, ohne es konsequent umzusetzen. Als sie zum Beispiel bei meinem Einzug davon sprach, die Fußmatten im Haus vereinheitlichen zu wollen, hatte ich darüber hinweggehört. Zwei Wochen später lag vor meiner Tür eine neue grüne Matte und in meinem Briefkasten steckte eine Rechnung über die Kosten für Anschaffung, Transport und Entsorgung der alten schwarzen Matte.
Was also meinte sie mit einer notwendigen Entlohnung?
Meine Mutter nickte nur müde, als ich mit ihr darüber reden wollte.
»Annalena Rockmann ist das eine Problem«, sagte sie, »aber Marie ist das andere. Sie legt sich nur noch unregelmäßig unter die Dioden. Annalena kommt immer öfter allein.«
»Haben sie sich wieder gestritten?«
»Wir sollten aufpassen, Cosma. Wenn eine der Schwestern die Zelle nicht mehr benutzt, wird die Lage instabil.«
Es war bei diesem Gespräch schon spät, ich wollte das Essen beenden und meine Mutter zur Chaiselongue bringen.

Sie aber suchte Blickkontakt, quer über den Tisch.
»Du bist schwanger.«
»Mama!«
»Warum sagst du mir nichts?«
»Das hätte ich doch noch. Ich habe auf den richtigen Zeitpunkt gewartet.«
Sie legte ihren Löffel ab. »Ich habe es dir schon lange angesehen«, sagte sie, »du wirkst so aufgeschwemmt.«
»Danke.«
»Freut sich denn der junge Vater?«
Ich fing an, den Tisch abzuräumen. Erst verdarb sie mir den Überraschungseffekt, dann vergaß sie, mir zu gratulieren.
»Ruben kann es kaum erwarten. Wir gründen eine Familie und sein Prof hat ihm außerdem einen Job angeboten.«
»Weiß dein Ruben denn über die Dunckersche Zelle Bescheid? Kennt er meine Situation?«
Als ich nicht antwortete, lehnte sie sich zurück und pulte mit dem Fingernagel zwischen den Zähnen.
»Arme Cosma«, sagte sie dann. »Als ich gemerkt habe, dass du schwanger bist, habe ich mich zwar erst einmal gefreut. Ich war sogar stolz.«
Ich klapperte mit dem Geschirr, in dem Versuch, ihre Stimme zu übertönen. Vergeblich. Sie drehte sich zu mir um: »Aber dann habe ich dich beobachtet. Deinen Hang, es allen recht zu machen. Deine Sorge, bloß nicht anzuecken im System. Und erst dein Ruben, der seine gesamte Energie darauf verwendet, Kriterien zu erfüllen, um einen mickrigen Aufstieg hinzulegen. In was wird mein Enkelkind da hineingeboren?«
Ich warf den Spüllappen ins Wasser, dass es spritzte.

»Wir sind dir also nicht gut genug?«

»Du bist gut. Sogar sehr gut, Cosma. Es gelingt dir, für uns alle das Beste herauszuschlagen. Die Rockmanns und ich können eine Dunckersche Zelle benutzen, weil du uns in ein subversives Netz verstrickt hast. Bravo! Das Problem ist nur, du tust es nicht für dich, sondern ausschließlich für andere.«

»Für dich.«

»Eben. Weil ich dir verraten habe, dass mir der Abschied schwerfällt.«

»Also was wirfst du mir vor?«

»Vielleicht kannst du lernen, an dich selbst zu denken, wenn du ein Kind hast? So wie es für junge Leute selbstverständlich sein sollte?«

Ich nahm einen Teller und hätte ihn gegen die Wand geworfen, wenn ich nicht befürchtet hätte, damit die Rockmann auf den Plan zu rufen.

»Von mir aus brauchst du heute nicht im Raum zu übernachten, Mutter, sondern gehst nach Hause.«

Sie stand auf, den Rücken gebeugt vor Erschöpfung. Fast demonstrativ schlurfte sie in den Flur, und tatsächlich, als ich hörte, wie sie die Klinke an der Wohnungstür herunterdrückte, lief ich ihr hinterher.

»Mama!«

Sie hob die Hände. »Eigentlich bin ich glücklich, dass du ein Kind bekommst, aber ich bin auch verzweifelt, dass wir es nicht vernünftig großziehen können.«

»Doch, das können wir«, ich zog ihr die Jacke wieder aus, »und du wirst uns dabei helfen. Punkt.«

Sie ließ sich vor den Schrank schieben und legte sich im Raum auf die Chaiselongue. An anderen Tagen hatte ich ihr noch einen Kuss gegeben, bevor ich die Dioden einschaltete, heute aber war mein Gesicht wie betäubt. Warum konnte sie sich nicht über meine Schwangerschaft freuen, so wie andere Mütter es getan hätten? Weil sie glaubte, die Geburt des Kindes nicht mehr zu erleben?

Ihre Krankheit stellte ich mir wie ein wucherndes Springkraut vor, die alten Pflanzen hoch aufragend im Leib. Die Samenkapseln wippten, geladen wie Waffen. Jeder Stoß, jeder Pulsschlag konnte sie zur Explosion bringen. Ein Gemetzel im Gewebe, durch nichts mehr zu bremsen, und der Samen, der umherflog, hatte kein anderes Ziel, als ein neues Gebiet zu erobern und ein weiteres Munitionsdepot zu gründen. Vielleicht konnte man unter solchen Umständen nicht mehr freundlich an die Dinge herangehen.

Erst neulich allerdings hatte ich einen anderen Eindruck von ihrer Gemütslage gehabt. Sie hatte ihr Spiegelbild geprüft, hatte die Schatten unter ihren Augen und ihre Brust betastet.

»Cosma! Die Knoten werden nicht mehr und sie werden nicht größer.«

»Wirklich?«

»Du hast es geschafft, meine Tochter. Du ziehst uns an unseren Haaren aus dem Sumpf.«

Sie hatte vor sich hin gepfiffen, während sie ihre Bluse zuknöpfte und sich für die Uni schminkte, und auch ich schöpfte Hoffnung. Ganz anders als heute. Heute gab mir ihre Reaktion auf die Nachricht, dass sie Oma wurde, zu denken.

Ich ließ die Teller in der Spüle liegen und aß in Ruhe die Reste aus den Töpfen. Die Augen fielen mir schon im Sitzen zu, genau wie es bei einer Schwangeren sein sollte, und

als Isabell dann wegen der Rockmann klingelte, wollte ich mir gerade das Nachthemd anziehen.
»Ich kriege ab sofort wieder Termine«, verlangte sie, »sonst lasse ich euch hochgehen.«
Sie hatte einen Duft aufgelegt, der mir bekannt vorkam. Ich zog mir wärmere Klamotten über und ging mit ihr in die dritte Etage, träge und unfähig, mich zu wehren. Neben der Wohnungstür der Rockmann lehnte ein Regenschirm, um seine Spitze hatte sich eine Pfütze gebildet. Wir klingelten und klopften, doch es dauerte lange, bis die Rockmann reagierte.
»Ja?«
Ihre Augen waren rot, ihre Wangen eingefallen. In der einen Hand zerknüllte sie ein Taschentuch aus blassgelbem Stoff. Die andere Hand legte sie um die Fernbedienung für den Fernseher, die aus ihrer Kitteltasche ragte.
Ich setzte meinen Fuß auf die Schwelle. »Was ist passiert?«
»Das Schlimmste ist zu befürchten, Cosma.«
»Ist etwas mit Ihrer Schwester?«
»Die arme Marie. Wo ist sie bloß?« Sie tupfte sich die Augen, aber sie machte es eine Spur zu perfekt, zu traurig, wie aus einem Bilderbuch kopiert.
»Sie kann das Haus nicht verlassen haben«, sagte ich kühl, »man hätte sie draußen sofort aufgegriffen.«
Die Rockmann ließ ihren Blick treppauf wandern. Ich begriff es sofort. Ich stieg wieder hoch und zog an der Dachbodentür. Sie klemmte, schon wieder, und ich musste regelrecht an ihr reißen, damit sie aufging.
Jemand hatte die Lampe repariert, im Schein der nackten Glühbirne erklomm ich die Stiege. Die Dachluke war aufgestellt und Regen lief herein, das Wasser hatte sich auf den Bodenbrettern verteilt und stand in den Rillen.

»Bringt einen Lappen mit«, rief ich nach unten, für den Fall, dass Isabell oder die Rockmann mir folgen wollten.
Durch die Dachpfannen pfiffen Böen, am Giebel waren einige der Pfannen verrutscht und auch dort hatte es hereingeregnet. Ich schloss die Luke. Eine Lache lief bis zu den Wäscheleinen. Neben der Lache, im Zwielicht, lag etwas Großes.
Sie war ohne Schuhe gestorben, in ihrer Strickjacke, dem schmutzigen Rock und den Nylonstrümpfen. Die weißen Haare hatte sie auf Lockenwickler gedreht, als habe sie vorgehabt auszugehen. Ihre Augen standen offen, ich musste sie lassen, wie sie waren, auch ihre Lippen, zwischen denen die Zunge hing. Keine Berührung. Nur rasch, mit den Fingerspitzen, drehte ich ihren Kopf zur Seite, damit ich nicht in ihr Gesicht gucken musste, während ich neben ihr kniete, und ich tat es auch erst, nachdem ich mich vergewissert hatte, dass die anderen noch nicht auf dem Dachboden angekommen waren.
Meine Tote Nummer fünfundsechzig, ihrem Aussehen nach mochte es vor zwei Tagen passiert sein und niemand war bei ihr gewesen und hatte an ihr seine Pflicht getan. Niemand hatte ihr Würde geschenkt auf dem letzten Stück ihres Weges, ihr beigestanden oder auch nur gefragt, ob sie Beistand wollte.
Oder etwa doch?
Das menschliche Muss?
Die lila Flecke, Livores, die Starre, Rigor mortis, das Fließen, das Faulen, das Gewimmel und Gesurre. Meine Begeisterung hielt sich diesmal in Grenzen. Vielleicht, weil es die Alte war, die hier lag, vielleicht aber auch, weil ich Teil eines anderen Kreislaufs geworden war.

Isabell tauchte unter der Glühbirne auf, in der Hand einen Eimer und ein Wischtuch.
»Das ist ja schäbig hier.«
Sie warf das Tuch auf die Bretter unter der Dachluke und kam noch näher. »Was hast du da?«
Die Lockenwickler saßen so stramm am Kopf der Alten, als habe ihr jemand beim Aufdrehen geholfen.
»Fass sie nicht an!« Isabell war außer sich.
Ich aber konnte mich nicht zurückhalten. Aus der Tasche der Strickjacke ragte ein Stück Papier, das sich leicht herausziehen ließ. Der Stundenplan für die Dunckersche Zelle. Ich hielt ihn ans Licht. Die Alte hatte ihren Namen dick durchgestrichen.
Isabell riss mich nach hinten. »Lass sie in Ruhe.«
Ich stand auf und steckte das Papier ein. »Jemand hat sie hier oben eingesperrt«, sagte ich, aber Isabell war zu aufgeregt, um zu begreifen, was ich damit meinte.
Wir ließen Lappen und Eimer auf dem Dachboden zurück. Ich schickte Isabell zur Rockmann, damit sie in die Wege leiten konnte, was nötig war, und zog mich in meine Wohnung zurück, um der Prozedur zu entgehen, an der ich ohnehin nicht teilzunehmen hatte.
Es dauerte auch gar nicht lange, bis der Weiße Wagen kam. Der Aufzug zischte, dann polterten schwere Stiefel auf dem Dachboden herum. Die Rockmann weinte, Isabell beschwichtigte sie.
Der Weiße Wagen parkte direkt unter meinem Fenster, halb auf dem Bürgersteig, halb auf der Straße. Er nahm den Sarg auf und fuhr davon. Erledigt.
Isabell dagegen saß noch lange auf den Stufen in der dritten Etage.

»Hat man gesagt, woran Marie gestorben ist?«, rief ich ihr vom Treppenabsatz zu.
»Sie war Golden. Umgekippt und zack. Ein Goldener Tod.«
»Niemals.«
Ich stieg runter und setzte mich neben sie.
»Marie hatte angefangen, sich die Haare zu machen«, sie sprach, als wolle sie sich selbst überzeugen, »sie stand mitten im Goldenen Leben.«
»So sollte es aussehen«, sagte ich.
Da lehnte sie sich an mich und nahm meine Hand.
»Die Rockmann meint, du gehst nicht mehr regelmäßig in den Raum?«
Jetzt wusste ich, woher ich ihren Duft kannte. Die Therapeutin im Lager hatte dieses Parfüm benutzt. Der Geruch war immer aus ihrem Nacken gekrochen, wenn sie mich in den Arm nahm und wiegte: Ob ich nicht verstehen könne, was daran falsch war, sich zu den Toten zu legen, ob ich dem System nicht dankbar sein müsse, denn es beschütze mich vor allem Siechen.
Isabell gab meiner Hand einen Kuss.
»Ich habe dich gewarnt, Cosma. Du musst mitziehen, so wie alle anderen, sonst wird es gefährlich.«
»Also war das der Fehler, den Marie gemacht hat? Sie wollte nicht mehr mitziehen?«
»Wenn wir uns den Raum aufteilen, gleichmäßig und gerecht, hat keiner dem anderen etwas vorzuwerfen.«
Ich wischte mir die Hand ab. »Ich bin schwanger, Isabell, ich kann nicht mehr in den Raum gehen.«
»Du spinnst.«
»Ich kann doch mit einem Baby im Bauch nicht die Zeit anhalten.«

»Wo ist denn dein Bringschuld-Ausweis?«
»Ich habe ihn noch nicht.«
»Aha.«
»Ich habe den Antrag aber schon gestellt, gemeinsam mit meinem Freund.«
»Erzähl mir was anderes, Cosma. Die Rockmann hat recht. Man muss extrem aufpassen bei dir.«

18.

Heiligabend fühlte sich meine Mutter auf einmal fantastisch. Es war ihr in den Tagen zuvor mehrfach gelungen, an der Uni mittags Schlaf nachzuholen. Sie gab den Studenten Aufträge für Gruppenarbeiten, und obwohl sie das Seminar verließ und sich für anderthalb Stunden in ihr Büro verzog, stellte man ihr keine Fragen. Die Studenten mussten so froh sein, einen Platz im Kurs der prominenten Wissenschaftlerin ergattert zu haben, dass sie nicht auf die Idee kamen, ihre Unterrichtsmethoden zu kritisieren. Und falls doch einmal jemand darüber spekulieren würde, was meine Mutter über Mittag trieb, käme er vermutlich zu dem Ergebnis, sie würde in ihrem Büro aufwändige, weltumspannende Theorien entwerfen.

Tatsächlich schilderte sie mir ihre Mittagspausen wie den Besuch einer Oase: Sie schloss die Bürotür ab, zog die Schuhe aus und schlief ein, sobald ihr Kopf die Sessellehne berührte. Nach neunzig Minuten klingelte der Wecker und sie musste sich anstrengen, wach zu werden und sich für die Studenten herzurichten, aber dann, es sei erstaunlich, spürte sie doch, wie frische Energie in ihre Glieder sickerte.

Ich wunderte mich. Sie hatte erst drei Wochen Therapie hinter sich gebracht und es war unmöglich, dass sie ihre

Krankheit entscheidend zurückgedrängt hatte. Und dennoch präsentierte sie sich als Ausbund an Kraft.
»Ich freue mich ausschließlich für mich, Cosma, ich denke nur an mich selbst. Für dich denke ich nicht mehr mit, seitdem du erwachsen bist.«
Auf die Sprüche gab ich nichts mehr, aber der sprunghafte Wechsel ihrer Launen setzte mir zu. Ich selbst hatte zum Beispiel kaum Zeit gehabt, noch einmal über den Tod von Marie Rockmann nachzudenken, sondern war damit ausgelastet, Isabell, Annalena Rockmann und meine Mutter zu koordinieren. Für die Soziale Kasse musste ich darüber hinaus Formulare ausfüllen, weil meine Schwangerschaft zwar begrüßt wurde, offenbar aber auch besonders kontrolliert werden sollte. Mein Wechsel in einen besseren Status ließ immer noch auf sich warten und ich hatte es auch immer noch nicht über mich gebracht, Ruben in das Geheimnis meiner Wohnung einzuweihen.
Zum Glück fiel Heiligabend auf einen Sonntag und auf der Arbeit machten wir früher Feierabend. Ich hatte überlegt, meiner Mutter an diesem Tag ein paar Stunden extra auf der Chaiselongue zu schenken und, während sie im Raum lag, in die Anlage des Integrierten Wohnens zu fahren und mit Ruben zu feiern. Es kam allerdings anders.
»Du sollst Heiligabend mal allein sein, ohne mich«, sagte meine Mutter, »und ich gönne mir etwas und schlafe mich in meiner eigenen Wohnung aus.«
»Das können wir uns nicht leisten«, antwortete ich lahm.
»Dann formuliere ich es so: Ich muss mich langsam mal wieder um mein Privatleben kümmern, Kind.«
Sie lächelte anzüglich, die beste Methode, um Nachfragen zu unterbinden.

Ich rief Ruben an, um mich mit ihm abzustimmen. Er ging ans Telefon, obwohl der Silberne, den er nach Lukas Tod übernommen hatte, das Gespräch zu stören versuchte. Ruben wies ihn zurecht und zog sich mit dem Telefon ins Badezimmer zurück. Früher hätte er das nicht getan, aber seine Prioritäten hatten sich zweifellos zu meinen Gunsten verschoben.

Ich hatte ihn auch schon zwei- oder dreimal in der Anlage besucht, um ihm den Kontakt zu unserem Kind zu ermöglichen, und er hatte sich darüber sehr gefreut, auch wenn wir über kurze Wortwechsel nicht hinausgekommen waren. Meist hatte ich allein im Durchgangszimmer gesessen, das rot-weiße Hemd war verschwunden, und etwas gelesen. Eine aktuelle Broschüre über die Bedeutung junger Eltern. Funkelnagelneue Familienzeitschriften, die Ruben für uns besorgt hatte. Ein Aufklärungsbuch über Partnerschaft rund um die Geburt.

Als wir jetzt telefonierten, ich auf meinem Bett, er bei den Silbernen im Bad, hörte ich Harfenmusik im Hintergrund und mir wurde schwummerig. Im nächsten Jahr würden wir zu dritt sein und unseren ersten gemeinsamen Tannenbaum schmücken. Und in diesem Jahr dürften wir einen Vorgeschmack darauf bekommen.

Ich empfing ihn an Heiligabend in meinem besten Kleid. Er hob mich hoch und trug mich zum Bett. Den Schrank hatte ich nicht einmal abgeschlossen, wohl aber hatte ich einige Male nachgesehen, ob auch niemand unter den Dioden lag.

»Es wird doch nicht schaden?«, fragte Ruben, während er das Kleid hochschob, und sah mich an, als hätte er das Aufklärungsbuch noch nicht gelesen.

»Zu Weihnachten lässt man niemanden vor der Tür stehen«, antwortete ich und liebte ihn für das Leuchten in den Augen und das Flattern der Wimpern. Und dafür, dass er es mit mir tat, einfach nur, um Spaß zu haben.
Ganz allein waren wir, wir brauchten nicht einmal leise zu sein, denn die Rockmann war von ihrer Gymnastikgruppe nach außerhalb eingeladen worden. Viereinhalb Stunden blieben uns, bis Ruben zurück in die Anlage musste, viereinhalb luxuriöse Stunden, von denen zwei bereits wie im Flug vergangen waren.
Er hatte sich schon wieder halb angezogen, da legte er sich noch einmal zu mir.
»Wie wollen wir es eigentlich nennen?«
»Keine Ahnung, wir wissen ja nicht, was es wird.«
Er spielte mit meinen Haaren. »Wenn du willst, können wir es nach deiner Mutter benennen.«
Es fing an, auf meinem Hinterkopf zu ziepen.
»Oder nach deinem Vater«, ich löste seine Finger von meiner Frisur.
Er atmete durch. »Ich wollte mich auch noch bei dir entschuldigen, Cosma. Ich würde es gerne ungeschehen machen. Das mit Carmen.«
Vorsichtig nickte ich. Das Kissen raschelte.
»Alles auf Anfang zwischen uns, abgemacht?«
Eine Kälte überfiel mich, dass die Haut wehtat. Wenn ich das jetzt hinkriegen könnte. Wenn es schnell gehen würde, wenn ich in der Lage wäre, spontan zu handeln, ohne mich zu fürchten. Er war doch der Vater meines Kindes.
Steif stand ich auf, zog auch ihn auf die Beine, bückte mich hölzern vor dem Schrank und legte den Hebel um. Der Koloss fuhr zur Seite, und während Ruben anfing, Fragen

zu stellen, wartete ich schweigend, bis ich in die Öffnung greifen und die Dioden anschalten konnte.
»Guck es dir an.«
Das Licht glomm auf und jetzt verstummte auch er. Dicht trat er an den Mauerdurchbruch, so dass er fast vom Schrank getroffen wurde, der nach den neun Sekunden wieder zurückfuhr.
»Was ist das?«
»Ein Zimmer, das jemand heimlich in das Haus eingebaut hat.«
»Während der Krise?«
»Nein, später. Ein Zimmer voll mit moderner Technik.«
Ich ließ den Schrank noch einmal zur Seite fahren.
»Wie lange weißt du schon davon?« Ruben näherte sich dem Dioden-Licht.
»Noch nicht so lange.«
»Deshalb durfte ich neulich nicht in den Schrank gucken?«
»Carmen war doch hier. Ich wollte dir die Sache lieber alleine zeigen.«
Meine Stimme klang viel zu schrill. Viel zu nah stand Ruben am Durchbruch. Noch zwei Schritte weiter und die Dioden entfalteten ihre Wirkung. Was aber andererseits nicht schlecht wäre, denn im Anschluss kämen automatisch die entscheidenden Fragen und so konkret würde mir einiges leichter von den Lippen gehen als jetzt. Oder wie sollte ich aus dem Stand, aus der Theorie heraus, die Details erklären, so dass Ruben sie richtig verstand? Dass er begriff, warum meine Mutter den Raum unbedingt brauchte, warum das Geheimnis ein gutes Geheimnis war?
Der Schrank fuhr zurück und Ruben stemmte sich dagegen. Das Loch verschloss sich trotzdem, also bückte er sich

und tastete nach dem Hebel, so wie ich es ihm vorgemacht hatte. Er wartete, bis die Öffnung frei war, ging hindurch und stellte sich ins Licht. Sein Haar schien sich zu verflüssigen, Gold lag in seinen Brauen, als er mir einen erstaunten Blick zuwarf.

»Hab keine Angst«, sagte ich leise.

Schon musste er sich auf das Bett stützen und protestierte auch nicht, als die Öffnung sich verschloss. Ich stand davor, schämte mich, war aber von jeder Erklärung befreit. Und zwar solange ich wollte.

Auf der Straße vibrierten die Laternen unter den Windstößen. Gleich begann die Zeit der Weißen Wagen, ich sah, wie in der Wohnung gegenüber ein Mann auf und ab ging. Hellerleuchtete Räume. Er versuchte, ein Fenster zu öffnen. Die Gardine schlug ihm um die Ohren, als der Wind hindurchgriff. Er drückte das Fenster wieder zu, den blauen Gardinenzipfel, der sich verfangen hatte, nicht beachtend, und verließ das Zimmer. Nicht ein einziges Mal hatte er zu mir herübergesehen.

Ich legte meine Wange an die Scheibe, schob den Bauch nach vorn und wartete.

Tatsächlich kehrte er zurück, trug aber jetzt ein großes Laken vor sich her und es war zu befürchten, dass er einen Spiegel zu verhängen hatte.

Neunundzwanzig Minuten. Zeit, die Dioden wieder zu löschen.

»Eine Dunckersche Zelle.«

Ruben saß auf meinem Bett, der Schrank stand offen, dunkel. Ich kniete auf dem Boden.

»Karl Manuel Duncker hat mit Marie Rockmann in dieser Wohnung gelebt. Dann hatte er eine Affäre mit Annalena und Marie ist in die Schweiz gezogen.«

»Die Dunckerschen Experimente sind streng verboten.«

»Ich habe ihn als kleines Kind noch persönlich getroffen. An der Uni bei meiner Mutter.«

»Hörst du mich? Dieser Raum ist verboten. Weißt du, was sie mit dir machen, wenn das auffliegt?«

Ich nickte. Es kam darauf an, alles gut zu erklären.

»Meine Mutter stirbt, wenn sie nicht in diesen Raum darf. Sie muss jede Nacht unter die Dioden, für länger als neun Stunden, denn dann kehrt sich die Zeit um und ihre Krankheit entwickelt sich zurück.«

»Deine Mutter weiß also auch Bescheid?«

»Der Raum ist ihre Rettung.«

»Ihr habt sie wohl nicht mehr alle!«

Er warf die Schranktüren zu, dass es knallte. Ich kniete noch immer in der Mitte des Zimmers.

»Sie ist sehr krank. Todkrank«, sagte ich.

»Ich dachte, sie lässt sich heute von einem ihrer Studenten vögeln?« Er verschwand in der Küche, Wasser rauschte, dann kam er zurück. »Viele Menschen sind krank«, von den Händen tropfte es auf den Boden, »und alle fügen sich, ohne das Gesetz zu übertreten.«

»Wir reden über meine Mutter.«

»Wir reden darüber, dass es keine Privilegien gibt. Nicht, wenn ein Leben ausgelebt ist.«

Ich wagte nicht, vom Boden aufzustehen, weil ich Angst hatte, dass er vor mir davonlaufen würde.

»Du hast bei Lukas doch auch Hand angelegt. War es nicht illegal, dass ihr ihm hinübergeholfen habt?«

»Richtig, Lukas sollte gut rüberkommen. Aber er sollte nicht hierbleiben. Niemand darf über sein Maß hinaus hierbleiben. Wie soll die Gemeinschaft sonst funktionieren?«

»Du hast also ebenfalls das Gesetz übertreten.«

»Du bist total versnobt. Seit deiner Geburt. Privilegiert und versnobt mit dieser Mutter. Guck dich an: Eine Wohnung im Goldenen Kern! Und jetzt willst du dir deine eigenen Regeln schaffen.«

Ich hatte bisher nicht gewusst, dass er neidisch war. Nun stand ich auf.

»Wir sind jetzt eine Familie, Ruben.«

»Mit Verbrechern habe ich nichts zu tun.«

»Meine Mutter wird sich in Zukunft bestimmt auch um dich kümmern.«

»Du hast mich angelogen, Cosma. Was die Dunckersche Zelle angeht, was deine Mutter angeht, vielleicht auch was unser Kind angeht. Mit einem Bein stehst du wieder im Lager für Asoziale.«

»Das stimmt nicht.«

»Ich dagegen habe an unserem Aufstieg gearbeitet. Und wenn ich jetzt daran denke, dass du mich in voller Absicht in diesen Raum eingesperrt hast, für neunundzwanzig Minuten, dann muss ich kotzen.«

»Es tut mir leid. Ich selbst gehe auch nicht mehr in den Raum.«

»Ich will gar nichts wissen.«

»Beruhige dich.«

»Für unser Kind werde ich mir etwas überlegen.«

Er bahnte sich den Weg in den Flur, indem er mich zur Seite schob, und als ich ihm nachlief, war ich so lahm, dass er im Nu eine Etage weiter unten war. Ich brüllte durchs Treppenhaus und nahm zwei Stufen auf einmal, ungeachtet der Schwangerschaft. Unterwegs stieß ich mit der Rockmann zusammen, die mit Taschen beladen aus dem Aufzug kam. Ihr Zetern war mir egal, und als ich auf der Straße stand, spürte ich auch wenig von dem Wind, der um mich toste.

Ein Weißer Wagen rauschte heran. Der Fahrer steckte den Kopf aus dem Fenster: »Haben Sie uns gerufen?«

Ich winkte ihn weiter. Meine Zehen waren mittlerweile taub auf dem nassen Asphalt und die Haustür hatte sich geschlossen. Mir blieb nichts anderes übrig, als bei der Rockmann zu klingeln.

Sie ließ sich Zeit, bevor sie öffnete, und ich rechnete damit, dass sie im Treppenhaus auf mich lauern würde. Es kam aber darauf jetzt nicht mehr an, ich konnte sogar zur schimmernden Aufzugtür gehen und den brombeerfarbenen Knopf drücken, ohne mir Sorgen zu machen. Die Bewegung erschien mir beinahe vertraut, so oft hatte ich mir diese Situation schon ausgemalt: Wie ich den Aufzug benutzen würde, ganz selbstverständlich, an der Rockmann vorbei. Allerdings war mir nie in den Sinn gekommen, mich derart verheult und verdreckt im Spiegel der Kabine zu sehen. Als ich oben in der vierten Etage ausstieg, hinterließ ich eine feuchte, schmutzige Spur.

»Was fällt Ihnen ein, den Aufzug zu benutzen?«

Die Rockmann stand etwas tiefer am Geländer, heiser vor Wut. Ich hatte keinen Wohnungsschlüssel und rüttelte an meiner Tür.

»Sie sind wahnsinnig, Cosma«, sie keuchte die Stufen hoch, »den Aufzug zu benutzen, als seien Sie Golden.«

Ich setzte mich auf die Fußmatte, den Rücken an die Wand gelehnt.
»Ich bin schwanger, Frau Rockmann. Ich darf das.«
Sie griff sich ans Herz. Aus ihrem Mantel wehte ein Aroma, das nach Spekulatius roch. Ich breitete die Arme aus, damit sie mich in Gänze sähe, ich wollte sogar mein T-Shirt heben, um sie nachsehen zu lassen, wie mein Bauch war, aber sie schlug mir auf den Arm.
»Lassen Sie das!«
»Schließen Sie mir die Tür auf? Weil Weihnachten ist?«
Sie biss sich auf die Lippen und schnaubte. »Ein Baby bei uns? Wie soll das gehen?«
Ich zuckte mit den Schultern, den Kopf aufrichtig leer, aber nachdem sie doch endlich einen Schlüssel geholt und mich in meine Wohnung gelassen hatte, und nachdem ich allein war und anfangen konnte, die Bettwäsche zu wechseln, fiel mir die richtige Antwort ein, die ich ihr hätte geben können:
»Vielleicht ziehe ich aus, wenn das Baby da ist, Frau Rockmann, dann können Sie in diesem Haus machen, was Sie wollen.«

19.

Im Baumarkt war Lichterwoche. Es war so oft Lichterwoche, dass sie die Lampen zwischendurch gar nicht mehr wegräumten, aber jetzt fand die erste Lichterwoche des neuen Jahres statt und die Menschen schienen es vor Sehnsucht nach dem Frühling gar nicht mehr auszuhalten, so dass sie in den Markt strömten, um sich mit UV-Geräten, Gartenlaternen und frischgrünen Lampenschirmen einzudecken.

Ich hatte von der Sozialen Kasse einen Gutschein für eine Wärmelampe bekommen, die ich über dem Wickeltisch anbringen sollte, auch wenn es zum Zeitpunkt der Geburt meines Kindes schon Sommer wäre.

Zu Silvester hatten wir einen blauen Himmel bei zwanzig Grad gehabt und die Sonne hatte gehöhnt, während ich hunderte Miskantus-Rhizome in die Brachflächen setzte. Der Schweiß lief mir vom Hals in den Overall, aber ich war selbst schuld an meiner Lage. Es war mein letzter Tag in der Firma gewesen und ich hatte mir ausdrücklich gewünscht, ihn wie alle anderen Arbeitstage zu verbringen. Keine Sonderbehandlung, ich wollte höchstens ein wenig abseits vom Team gehalten werden. Ein einziges Mal noch wollte ich als Profi raus auf die Felder ziehen oder in die Gärten gehen, um zu graben und zu pflanzen oder Bäume und Sträucher zu stutzen. Ich wollte den Duft der nassen Erde noch einmal auskosten, das modernde Laub unter den Stiefeln, auch wenn ich niemandem erklären konnte, warum mir der Abschied davon so schwer fiel. Der Seniorchef hätte es lieber gesehen, wenn ich mich körperlich geschont hätte, Maschinen gewartet oder Geräte gereinigt hätte, aber ich überredete ihn dazu, mir zum Abschied den letzten Außeneinsatz zu schenken, nicht ahnend, wie heiß es werden würde.

Als ich ihm gesagt hatte, ich sei schwanger, hatte er mich nicht umarmt. Er schien stattdessen mit der Nachricht zu ringen. Ihm standen die Tränen in den Augen und er musste sich sichtlich zwingen, etwas Passendes zu formulieren. Ob es mir denn gut gehe, warum ich so erschöpft aussehe, wer der Vater sei und ob der Vater sich freue.

Gab es irgendeinen Mann in unserem Land, der sich nicht gefreut hätte, Nachwuchs gezeugt zu haben? Gab es irgendeinen jungen Mann außer Ruben, der eine Frau geschwängert hatte und sie daraufhin verließ?

Ruben war nun schon einige Wochen lang fort, und ich konnte noch immer nicht begreifen, warum er nicht zurückkommen wollte. Warum er nicht mit sich reden ließ, trotz aller Nachteile, die unsere Trennung ihm einbrachte. Er konnte nicht zu mir in den Goldenen Kern ziehen, er musste sich möglicherweise auf ewig in der Anlage des Integrierten Wohnens krummlegen. Er wischte fremden Silbernen den Hintern ab, anstatt bei mir zu liegen. Ich bekam doch sein Kind! Warum stellte dieser Umstand nicht alles andere in den Schatten?

Dem Seniorchef sagte ich selbstverständlich, Ruben sei glücklich über unsere kleine Familie, und zwar nicht nur wegen der Bringschuld, sondern auch weil wir aneinander unsere große Liebe gefunden hätten. Ich schilderte blumig, wie Ruben mich umsorgte und es damit sogar übertreibe. Ich behauptete, mich von zu Hause, aus seiner Fürsorge, förmlich fortgeschlichen zu haben, um noch ein einziges Mal zur Arbeit erscheinen zu dürfen. Für Ruben gebe es eben kein Maß in der Liebe und, wenn ich das verraten dürfe, er sei manchmal regelrecht eifersüchtig auf die Firma und auf den Seniorchef.

Später, bei Ben, hörte es sich anders an, was ich erzählte, und ich konnte nur hoffen, dass außer ihm niemand zuhörte. Die Hormone gingen mit mir durch. Ich beschimpfte Ruben. Die Worte kollerten mir aus dem Mund und schlugen auf dem Boden auf. Ben stellte seine Stiefel darauf, legte die Arme um mich und hielt mich fest.

Als ich Ruben vor drei Jahren kennengelernt hatte, wohnte ich schon seit einiger Zeit als Integrierte in der Anlage. Er gehörte zu den Schulabgängern, die eines Sommers eingezogen wurden, und wir verliebten uns sofort. Noch nie war mir etwas Derartiges passiert. Wir träumten von einer gemeinsamen Zukunft, in der wir eigene Kinder bekämen, und es fühlte sich an, als entspringe der Traum uns selbst. In einer eigenen Wohnung wollten wir wohnen, uns gemeinsam um unsere Kinder kümmern und Arbeitsstellen haben.

»Wir schaffen es bis in den Goldenen Kern«, sagte Ruben, »wenn wir uns anstrengen.«

Unter »anstrengen« verstand er, sich zusätzliche Sozialpunkte zu verdienen. Wir halfen im Gemeinschaftscafé aus, wir luden zu unseren Touren mit dem Bus so viele Silberne ein, wie wir bewältigen konnten, und Ruben engagierte sich sogar im historischen Lesekreis. Ich dagegen verstand unter »anstrengen«, sich mit aller Kraft der Bringschuld zu widmen, denn nichts funktionierte so zuverlässig wie die Erfüllung der Bringschuld, um sich in einen höheren Sozialstatus zu katapultieren.

Wann hatte es also begonnen, dass unsere Pläne auseinandergingen? Trug ich die Verantwortung dafür? War ich zu lange allein gewesen, bevor ich ihn traf? Allein mit denen, um die ich mich zu kümmern hatte?

In meinen ersten fünf Monaten in der Anlage waren mir bereits acht Silberne gestorben, weitere drei waren abgeholt und als Bronzene ins Heim gebracht worden. Nach einem Jahr hatte ich fünfundzwanzig Mal persönlich Abschied genommen und es fing an, mich zu stören, wie rasch die Silbernen aus meinem Umfeld entfernt wurden, wenn sie als Bronzene für das Heim deklariert worden waren oder bereits nicht mehr atmeten. Es waren doch Männer und Frauen, mit denen ich zusammengelebt hatte, die ich umsorgt und mit denen ich gelacht hatte wie mit eigenen Großeltern.

Täglich hatten wir beisammen gesessen und sie hatten mir ihr Leben erzählt. Von fremden Ländern konnten sie berichten und von alten Häusern, deren Bau sie in Auftrag gegeben oder die sie sogar selbst gebaut hatten. Vor der Zweiten Großen Finanznot hatten einige von ihnen im heutigen Kern gelebt, ohne dafür einen Ausgleich zu zahlen. Sie hatten Schweine geschlachtet und Mineralöl im Tank gehortet. Frische Butter lagerte in ihrem Kühlschrank. Ich erfuhr auch einiges über ihre Liebesaffären. Flüsternd weihten sie mich ein und jammerten über verpasste Gelegenheiten. Ich wurde zu ihrer Zeugin, erst zur Zeugin ihres

Lebens, dann zur Zeugin des nahenden Todes, ein schleichender Übergang bisweilen, dennoch hatte ich in meiner Funktion als Integrierte wachsam zu sein, um es nicht zu verpassen, wann ich jemanden als Bronzenen melden musste oder als plötzlich verstorbenen Silbernen.
Ich fing an, sie immer länger bei mir zu behalten. Ich merkte, dass ich den Tag fürchtete, an dem sie fortgebracht wurden. Fortgebracht und ersetzt. Sie verschwanden morgens, und abends konnte bereits jemand Neues in ihrem Bett liegen, und diesen Neuen hatte ich wiederum zu respektieren und zu würdigen auf seinem Weg.
Nachdem Ruben in die Anlage gezogen war, direkt in den Block gegenüber, wurde ich für eine Weile abgelenkt. Ich erledigte meine Aufgaben, winkte über den Hof und freute mich auf die Pausen. Wenn es trotzdem einmal schlecht lief und mich ein Abschied von einem Silbernen stärker beschäftigte als sonst, brachte Ruben mich zur Vernunft.
»Wir sind Integrierte, wir begleiten, mehr nicht«, sagte er. »Also achte darauf, dass du sauber bleibst.«
Als ich ihm von meinem 50. Todesfall erzählte, fand er mich kontraproduktiv. Ich wäre nie darauf gekommen, dass er mich dadurch auch weniger liebenswert fand, sondern ich ging davon aus, dass sich die Unterschiede zwischen uns in Kürze verlören. Wenn Ruben nämlich eines Tages selbst genügend Abschiede durchgemacht hätte, würden ihn die gleichen Sorgen quälen wie mich, so dachte ich, und dann wäre er froh, sich mit mir austauschen zu können. Was für eine Überheblichkeit, was für ein Wunschdenken. Seit wann machte ein Vorsprung an Erfahrung attraktiv? Mein Vorsprung an Erfahrung hatte höchstens unterstrichen, wie viel älter ich war, dabei kam es gerade

wegen des Altersunterschieds darauf an, luftig und leicht zu sein.
Und so häuften sich die Probleme mit der Arbeit im Integrierten Wohnen zwischen uns. Ich konnte immer schlechter loslassen. Ich wollte den Alten nahe sein, verhindern, dass sie mich verließen, selbst wenn sie in meinen Armen sterben mussten. Silbern oder Bronzen, für mich kam es nicht darauf an. Ruben stellte mich deshalb zur Rede, wir stritten uns oft, und schließlich sagte ich ihm nicht mehr Bescheid, wenn es in meiner Wohnung mit jemandem zu Ende ging.
Die Idee, einmal hinter das Sterben zu gucken, reifte in dieser Zeit. Einmal den Abtransport vermeiden, ein einziges Mal zuschauen, wie es weitergeht. Den Körper nicht verlorengeben, den Abschied überwinden. Und es half mir tatsächlich, als ich bei den Toten lag und das Gesurre der Fliegen hörte. Ich erkannte die Startlinie, die unter der Ziellinie liegt, und fühlte mich geheilt, so banal die Erkenntnis auch war.
Ruben stand an den Boule-Plätzen, als ich abgeholt wurde, und ich wünschte, ich hätte mich auf der Trage bewegen und ihm wie früher zuwinken können. Stattdessen aber musste einer der Helfer ihn zu uns bitten, denn man wusste, dass er mein Freund war. Er versicherte, von nichts etwas gewusst zu haben, und wünschte mir nur das Beste. Eine fachkundige Therapie zum Beispiel und die nötige Einsicht, bei der Behandlung zu kooperieren.
Er blieb also damals mein Freund, wenn auch tadelnd. Ruben, der so gern alles richtig machte, der mit anderthalb Sozialpunkten dafür belohnt wurde, dass er mir Briefe ins Lager schrieb und nicht aufgab.

Ich verstand, dass er mich nicht besuchen konnte. Er hätte Bilder gesehen, mit denen er sich nicht belasten durfte, denn wir sollten ja im Anschluss an das Lager eine unbeschwerte Zukunft haben. Außerdem hätte er meine Konzentration gestört. Ich hatte dringende Probleme zu lösen und nicht alle Fragen, die in meinem Kopf auftauchten, waren geeignet, besprochen zu werden.

Mit den anderen Asozialen lief ich täglich auf dem Hof im Kreis und spürte den Aufträgen der Lagertherapeutin nach. Distanz verlangte sie, Distanz zum Alltag, Distanz zur Arbeit mit den Alten, ausdrücklich Distanz zum Sterben, damit die lebendige Gemeinschaft mir nahekommen konnte. Aber was sollte das bloß bedeuten?

Hunderte Nächte, in denen ich aus dem Fenster auf den alten Golfrasen starrte. Hunderte Nächte, in denen nichts weiter passierte als das Stehen und Starren.

Und dann endlich, nachdem ich meine Mutter eines Abends am Lagertor vorbeihuschen sah, nachdem mir klar wurde, dass sie mit der Therapeutin in Verhandlung stehen musste, ohne dass man mich informiert hatte, ausgerechnet meine Mutter, deren Prominenz und Lautstärke mir so auf die Nerven gegangen war, da endlich dämmerte mir, woran es bei mir gehapert hatte: Wie konnte ich fürchten, verlassen zu werden, wenn es doch gar nichts zu verlassen gab? Es war ein logischer Fehler gewesen. Mir war niemand nahe, war es niemals gewesen. Ruben nicht, der viele Erfahrungen sammelte, aber zu anderen Schlüssen gelangte als ich. Die Silbernen nicht, deren Leben sich mit meinem Leben nur kurz überschnitten, und meine Mutter nicht, oder nur manchmal, dann nämlich, wenn sie sich um mich kümmern konnte. Ich war eine Expertin für die Distanz, mir

musste niemand mehr etwas darüber erzählen. Ich musste bloß neu präsentieren, was seit jeher in mir war.
Der Therapeutin war ich fortan zu Willen, locker und mit links. Ich nahm Kontakt auf zu denen, vor denen ich vorher davongelaufen war, und suchte Abstand, wenn ich mich eigentlich heranpirschen wollte. Als die Therapeutin mir zum Beispiel in Aussicht stellte, meine Mutter könne für mich bürgen, machte ich aus meinem Wunsch, ihr ins Gesicht zu lachen, einen Kuss auf den duftenden Nacken. Als aber die Schlafsaal-Älteste anfing zu weinen, weil ich den Koffer packte, schlug ich einen Bogen um sie. So einfach war es, durch die Mitte zu gehen, gelassen und ruhig, wenn man nichts mehr vermisste.
Die Belohnung ließ nicht lange auf sich warten. Bald galt ich als Lager-Erfolg, ein Triumph der Therapie – und das im noch immer gebärfähigen Alter. Was, wenn sich meine Existenz noch krönen ließe? Man erlaubte mir, in das Mietshaus meiner Mutter zu ziehen, obwohl es im Goldenen Kern lag und obwohl gewisse Auflagen zu erfüllen waren.
Es war aber nicht schwierig, den Fahrstuhl nicht zu benutzen, um die Goldenen nicht zu brüskieren. Es war auch nicht schwierig, das Leben im Berichtsheft zu beschreiben. Und hatte ich Marie Rockmann aufheben wollen, als sie über die Türschwelle gekrochen kam? Nein, hatte ich nicht, und ich war auch nie in Versuchung geraten, sie zu streicheln.
Hatte ich denn vielleicht auf das Rhinophym im Heim der Bronzenen reagiert? Nein, fast gar nicht, jedenfalls nicht so, wie ich es ohne Sozialmaßnahme getan hätte. Oder als Lukas gestorben war: Ich hatte nicht in sein Zimmer geschaut, ich

hatte widerstanden, und auch als Marie Rockmann tot vor mir lag, hatte ich nicht geweint. Schlussendlich hatte es nicht einmal zwischen dem Seniorchef und mir einen nennenswerten Körperkontakt gegeben, obwohl sich mein Abstand bei ihm am ehesten aufzulösen drohte.
»Wenn Sie wüssten, Cosma«, sein Räuspern roch nach Pfefferminz, »ich bedauere es, Sie als Mitarbeiterin zu verlieren, und es tut mir auch leid als Mensch. Aber zugleich freut es mich außerordentlich, dass Sie ein Kind bekommen.«
Flüchtig nur hatte ich meine Hand auf sein Knie gelegt, und als er seine Hand dazugab, zog ich meine wieder zurück. Ich hatte also sämtliche Auflagen bis ins Letzte erfüllt, bis zum heutigen Tag. Ruben hätte mich wirklich nicht verlassen müssen.

Ich passierte im Baumarkt die Sonderausstellung zum Thema »Licht im Garten« und suchte das Regal mit den Wärmelampen. Das Vorankommen war schwierig, Kartons stapelten sich in den Gängen, außerdem schienen sämtliche Goldene der Stadt Renovierungspläne zu hegen und sich heute im Baumarkt ausstatten zu wollen. Aus den Lautsprechern senkten sich Frühlingslieder hernieder, nun will der Lenz, komm lieber Mai, rostige Retro-Glöckchen an den Fersen. Ruben würde, wenn er jetzt hier wäre, anfangen mitzusingen, um sich anschließend über die Ohrwürmer aufzuregen. Im Grunde war er kompliziert gewesen. In Kleinigkeiten schwankend, im Großen mit strengen Prinzipien. Schwierig, wenn man dazwischengeriet.
Mir wurde es zu eng im Gang, ich ließ ein paar Handwerker vorbei, die breitbeinig die Regale abschritten, als seien sie zur See gefahren. Sie taxierten meinen Bauch, den man

inzwischen deutlich als das erkennen konnte, was er war, und ich hätte ihre Blicke gern genossen. Aber wie sie wohl gucken würden, wenn sie Bescheid wüssten? Dass mein eigener Freund, der Kindsvater, lieber ein Integrierter blieb, als bei mir zu sein? Mein Ex-Freund.

Das Angebot an Wärmelampen enttäuschte mich. Wie der Auswurf eines Wattwurms knäulten sich graue Heizspiralen unter dem Schutzglas. Eine Technik, die schon mehrfach als veraltet ausgemustert worden war, und doch gab es nichts Neues zu kaufen.

Ich wählte ein mittelgroßes Modell und wollte gerade zur Kasse gehen, als unter der Frühlingsmusik ein Brausen anhob. Unbestimmt zunächst, dumpf, ich dachte, die Lautsprecher seien kaputt, bis ich merkte, dass das Geräusch von draußen kam. Es brauste durch die Ritzen, kroch über Boden und Wände und machte sich breit. Die Musik rieselte weiter, konnte sich gegen das Brausen aber bald kaum noch durchsetzen. Der Kuckuck und der Esel. Die Handwerker sahen sich fragend um. Eine Frau mit wallender Perücke stützte sich auf ihren Einkaufswagen und zeigte nach oben. Dort war jedoch nichts zu sehen als eine weißgraue, abgehängte Kassettendecke. Einige Leute fingen an zu lachen und schüttelten die Köpfe, als wollte man sie mit dem Brausen unterhalten. Ich schob mich weiter, ein wenig in Sorge wegen des Kindes.

Kaum hatte ich die Elektroabteilung verlassen, sackte der brausende Ton tiefer. Ein Grollen begann, walzte über den Fußboden, um sich nach kurzer Zeit auf sämtliche andere Töne zu schieben und sie zu verschlucken. Alles verschwand. Die Frühlingslieder, das Klirren der Einkaufswagen, das Rufen. Nur noch dieses Grollen war zu hören mit seiner beharrlichen Amplitude. Die Waren, die Regale, sogar meine Schultern fingen an zu vibrieren in der tiefen, andauernden Frequenz.

Ich warf die Wärmelampe auf einen Stapel Kartons und legte die Hände um meinen Bauch. Die Handwerker rissen die Münder auf. Die Frau mit der Perücke stieß ihren Einkaufswagen in eine Gruppe hinein, die sich um eine Sauna-Kabine scharte, und rannte los, nur weg.

Ein Knall, und die Tür zum Außengelände flog auf. Es pfiff und zog um die Ecke. Draußen moderte das Tageslicht in Ocker. Ich sah Blumentöpfe stürzen, eine Plane flattern. Ein Stapel Sichtschutzwände fiel um, dann drückte ein Verkäufer die Tür wieder zu und hob die Arme, als wolle er uns beruhigen. Er war breiter und größer gewachsen als die anderen Leute, vielleicht könnte er mir helfen. Ich drängelte mich durch, bis ich hinter ihm stand, doch er, ein Gerät ans Ohr gepresst, nahm mich nicht wahr, sondern versuchte, sich Richtung Kasse zu schieben.

Der Gang verstopfte sich zunehmend mit Menschen, immer grober wurde ich gegen ein Regal gedrückt, als ob mein Zustand nicht zählte. Möglicherweise war vorn jemand gefallen und wir standen in einem Rückstau, der sich gefährlich verdichten würde.

Ich schaffte es, mir aus der Auslage einen Klodeckel zu angeln, den ich mit beiden Händen vor meinen Bauch hielt wie ein Schutzschild. Das Grollen raste über das Dach. Ein metallisches Sirren mischte sich ein. Grob drehte sich der breite Verkäufer in der Menge um und boxte sich gegen den Strom durch.

Schon wieder ein Knall und die Außentür flog auf. Wind langte in unsere Haare. Die Menschen in der Nähe der Tür drängten sich ängstlich von der Öffnung weg, tiefer in den überfüllten Gang hinein, in die vermeintliche Sicherheit. Man stolperte gegen die Waren, eine dünne Frau wurde von jemandem hochgehoben und ragte bis zur Brust aus der Menge. Der Klodeckel war nicht mehr zu halten, ich stieß ihn nach unten, vor die Beine, und dort blieb er stecken.

Die Menge wogte, geriet in Schieflage, man trat mir auf die Waden, und als mir jemand seinen Ellbogen in die Seite rammte, musste ich versuchen, zu fliehen. Ich warf mich, mit dem Rücken voran, den Leuten entgegen, die sich noch immer aus Richtung der Tür bewegten. Ich rempelte und wir verhakten uns ineinander, doch es war zu eng, um zu fallen, und am Ende kämpfte ich mich durch.

Der Sturm fegte durch die Öffnung. Jemand hatte das Türblatt weit aufgezogen, bis zur Innenwand, um sich dahinter zu verstecken. Ein dünner, langer Mann. Ich drängte mich zu ihm in den Spalt, passte aber nur halb hinein und fühlte mich kaum geschützt vor dem, was auf dem Freigelände tobte.

Zaunpfähle kullerten aus ihren Fächern und rollten bis an den Türrahmen. Ein Holzregal weiter hinten schwankte, Teichfolie wickelte sich von der Rolle, flog hoch und weg. Von links wurden Pflanzen durchs Bild getrieben, Wasserpflanzen, zwergwüchsige Pflaumen und Kirschen. Ein schrilles Reißen, das Holzregal schlug auf dem Boden auf und Teichformen aus PVC sprangen umher. Und Hagel fiel. Erst ein paar Körner im Regen, wahllose Einschläge, nach kurzer Zeit dichter, größer, und schließlich schoss das Eis mit Wucht aus dem Nichts auf das Gewirr aus Plastik, Holz und Grün.

Ich wollte meinen Körper noch tiefer hinter das Türblatt ziehen und mein Gesicht schützen, da entdeckte ich im Hagelschleier draußen Haut. Nackte Hände im Chaos, ein heller Kopf, möglicherweise ein zweiter Kopf daneben. Eine Jacke. Die Jacke von Ruben. Und Carmen etwa, die, unter eine Plane kriechend, Schutz am Stahlzaun suchte?

Ich klammerte mich an die Klinke, unsicher, ob ich mich täuschte oder nicht. Waren es wirklich die beiden? Musste ich jetzt Hilfe holen, Bescheid sagen, dass sie dort im Unwetter saßen? In ungehöriger Weise beieinandersaßen, Carmen, kurz vor der Entbindung, und Ruben, dessen Kind ich in diesem Baumarkt in diesem Moment in meinem Bauch trug? Ich riss dem dünnen Mann das Türblatt aus den Händen und drückte die Öffnung zu.

Sofort waberte die Menschenmenge wieder gegen meinen Rücken, schubste, dass ich die Klinke an meinem Leib spürte. Ich lehnte mich gewaltsam zurück, konnte mir aber letztlich nur wieder Luft verschaffen, indem ich die Tür erneut aufzog und den Sturm wieder in den Baumarkt ließ. Jemand strauchelte, jemand stieg über ihn hinweg, ich dagegen blieb stehen und überprüfte rasch noch einmal das Freigelände. Die beiden Personen waren vollständig unter der schwarzen Plane verschwunden.

Wusste Carmen eigentlich, dass ich schwanger war? Hatte Ruben im Sturm seinen Arm um sie gelegt und schützte sie vor herumfliegenden Töpfen, während sie sich darüber ärgerte, dass er so dämlich gewesen war, ausgerechnet heute mit ihr in den Baumarkt zu gehen?

Man stieß mich an, drückte nach, und weil ich nicht aufpasste, stolperte ich nach vorn auf das Freigelände. Ich

konnte mich gerade noch am Türrahmen festhalten, da hieb der Sturm schon so heftig gegen meine Seite, dass ich abglitt und fiel.
Hagel und Scherben hatten den Boden zentimeterhoch bedeckt. Ein Tontopf schlitterte gegen meine Finger, Holzelemente scheuerten auf mich zu. Auf Händen und Knien musste ich ausweichen und konnte kaum darauf achten, wohin es mich trieb. Schließlich rutschte eine der Teichformen in meine Nähe, ich zog sie an mich und schaute hilfesuchend zum Gebäude. Die Tür zum Baumarkt war zugedrückt worden. Ich musste unter die Form kriechen und kauerte mich zusammen, so eng wie möglich.
Nach Minuten legte sich Totenstille über das Gelände. Der Hagel hatte aufgehört. Ich rappelte mich hoch und wollte zurück zur Tür, aber inzwischen lagen Trümmer und Gestelle im Weg, ein rutschiger Kurs. Ich brach ein, als ich über einen der Haufen stieg. Aus den Augenwinkeln sah ich, wie sich unter der Plane am Zaun etwas bewegte, aber ich hatte keine Zeit, mich darum zu kümmern, sondern peilte das Gebäude an, so lange, bis neuer Regen einsetzte. Das Wasser stürzte wie eine Sintflut vom Himmel und brachte den Holzstapel, auf dem ich gerade stand, zum Wanken. Ich konnte nicht weiter, hätte es auf keinen Fall bis zur Tür geschafft und musste mich noch einmal in Sicherheit bringen. Ich rannte zum Zaun, riss eine Ecke der Plane hoch und tauchte darunter.
Plastik und Schweiß. Es herrschte eine Hitze in der Höhle, die mir den Atem verschlug. Der Regen verursachte einen Höllenlärm um uns herum. Jemand umschlang mich und hauchte in mein Ohr, »keine Angst«, aber es war nicht Ruben. Es war auch nicht Carmen. Jemand Weiches hock-

te an mir, fett wie zwei, und hielt mich so fest im Arm, dass ich mich kaum rühren konnte.
Lange musste ich warten, bis endlich der Regen nachließ und die Böen an Wucht verloren. Ich befreite mich aus der Umklammerung, riss mir die Plane vom Kopf und kletterte noch einmal los, quer über das Freigelände, ohne zurückzuschauen. Mit jedem Stolpern verlor sich das Gefühl, das der Weiche an meinem Körper hinterlassen hatte. Mit jedem Mal Luftholen ging es mir besser. Ich schaffte es bis zum Gebäude, die Tür ließ sich öffnen und es gab Platz, sich in den Baumarkt zu drängen.
Der Verkäufer von eben packte mich am Arm. »Alles in Ordnung?« Ich nickte, blutete aber aus Schnittwunden an den Händen. Er reichte mir ein Taschentuch.
In den Gängen schwappten Pfützen, Teile der Deckenverkleidung baumelten herab. Eine Frau weinte, ein Mann klopfte immerzu auf sein Goldenes Emblem. Jemand strich mir über den Bauch, ganz sacht, während ich mich säuberte. Der Verkäufer ließ mich nicht aus den Augen. Als ich das Taschentuch wegsteckte, deutete er auf sein Gerät und ich nannte ihm die Telefonnummer von Ruben. Idiotischerweise meinte ich, es hinten im Baumarkt klingeln zu hören, aber diesmal wusste ich, dass es eine Täuschung sein musste, und Ruben nahm auch nicht ab.
»Lassen Sie mich gehen«, sagte ich, »sicher wartet mein Mann schon auf dem Parkplatz. Wir haben uns im Gewühl verloren.«
»Wollten Sie nicht eine Wärmelampe kaufen?« Einer der Handwerker stand neben mir.
Ich suchte in der Jackentasche nach dem Gutschein für die Lampe, konnte ihn aber nicht mehr finden.

»Hat man Sie bestohlen?«
Ein fetter Mann kam näher, sich die Lippen leckend. Die Hose klebte an seinen gewaltigen Schenkeln, verdreckt, durchnässt, und mit Schrecken sah ich, dass er kein Emblem trug. Aus seiner Jacke rannen Tropfen und ich ahnte, wo er herkam. Auf der Stelle wollte ich kehrtmachen, doch er hielt mich mit einem Stirnrunzeln zurück.
»Ihr Gutschein liegt draußen im Unrat«, seine Stimme war immer noch leise wie eben unter der Plane, »aber das ist egal. Kommen Sie nächste Woche in mein Büro, ich stelle Ihnen einen neuen Gutschein aus.«
Er reichte mir eine Karte mit seinem Namen, eine komplizierte Aneinanderreihung von Konsonanten, und brummte dazu durch die Nase. Ich wollte höflich sein, seinen Namen aussprechen und mich bedanken, aber mein Blick wischte haltlos über die Buchstaben und blieb bloß am Logo der Sozialen Kasse hängen.
Er flüsterte etwas, das ich nicht verstand, und mir fiel auch erst, nachdem er fort war, auf, wie leer es im Gang inzwischen geworden war.
Der Verkäufer kam hinter einem Stapel Kartons hervor und hielt mir eine Wärmelampe hin.
»Für Ihre Unannehmlichkeiten in unserem Markt.«
»Ich habe den Gutschein verloren.«
»Die Soziale Kasse wird in Ihrem Fall ein Auge zudrücken.«
»Das wäre illegal!«
Ich hatte große Mühe, ihn loszuwerden, lief schließlich an der Kasse vorbei über den Parkplatz, quer über die Straße im Galopp, als sei ich nicht schwanger.

20.

Die Rockmann weckte mich mit anhaltendem Geklingel. Ich schlief sehr gern in letzter Zeit und hatte auch jetzt wieder Mühe, das Bett zu verlassen. Sie aber musste, ihrer Ansicht nach, viel zu lange im Hausflur warten, so dass sie es nach einer Weile gerechtfertigt fand, ihren eigenen Schlüssel zu benutzen und einzutreten, während ich noch damit beschäftigt war, im Schlafzimmer nach einer Jacke zum Überziehen zu suchen. Ich grüßte nicht, als sie an mir vorbeimarschierte, und auch ein Protest hätte sich nicht gelohnt. Sie setzte sich in meine Küche, den Rücken gerade, den Hintern auf der vorderen Stuhlkante, und strich sich den Kittel glatt. Sorgfältig studierte sie, was vor ihr auf dem Tisch stand. Meine Mutter und ich hatten an diesem Abend feiern wollen. Aus Quorn und Flocken hatte ich köstliche Happen gebraten. Die Pfannen standen noch herum, ebenso Schüsseln und Teller, und in einem altmodischen Kübel steckte eine Flasche, um deren Hals ich ein rosafarbenes Tuch gebunden hatte. Die Rockmann prüfte, wie leer die Flasche war.
»Alkohol in Ihrem Zustand? Liebes!«
»Möchten Sie einen Schluck?«
Ich goss den Rest des Vergorenen in ein sauberes Glas. Sie stürzte ihn hinunter, als müsse sie der Menschheit damit einen Gefallen tun, und ich fragte mich, von wem sie diese

Geste schon wieder abgekupfert hatte. Ihre Haare waren frisch aufgedreht, die Augenbrauen gezupft. Der Kontakt zu Isabell, mit der sie jetzt regelmäßig unter den Dioden lag, hinterließ doch Spuren. Außerdem trug sie neue, kuschelige Pantoffeln.

»Wir werden unser Abkommen verändern, Cosma, denn wenn Ihr Kind auf der Welt ist, werden Sie nicht mehr so viel Zeit haben, sich um unseren Raum zu kümmern.«

Ich verzog den Mund. Ich wollte zurück in mein Bett. Beim Stehen schwollen meine Füße an und ich fröstelte, weil es in der Küche zog. Stunden vorher, als ich mit meiner Mutter gefeiert hatte, waren mir diese Umstände gar nicht aufgefallen.

»Ich an deiner Stelle würde mir einen neuen Mann suchen«, hatte meine Mutter gesagt, während sie im Festmahl stocherte. »Guck mich an! Doppelt so alt wie du und immer noch gibt es Interessenten.«

Sie stillte ihren Durst, legte den Kopf zurück und lachte, dass ich ihren Gaumen sah. Wie Perlen reihten sich die Zähne um eine glatte Bucht, ein Meisterwerk, zu schade, um verborgen zu bleiben.

»Mir geht es gut«, ich nuckelte an meinem Wasserglas. In einer Stunde, wenn sie im Raum liegen würde und notgedrungen schwieg, wollte auch ich einmal ins Badezimmer gehen und mich verwöhnen.

»Dir muss doch etwas fehlen. Ich jedenfalls könnte nicht ohne«, sagte meine Mutter.

»Als ob du nicht alleinerziehend gewesen wärst«, entgegnete ich.

»Ich habe mir immer genommen, was ich als Frau gebraucht habe.«

»Aber du wolltest keinen Vater für mich haben.«
»Dein Vater wäre sehr gern bei mir geblieben, wenn er in diesem Land hätte leben dürfen.«
»Er hätte sich für dich entscheiden können.«
»Ja, auf Kosten seiner Überzeugung und das kam nicht in Frage, auch wenn du es nicht verstehen kannst.«
»Bist du satt, Mama? Dann lass uns abräumen.«
»Ich in deinem Alter würde hingehen und der Kasse ein Kind nach dem anderen präsentieren. Du weißt doch jetzt, dass du fruchtbar bist.«
»Mit Ruben war ich fruchtbar. Vorher hat es nie geklappt.«
»Ganz oben wäre ich in dieser Stadt, wenn ich du wäre.«
»Du bist oben, Mama.«
Sie goss sich Vergorenen nach und rührte mit einer Gabel darin herum, um die Kohlensäure zu vertreiben.
»Du begreifst mich nicht«, sagte sie, »ich musste immer konform gehen. Koste es, was es wolle.«
So kurz vor einem moralischen Anfall war sie schwer zu ertragen. Ich nahm ihr die Gabel ab und ließ Spülwasser einlaufen.
»Die Hauptsache ist doch, dass es dir wieder besser geht. Und darum feiern wir.«
»Drei Monate Dunckersche Zelle und ich bin fit«, sagte sie düster.
Sie schob eine Hand in ihre Bluse und betastete die Brüste. Die Knoten waren seit zwei Wochen nicht mehr zu spüren, so hatte sie es mir berichtet, und auch wenn ich vermutete, dass sie mit dieser Darstellung übertrieb, waren die Fortschritte ihrer Heilung doch deutlich zu sehen. Ihre Gesichtshaut strahlte und ihr gesamter Körper hatte sich gestrafft.

»Dein Leben wird wieder schön sein«, sagte ich und warf das restliche Essen in den Müll.
Sie knöpfte die Bluse wieder zu. »Ich habe den Tod eigentlich nie gefürchtet.«
»Jedenfalls nicht, solange du gesund warst.«
»Falsch. Ich habe ihn solange nicht gefürchtet, bis du mir untergekommen bist.«
Ich hatte keine Lust auf diese Haarspalterei. Vor allem ging es meiner Mutter so wunderbar und es war so offensichtlich, dass sie ihre Zeit wieder genoss. Am Wochenende hatte sie sich nach einem glanzvollen Vortrag bejubeln lassen. Sie hatte vor Fotografen posiert und geistreiche Interviews gegeben.
Außerdem pflegte sie alle paar Tage einen ihrer jüngeren Studenten zu treffen, privat, nachmittags, bevor sie sich auf den Weg zu mir machte, manchmal noch immer verschwitzt. Sie dachte nicht etwa daran, für uns einzukaufen oder sich am Kochen zu beteiligen, nein, sie nutzte ihre neue Energie, um sich, genau wie früher, Männer nach optischen Gesichtspunkten auszusuchen und mir auch noch davon zu erzählen.
Zu allem Überfluss hatte sie neulich sogar begonnen, ihre eigenen Plakate zu sammeln, »Das Beste kommt«, und sie schaute sich ihre Beiträge im Fernsehen an. Manchmal schien sie zu bedauern, dass die Kampagne bald auslief, als fürchtete sie mehr um ihre Prominenz als um ihre Gesundheit.
Als wäre ihr tatsächlich der Sinn der Therapie in der Dunckerschen Zelle entfallen: die Gesundheitsprüfung nach dem Ende der Kampagne zu absolvieren und zur Überraschung aller als Goldene rehabilitiert zu werden. Nur da-

rum ging es doch, ernsthaft, und ich konnte wütend werden, wenn sie auf ihre Leichtigkeit verwies. Wie konnte sie unter diesen Umständen so genusssüchtig sein? Die Gefahr herunterspielen? Ich für meinen Teil hatte alles, ausdrücklich alles dem Ziel ihrer Genesung untergeordnet.

»Was soll's«, sagte sie und nahm sich statt der Gabel ein Messer, um damit im Vergorenen zu rühren, »das Gute ist ja, dass wir die Dunckersche Zelle jetzt früher abreißen können als gedacht.«

»Findest du?«

»Ich bin sowas von gesund. Wir brauchen den Raum nicht mehr.«

»Und wenn die Krankheit wieder ausbricht?«

»Wie lange willst du denn so weitermachen? Eines Tages schnappen sie dich.«

»Wir warten jetzt erstmal deine Gesundheitsprüfung ab.«

Mir kam dieses Gespräch zu plötzlich. Sie aber lächelte und leckte das Messer blank. Die Narbe am Handrücken, die sie sich vor drei Jahren zugezogen hatte, nachdem sie über den Putzeimer gestolpert war, war verschwunden.

»Cosma, du hast doch nicht vor, noch andere Kranke zu retten?«

»Wir haben die Rockmann und Isabell am Hals. Wir können die Zelle nicht einfach schließen.«

»Die beiden stellen wir vor vollendete Tatsachen. Ich regele das«, antwortete sie.

Aber irgendetwas fühlte sich mies an. Ihre Bestimmtheit, ihre Dominanz entsprach ihrer typischen, früheren Art und ich hatte damit zu kämpfen, dass auch ich mir vorkommen musste wie früher: bedürftiger und dämlicher als andere Menschen.

»Wenn wir den Raum jetzt schon wieder auflösen, Mama, dann hätte ich Ruben doch gar nichts darüber erzählen müssen.«
»Es kann nie schaden, seinem Partner die Wahrheit zu sagen.«
»Aber Ruben und ich könnten noch zusammen sein, wenn ich geschwiegen hätte!«
Sie legte ihre Hand auf meinen Arm, als ahnte sie, dass ich den Tränen nahe war. Sorgenkind Cosma, das gedacht hatte, die Aufgabe, die es mit seiner Mutter hatte, dauerte ewig. Das sich seine Beziehung voreilig versaut hatte, anstatt an sich selbst zu denken.
»Ich heule aus Wut«, sagte ich.
»Du hast dein ganzes Leben noch vor dir. Mit vielen anderen Männern.«
»Ich will nicht.«
»Und du hast immer noch mich. Ich verspreche dir auch, mich an der Spitze der Gesellschaft zu halten.«

Als ich mich später aufs Bett warf und einschlief, träumte ich, Ruben sei bei mir und verlangte, dass wir gemeinsam in den Raum gingen, damit sich unsere Liebe bis zu einem glücklichen Punkt zurückentwickeln könnte. Ich weigerte mich, um das Kind in meinem Bauch zu schützen. Er überzog mich daraufhin mit Küssen, vor denen ich Angst bekam, weil sie sein Sperma aus mir herauszusaugen drohten.

Nachdem die Rockmann mich geweckt und in die Küche zitiert hatte, blieb ich vor ihr mit verschränkten Armen stehen. Mein Bauch wölbte sich und machte sichtlich Eindruck, wenngleich nicht so viel Eindruck wie die fettige

Hinterlassenschaft der Feier auf dem Tisch. Die Rockmann stieß dezent auf.

»Wann zieht eigentlich Ihr Freund hier ein?«

»Bald.«

»Und was wird aus unserem Raum?«

»Machen Sie sich keine Sorgen.«

Sie verrenkte sich, um in mein Schlafzimmer zu gucken. Bestimmt wollte sie prüfen, ob Licht aus dem Schrank drang, ob meine Mutter unter den Dioden lag. Als ich ihr die Sicht versperrte, zog sie ein ärgerliches Gesicht.

»Derzeit ist es ja so«, sagte sie, »ich gehe täglich in die Dunckersche Zelle, aber Sie gehen nicht hinein. Und Ihre Mutter wird bald auch nicht mehr hineingehen. Ich habe sie im Treppenhaus beobachtet, sie hat zwei Stufen auf einmal genommen wie ein ganz junges Mädchen. Sie ist gesund. Stimmt das?«

Ich blieb ruhig: »Ihre vereinbarten Stunden sind Ihnen sicher.«

»Die Vereinbarung wurde unter anderen Voraussetzungen getroffen. Schon damals habe ich Wert darauf gelegt, dass Sie den Raum zur Sicherheit mitbenutzen.«

»Mein Baby wird auf keinen Fall den Dioden ausgesetzt.«

Die Rockmann drückte sich die Locken zurecht. Es fing an, nach Haarspray zu riechen.

»Sie missverstehen mich, Liebes«, sie seufzte. »Dass Sie ein Kind bekommen, ist allein Ihre Sache. Aber ich persönlich werde deshalb kein Risiko eingehen.«

Sie bewegte ihren Hintern auf der Sitzfläche, dass der Stuhl zu wippeln begann. Hart tippten die Beine auf den Boden.

»Raus hier«, sagte ich.

»Im Gegenteil«, antwortete sie, »Ihre Mutter wird ab sofort mein Sicherheitspfand sein, wenn Sie mir so wenig entgegenkommen.«
»Meine Mutter und ich ziehen an einem Strang.«
»Albern. Ab sofort machen wir es so: Nachmittags treffen wir uns in Ihrer Wohnung, essen gemeinsam und Ihre Mutter und ich begeben uns anschließend in den Raum.«
»Sie wollen Ihre Nächte hier oben bei mir verbringen?«
»Bis zum Morgen haben Sie frei und werden nichts von Ihren Gästen bemerken.« Sie fing an, die schmutzigen Teller aufeinanderzustapeln. »Und lassen Sie uns ruhig einmal Braunkohl kochen. Diesmal auf Ihre Kosten.«
Ich wollte sie in den Flur schieben. Sie tat, als erschreckte sie sich, und zerbrach einen der Teller.
»Wenn Sie mich rauswerfen, Cosma, könnte als Nächstes die Soziale Kasse bei Ihnen klingeln.«
»Ich sage es nicht gerne, Frau Rockmann. Aber ich habe Fotos davon gemacht, wie Sie unter den Dioden liegen, und wenn Sie die Kasse rufen, sind Sie selbst dran.«
»Fotos kann man manipulieren. Aber wie Ihre Mutter den Raum nutzt, das könnte die Kasse realiter sehen, wenn sie zur rechten Zeit informiert wird. Es sei denn, ich darf mich in Zukunft neben Ihre Mutter legen und kriege von den Dioden genauso viel ab wie sie.«
»Und Isabell?«
»Also wirklich, Cosma. Um Ihre Friseurin müssen sie sich schon selbst kümmern.«

Nachdem die Rockmann weg war, zog ich mich an und ging hinunter auf die Straße, wo die Weißen Wagen rauschten. Eine milde Nacht, ein voller Mond ließ die Laternenmasten schimmern. Ich schritt zügig aus, die Hände am Bauch. Aus einem der Wagen, die am Bürgersteig parkten, stieg der Fahrer aus und sah mir entgegen. Ich bog in eine Seitenstraße ab und nahm einen Umweg in Kauf. Ich hatte es Ruben zu leicht gemacht, ich hatte zu schnell aufgegeben.

Der Kontrollposten auf dem Weg zur Anlage des Integrierten Wohnens konnte mich nicht zurückweisen, seitdem ich den Bringschuld-Ausweis trug. Er machte sich zwar seine Notizen, sah mehrfach bedeutsam auf die Uhr, die eigens angestrahlt wurde, aber letztendlich musste er mir die Schranke öffnen.

Auf den Boule-Plätzen trieb sich ein einsamer Spieler herum, die Pyjama-Hose zu kurz. Er musste seinem Integrierten Betreuer ausgerissen sein, und als er mich kommen sah, duckte er sich hinter dem, was vom Duftschneeball aus dem Boden ragte. Dürres, kahles Gestrüpp, grau, wohl nicht nur im Kunstlicht der Laterne.

Von der Mauer um den Wohntrakt dagegen hing das Grün in satten Wellen herab. Moos, Efeu, kompakt im Körper, Ausläufer wie Tentakel. Das Efeu würde bald Früchte tragen, heimlich würden die Silbernen ernten, auf der ewigen Suche nach einem Mittel zum Hinüberhelfen.

Ich drückte nicht auf den Klingelknopf, sondern nutzte meine Ortskenntnis, um in den Hof zu gelangen. Hinter Rubens Fenster war es dunkel, ich klackerte Steinchen gegen die Scheibe. Damals, als ich nur einen Block weiter gewohnt hatte, war das Steinchen-Werfen ein nächtliches Ritual gewesen. Sogar jetzt spürte ich die Vorfreude wieder, das Kribbeln im Magen, die Erwartung, Ruben gleich zu sehen, und es kribbelte heute noch heftiger als früher, auch

als jetzt nicht nur ein Kopf erschien, sondern zwei Köpfe am Fenster auftauchten. Zwei, die ich in der Dunkelheit gar nicht richtig identifizieren konnte.
Ich winkte hoch. Wollte unbedingt loswerden, was mir alles leidtat. Falsche Prioritäten gesetzt zu haben, die Dunckersche Zelle zu ernst genommen zu haben. Ich wollte auch meinerseits verzeihen, nicht mehr nach Carmen fragen. Wenn Ruben bloß bald zu mir herunterkäme und mich küsste.
Doch es war Tom, der schließlich nach unten kam. Ruben wohnte nicht mehr in der Anlage, offenbar seit einiger Zeit nicht mehr, und er hatte auch keine Adresse hinterlassen, jedenfalls keine Adresse, an die Tom sich erinnern konnte.
»Er kann doch nicht Bronzen geworden sein?«, flüsterte ich, aber er verstand mich nicht.
»Nehmen Sie mich mit, Cosma? Wir fahren mit dem Bus.«
Sein Bademantel stand offen, seine wollene Strumpfhose war am Knie gestopft worden.
»Alles Liebe für Sie, Tom, und gute Nacht.«

21.

Der Wald war kleiner geworden. Man hatte den äußeren Ring abgeholzt und Miskantus gepflanzt. Ich hätte gern gewusst, welche Firma damit beauftragt worden war. Nicht, dass es an der Qualität der Arbeit etwas auszusetzen gegeben hätte. Der Boden war tiefgründig gelockert worden, der Miskantus exakt gesetzt, aber mich hätte interessiert zu erfahren, wie sich der Dienst angefühlt hatte. Ein Biotop zu roden. Durchs Unterholz zu kämmen, bis es licht genug war, um die Maschinen zu empfangen. Sich in die Stämme zu fressen, bis sie kippten, und dabei beobachtet zu werden von ein paar Seidenschwänzen, die unermüdlich über das Gebiet flogen, um seine neuen Maße zu erkunden.

Auf dem Weg, der all die Jahre im Schatten von Buchen und Eichen gelegen hatte, wirbelten meine Wanderschuhe Staub auf. Seit dem letzten Sturm hatte es nicht mehr geregnet, die Sonne ließ das Grün der Miskantus-Setzlinge leuchten und ich sah an der Form der Blätter, dass man schon wieder eine neue Genvariante gewählt haben musste. Der Seniorchef würde neugierig auf die Sorte sein, falls er nicht sogar selbst an den Arbeiten beteiligt gewesen war. Mehrmals hatte er in der Vergangenheit versucht, eine feuchtigkeitsresistente Sorte auf eigene Faust mit einer trockenheitsresistenten Sorte zu kreuzen, zum Teil mit Erfolg,

und doch hatte er nie ein Patent auf seine Erzeugnisse erhalten. Stattdessen wurde er zu Kooperationen eingeladen, bei denen er sein Material den Kollegen zur Verfügung stellen musste und, einzig mit einer Teilnahmeurkunde belobigt, wieder nach Hause ging.
Ich schnitt einen Miskantus-Trieb ab und steckte ihn in meine Jackentasche, als ob mich diese Dinge noch etwas angingen. Als ob ich noch immer fachlich gefragt wäre und der Seniorchef mich jederzeit in sein Büro einladen könnte, um mit mir gemeinsam die neue Sorte zu analysieren. Er würde über dem Mikroskop hängen und ich würde die Notizen machen, wenn alles noch so wäre wie früher. Schwanger allerdings wäre ich dann auch nicht.
Ich wischte die Klinge des Gärtnermessers blank und klappte es zu. Das Messer war die einzige Insignie, die mir geblieben war. Poliertes Rosenholz, Beschläge aus Messing. Massiv und nicht zu schwer. Groß genug, um präzise Schnitte zu setzen.
Als Ben mir am Ende meines letzten Arbeitstages die Kiste hingehalten hatte, in die ich das Material packen sollte, das der Firma gehörte, Sicherheitsstiefel, Arbeitshandschuhe, Klappsäge, wollte er mir auch das Gärtnermesser entwenden. Wir gerieten darüber in Streit, bis der Seniorchef angelaufen kam. Barsch wies er Ben an, die Kiste zu verschließen und ins Büro zu bringen. Von irgendwoher musste er wissen, dass ich das Messer privat gekauft hatte, gemeinsam mit meiner Mutter.
Später, als wir unter vier Augen sprachen, schenkte er mir einen kleinen Wetzstein für das Messer, geformt wie ein Spaten. Ehe ich mich bedanken konnte, drehte er mir den Rücken zu, als sollte ich jetzt ohne Brimborium das Fir-

mengelände verlassen. Oder als wollte er mir die Möglichkeit geben, beim Hinausgehen noch unbeobachtet einen der Firmenschlüssel vom Haken zu nehmen.
Ich wusste gar nicht, was ich mit dem Schlüssel anfangen sollte. Er lag bei mir zu Hause in der Zwiebackdose und ließ sich befingern, wenn ich nicht schlafen konnte oder wenn der Tag dahinschlich, weil ich einsam war und keine Termine mehr wahrnehmen durfte, außer zur Kontrolle der Schwangerschaft.
In der Zeit, in der ich noch gemeinsam mit Ruben träumte, hatte ich mir vorgestellt, die Wohnung einzurichten, wenn ich auf der Zielgeraden zur Bringschuld wäre. Ein Nest wollte ich bauen, damit wir uns zu dritt im Goldenen Kern wohlfühlen könnten. So allerdings, wie sich mein Leben inzwischen gewendet hatte, brauchte ich in den Zimmern nichts zu verändern. Das Babybett würde meine Mutter mir schenken und ich würde es schlicht in mein Schlafzimmer stellen. Der Wickeltisch passte ins Bad.
Ich ließ den jungen Miskantus hinter mir und erreichte den alten Nadelwald. Der Trieb, den ich eben erst abgeschnitten hatte, wurde in der Jackentasche seltsam hart und bohrte sich durch den Stoff. Ich warf ihn ins Unterholz.
Je weiter ich ging, umso enger drängten sich die Bäume aneinander. Der Asphalt schien mir noch schmutziger und rissiger zu sein als sonst. Fahrspuren aus Lehm liefen auf etwas zu, das ein paar hundert Meter entfernt auf dem Weg lag. Ein Wall aus Wurzelballen, Steinen und Erde. Mit einer Raupe hatte man hier wohl zusammengeschoben, was beim Roden des Mischwalds übriggeblieben war. Meterdicke Baumstümpfe, tonnenweise Abraum. Die Ketten der

Raupenfahrzeuge hatten sich in den Weg gegraben und den Asphalt zerbröselt, eine Illusion von Renaturierung.
Es roch nach Harz, nach frischen Schnitten im Laubbaum-Holz und zerdrückten Pilzen. Ich suchte die Barrikade nach einer Stelle ab, um sie zu überwinden.
Etwas raschelte. Ein Zilpzalp pickte zwischen den aufgebahrten Wurzeln, ohne sich an mir zu stören. Daudebardien und Testacella hatten sich verteilt. Die Schneckenhäuser knackten, als ich über sie stieg, doch es tat mir nicht leid. Jeder nutzte den Wall, die Nachgeburt des Rodens, für seine Zwecke, bis eines Tages alle damit beginnen müssten, sich in ein Gleichgewicht zurückzuschaukeln, Pflanzen ebenso wie Tiere, und dann erst würde sich zeigen, wie schwer der Verlust des Mischwaldgürtels wog.
Nachdem ich über den Wall geklettert war, atmete ich tief in die Flanken. Gut für mein Kind und gut für mich. Viel zu selten war ich während der Schwangerschaft spazieren gewesen.
Ich dachte an die schönen Stunden, die meine Mutter und ich früher im Wald verbracht hatten. An die Spaziergänge sonntags nach der Arbeit. Was mir damals so selbstverständlich vorgekommen war, wirkte heute wie eine verlorene Idylle, denn auch wenn wir uns damals manchmal gestritten hatten, war unser Umgang miteinander längst nicht so funktional gewesen wie heute.
Wir hockten ja immer noch Tag für Tag in meiner Wohnung zusammen, trotz ihrer Genesung. Ich kochte, sie ruhte sich aus und zerpflückte später bei Tisch mein Leben, bevor sie sich in die Dunckersche Zelle verzog. Ihre Gesundheitsprüfung war bereits dreimal verschoben worden und so kreisten wir in einer Warteschleife umeinander. Nervös,

erschöpft, kein Ende der Situation in Sicht. Nur mein Bauch wurde dicker und dicker, was ich aber auch nur eingeschränkt genießen konnte, denn inzwischen meinte jeder, einen Kommentar über meinen Zustand abgeben zu müssen. Die Soziale Kasse überwachte die Schwangerschaft mit einem Stoß an Formularen und engmaschigen Analysen. Meine Mutter schimpfte über den Kindsvater, wann immer sie auf das Baby zu sprechen kam, und die Rockmann bedrohte mich schamlos, damit ich nicht auf die Idee käme, an ihrem Goldenen Ritus und ihrer Vormachtstellung im Haus zu rütteln.

Dabei mochte ich es, die Augen zu schließen und nach innen zu horchen. Pläne brauchte ich nicht zu schmieden, auch keine Informationen zu lesen oder Werte zu optimieren. Nur einatmen, ausatmen, es wachsen lassen. Längst hatte ich mich mit ihm innig verbunden, dem Kleinen, ganz still, und war in keiner Sekunde allein.

Das Anstrengende an mir, so hatte meine Mutter gesagt, sei eine Folge der andauernden Selbstgespräche. Sie hatte mich einmal in der Dämmerung am Fenster ertappt und sich aufgeführt, als seien sogar diese knappen Minuten an Intimität schädlich für mich. Sie hatte ja keine Ahnung.

Der Waldweg wurde dunkler, feuchter, von Löchern und Beulen durchzogen, die unter einer Schicht brauner Nadeln kaum zu erkennen waren. Ich knickte mit dem Fuß um und mein Bauch zog sich zusammen. Schlauer war es, den Weg zu verlassen und zwischen Bäumen zu gehen, an denen ich mich festhalten konnte.

Eine gewaltige Tanne lockte mich an, die Krone grüngelb, der Stamm beinahe schwarz zwischen den Zweigen. Ein Eichhörnchen huschte nach unten und weg, eine Kolonie

schwarzer Käfer zog näher und lief um die Zapfen, die noch aus Vorjahren unter den Zweigen lagen.
Ich schob den Vorhang der Tanne auseinander und entdeckte tiefer im Wald eine Herde Schattenblumen. Wie Leuchtpunkte schwebten die hellen Blütentrauben über dem Boden. Wenn es stimmte, was in den Botanik-Büchern stand, war zwischen ihnen ein guter Platz zum Gehen. Möglicherweise war sogar eine Lichtung in der Nähe.
Ich schützte das Gesicht mit den Händen und tauchte durch die Zweige in Richtung der Blumen. Nadeln rieselten in Schauern auf meinen Kopf und Totholz knickte ab. An der Schneise würde ich mich später orientieren können, wenn ich den Rückweg suchte.
Die Bäume wichen zurück, ich folgte den Schattenblumen und es wurde heller. Nach kurzer Zeit erreichte ich tatsächlich eine geräumige Lichtung und staunte.
Die Wiese dampfte im Sonnenschein, ein Oval wie in einem antiken Theater, doch von Hartriegel-Sträuchern durchzogen. In einem der Sträucher hüpfte ein Wintergoldhähnchen und stieß Warnrufe aus, eine Heckenbraunelle sang quer über die Lichtung dazu. Der Teppich aus weichen, krautigen Gewächsen duftete, dass mir schwindelig wurde. Ich öffnete die Jacke, legte mich rücklings auf das Kraut und hielt die Haut in die Sonne.
Die Wärmelampe fiel mir ein, die ich noch immer nicht besorgt hatte, weil ich davor zurückgeschreckt war, den neuen Gutschein abzuholen. Ich wollte den Fetten von der Sozialen Kasse nicht wiedersehen, wollte nicht mehr daran erinnert werden, wie ich zu ihm unter die Plane gekrochen war. In seine Arme hinein war ich geschlüpft wie ein hungriges Hühnchen. Ob er noch an mich dachte, in seinem

Büro bei der Sozialen Kasse, und darauf wartete, dass ich käme?
Ich schlief ein, das Summen einer Fliege nahe bei mir.

Als ich aufwachte, hatten mich die langen Schatten der Bäume erreicht. Mir war kalt, die Hose klebte klamm an den Waden und die Gelenke waren steif. Das Wintergoldhähnchen saß im Strauch und schaute mich an. Stumm blieb es und ruckte nur mit dem Kopf. Vielleicht hatte es Zutrauen gefasst, da ich so lange reglos am Boden gelegen hatte? Während ich den Reißverschluss meiner Jacke zuzog, flog es fort.
Der Duft der Kräuter hatte nachgelassen, manche Blüten auf der Wiese verschlossen sich schon für die Nacht. Aus den Kronen der Bäume ertönte das Abendkonzert. Dutzende Vögel sangen, zum Teil mit verschachteltem Einsatz. Mücken tanzten durch die verbliebenen Sonnenflecke, eine Libelle surrte im Kreis.
Ich machte mich auf den Weg, um die Schneise zu suchen, doch noch bevor ich den Waldrand erreicht hatte, durchfuhr mich ein Schreck. Ein Mann saß dort, an einen Baumstamm gelehnt, den Kopf gesenkt wie ein Toter, die Hände im Schoß gefaltet und die Beine ausgestreckt. Volles, weißes Haar hatte er, genau wie der Seniorchef.
In einem Bogen pirschte ich um ihn herum und konnte es kaum fassen. Der teure, braune Anzug, die glänzenden und zugleich robusten Schuhe. Es musste tatsächlich der Seniorchef sein, der dort saß und sich nicht rührte.
Aber er schlief. Sacht schnarchte er durch die Nase. Ich widerstand der Versuchung, mit den Stiefelspitzen gegen sein Bein zu tippen, und rief stattdessen laut seinen Namen. So-

fort schlug er die Augen auf, brauchte einen Augenblick, um sich zu orientieren, und erhob sich.
»Hat Ihre Mutter Ihnen diese Lichtung gezeigt?«, fragte er.
»Bitte?«
»Früher stand hier eine Hütte.«
Er zog sich die Hosenbeine glatt und musterte mich.
»Ich weiß, dass Sie den Schlüssel aus der Firma mitgenommen haben.« Eine Miene, als sei er erneut im Duboisia-Rausch.
»Welchen Schlüssel?«
»Sie können ihn gerne behalten, Cosma, wenn Sie mich ab und zu in meinem Büro besuchen.«
Er griff nach meiner Hand. Ich lachte aus Verlegenheit und hatte zugleich den Wunsch, ihn zu brüskieren.
»Ich habe Sie angelogen«, sagte ich, »mein Freund freut sich gar nicht auf das Kind. Er hat mich verlassen, weil ich nicht in der Lage bin, ein anständiges Leben zu führen.«
»Wie schade.« Er wiegte sich hin und her, als bedauere er mich von Herzen, sei aber nicht wirklich überrascht. »Haben Sie denn ein Problem mit der Trennung, gerade auch in Ihrem Zustand?«
»Nein, ich komme alleine gut klar.«
»Aber eine Trennung ist etwas, das jedem Menschen widerstrebt.«
»Manchen Menschen nicht.« Hätte ich das Thema bloß nicht angeschnitten.
»Doch«, beharrte er. »Die Angst vor dem Abschied wohnt uns allen inne. Wir sind sogar bereit, uns selbst zu schaden, wenn wir dadurch einen Abschied vermeiden können.«
Er nickte bedeutungsvoll, kramte in seinem Jackett und zog einen Sicherheitsschlüssel hervor.

»Gehen Sie in mein Büro, wann immer Sie wollen. Bedienen Sie sich am Bücherregal, an den Blättern der Duboisia. Es wäre mir eine Freude.«
Ich lehnte ab. »Ich werde keine Zeit haben. Ich bekomme bald das Kind.«
»Bringen Sie Ihr Kind einfach mit. Zählen Sie mich ab sofort zu Ihrer Familie.« Er stopfte mir den Sicherheitsschlüssel in die Jackentasche. »Und weil Sie jetzt nicht mehr bei mir angestellt sind, kann ich Ihnen auch etwas verraten: Ihre Mutter und ich kannten uns einmal ganz gut.«
»Bitte nicht.«
»Doch. Ein heimliches Paar waren wir, ich war noch anderweitig gebunden, verheiratet, damals.«
Wie Markisen hingen seine Lider über den wasserhellen Augen. Sein Kinn glänzte, frisch rasiert unter den mageren Wangen. Ganz gewiss war er nicht der Typ Mann, auf den meine Mutter abgefahren wäre.
»Meine Mutter hätte es mir längst erzählt, wenn Sie sich kennen würden.«
»Diese Lichtung war unser Treffpunkt«, er holte mit dem Arm aus, als erzählte er von seinen botanischen Reisen, »nur für ein oder zwei Wochen waren wir zusammen, und wie gesagt, hier stand ja die Hütte.«
Ich verlor die Geduld, er aber langte schon wieder nach mir. Perfekt manikürte Nägel, braungefleckte, faltige Haut. Ruben und ich hatten nie Sex im Wald gehabt, weder in einer Hütte noch auf dem blanken Boden.
»Ich bin dein Vater.« Er kniff mir in den Arm. »Hast du gehört?«
Das reichte. Ich stieß ihn zurück.
»Sie kauen zu viel Duboisia.«

»Was hat das damit zu tun?«
»Außerdem besitzen Sie Beeren, weshalb ich Sie jederzeit anzeigen könnte.«
»Mich?«
»Duboisia-Beeren, die in einem Zeitexperiment manipuliert worden sind.«
Wie verblüfft er aussehen konnte. Und seine Stimme klang trotz allem belustigt:
»Die Beeren sind doch ein Andenken an die Uni und deine Mutter. Darum bewahre ich sie auf. Von einem Experiment weiß ich nichts.«
»Als ob Sie ein Andenken bräuchten wegen einer einwöchigen Affäre vor Jahrzehnten.«
»Weil es schön war. Und weil ich dein Vater bin.«
»Mein Vater war einer, den meine Mutter im Widerstand kennengelernt hat.«
»Nein, da muss man dich angelogen haben«, sagte er fest. »Ich kann es deiner Mutter auch nicht verdenken, schließlich war ich ja damals zu feige, zu ihr zu stehen.«
»Wer mein Vater ist, der ist nicht feige.«
Er schüttelte den Kopf. »Manches kapiert man erst, wenn man älter wird, Cosma. Es tut mir leid, dass ich jetzt erst mit dir rede. Aber ich kann es wieder gutmachen, oder?«
So gern würde man alles wieder gutmachen, hätte man nur einen Tag länger Zeit. Wartet vorne das Aus? Winkt von hinten das Leben und türmt sich dazwischen nichts als schlechtes Gewissen? Sieh genau hin. Die Reue blubbert aus Augen und Nase. Die uralte Leier, zu spät, zu traurig, nun bleibt nichts mehr.
Ich spuckte aus. »Ein Abklatsch von einem Vater, eine Witzfigur sind Sie.«

Und tröste! Von Herzen, selbst wenn es dir den Atem verschlägt. Dein menschliches Muss.
Doch wie er so dastand, gab es kein Muss. Wie er mich ansah, mitten im Wald in Bügelfalte und Jackett, die Haare gespickt mit Fichtennadeln, die Ohren rot vor Erregung. Als ob meine Mutter so einen rangelassen, oder noch besser: als ob sie das Kind einer solchen Begegnung ausgetragen hätte. Ich war doch eine Trophäe und kein Unfall.
Der Sicherheitsschlüssel flog knapp am Kopf des Seniorchefs vorbei, halb aus Versehen. Er rieb sich die Schläfe, wich allerdings nicht zurück.
»Es ist spät geworden, Cosma.«
Ich atmete ein und aus, tief, her mit dem Sauerstoff und nicht weiter provozieren lassen. Dann klopfte ich mir möglichen Dreck von Hosenboden und Jacke.
»Der Neunblättrige Zahnwurz blüht«, sagte ich mit Nachdruck. »Wussten Sie, dass er zu den Zeigerpflanzen des Waldes gehört?«
Der Schlüssel ließ sich leicht wiederfinden, das blanke Metall im braunen Wald. Der Seniorchef wischte sich die Augen, seufzte und, wer hätte es gedacht, wandte sich dem Zahnwurz zu.
»Cardamine enneaphylla? Aber der Boden hier ist viel zu sauer.«
Er folgte mir bis zum Kraut auf der Lichtung und betrachtete die nickenden Blüten.
»Ich bin selbst überrascht«, sagte ich. »Oder könnte sich der Zahnwurz vom Mischwald hier herübergerettet haben?«
»Wir nehmen eine Bodenprobe mit«, er zog eine Tüte aus der Hosentasche, »und wir stechen am besten einen ganzen Wurzelstock aus.«

Ich reichte ihm das Gärtnermesser, beinahe beruhigt. Niemand sonst war der Seniorchef als der, der er schon immer gewesen war.

22.

»Schön, dass Sie sich entschieden haben, doch noch zu kommen.«
Ich hätte den Mann kaum wiedererkannt. Er sah jünger aus als im Baumarkt, die Haare waren heller und lockiger als damals im Regen. Als ich aber seinen Wanst sah, der sich unter dem Oberhemd wölbte, meinte ich sofort zu wissen, wie es sich anfühlte, den Ellbogen hineinzubohren. Auch an die fleischigen Hände erinnerte ich mich gut.
Er schaute mich heute nicht an. Seine Augen klebten am Bildschirm des Computers, als sei dort alles geschrieben, was es zu reden gab.
Sein Büro war karg und nüchtern eingerichtet. Keine Spielecke, keine Tapete in kräftigen Farben. Es stand nicht einmal eine Schale mit Süßigkeiten herum, wovon ich fest ausgegangen war und weshalb ich ein entsprechendes Mitbringsel in der Tasche trug. Süße, kleine Riegel für den Sachbearbeiter. Da konnte man mal sehen, wie wenig ich noch immer verstanden hatte, obwohl dies bereits das dritte Büro war, das ich bei der Sozialen Kasse kennenlernen durfte.
Im ersten Büro hatte eine Sachbearbeiterin die Formulare ausgefüllt, mit denen sie mich in die Sozialmaßnahme überwies, nachdem ich aus dem Lager entlassen worden

war. Eine Lampe hatte die Papiere erhellt, ansonsten war es dunkel im Raum. Ein Schrank, ein Tisch und drei Stühle aus Pressspan drängten sich aneinander. Man konnte es eine Kammer nennen.
Das zweite Büro, in dem ich mir kurz vor Weihnachten den Bringschuld-Ausweis abgeholt hatte, war mindestens zehnmal so groß gewesen. Von der Bürotür bis zur ausgestreckten Hand des Sachbearbeiters konnte ich gut zwanzig Schritte zurücklegen, vorbei an einem Ensemble aus Spielzeug und Bilderbüchern. Der Schreibtisch war mit schwarzem Klavierlack überzogen, ebenso wie der Computer, dessen Korpus auf einem geölten Parkettboden stand. Blendend weiße Sessel gruppierten sich vor den Fenstern. Die Polster wirkten gemütlich, auch wenn sie von mir nicht zu benutzen waren, weil ich nicht wissen konnte, ob ich eine saubere Hose trug.
Ich war direkt von der Arbeit zum Bringschuld-Büro gefahren und hatte mich draußen vor dem Eingang mit Ruben getroffen. Der Sachbearbeiter hatte schon vom Fenster aus beobachtet, wie wir uns küssten, und wie ich später vermuten musste, machte er sich sofort Notizen. Ich hatte nichts gegen ihn. Er geleitete mich zu einem Stuhl aus gemustertem Kunststoff und ich machte es mir bequem, während Ruben sich einen der Hocker schnappte, um ihn dicht an meine Seite zu rücken.
Der Bringschuld-Ausweis lag auf einem Deckchen aus Samt. Ruben beäugte ihn, als hätte er noch nie dergleichen gesehen, auch nicht bei Carmen. Ich drückte seine Hand, sie war heiß und trocken, wohingegen meine Finger feuchte Spuren hinterließen, zuerst auf seiner Haut und dann auf der Tischplatte aus Klavierlack, als ich mich abstützte,

um mich gebührend zu bedanken. Der Sachbearbeiter zwinkerte mir zu und polierte die Spuren weg. Ein schöner Nachmittag war es gewesen.
Heute dagegen, im Büro für technische Gutscheine, hing eine heikle Stimmung in der Luft und mein Mitbringsel in der Tasche schien ausgerechnet hier unpassend zu sein. Der Dicke verhielt sich, als seien wir uns noch nie zuvor begegnet. An ein Aufstützen auf seinen Schreibtisch war nicht zu denken, erst recht nicht an ein Hinüberbeugen oder gar an ein Hinhalten der Wange, wie ich es damals im Bringschuld-Büro praktiziert hatte. Es wurde heute auch nicht gratuliert. Der Bringschuld-Ausweis wurde einkassiert und eingelesen und dann wartete ich auf dem Besucherstuhl aus Drahtgeflecht. Schweigend. Zu hören waren nur das Rauschen und Klicken des Computers und das Atmen.
Der Leib des Mannes quoll rechts und links über den weinroten Bürostuhl. Die Arme ruhten auf dem Tisch und nur die Finger bewegten sich über der Tastatur.
Ich versuchte, gelassen zu bleiben. Vielleicht sollte ich das Mitbringsel einfach hervorholen und vorgeben, es für mich selbst zu brauchen. Dem Dicken etwas anbieten, die Lage aktiv entspannen. Allerdings beunruhigte es mich, dass der Metallstuhl, auf dem ich sitzen musste, nach Desinfektionsmittel roch. Warum war ich in ein Büro geladen worden, dessen Möbel zu desinfizieren waren?
Fußboden und Decke waren komplett mit Stahl ausgeschlagen, die Wände mit verchromten Paneelen verkleidet. Wenigstens hatte man matte Oberflächen gewählt, so dass das Licht der Leuchtstoffröhren sich brechen konnte. Die Rückseite des Monitors dagegen bestand aus einem blanken Spiegel und der Besucherstuhl war so platziert, dass ich

mich selbst anschauen konnte. Wie ich mir auf die Lippen biss, die Schultern nach vorn gezogen.
»Selbstverständlich möchte ich meinem Kind die Wärmelampe ermöglichen«, sagte ich, »ich war bloß in den vergangenen Wochen verhindert.«
»Eine Verhinderung würde ich mir an Ihrer Stelle nicht leisten.«
Er tippte auf der Tastatur herum. Sein Hals floss in den Hemdkragen, dabei schien sein Gesicht grundsätzlich hübsch zu sein. Fein geschwungene Brauen und Lippen, die mir im Baumarkt nicht aufgefallen waren.
Ich rückte vom Spiegelbild weg. Er hob einen Finger:
»Stellen Sie den Stuhl bitte an den dafür vorgesehenen Ort.«
»Entschuldigung.«
»Wenn Sie aus einer Sozialmaßnahme kommen und es dennoch schaffen, mit jemandem, der normal unauffällig ist, die Bringschuld zu erfüllen, dann ist die Soziale Kasse bereit, gewisse Daten von Ihnen grau zu hinterlegen. Schauen Sie.«
Er winkte mich zu sich um den Tisch herum. Auf dem Bildschirm zog er geübt einen Text auf. Asoziale Merkmale. Fett gedruckt mein Name und blass eingefärbt etwas Ähnliches wie Nekrophilie. Er kreiste das Wort ein.
»Grau hinterlegt, sehen Sie, ein Entgegenkommen der Kasse.«
»Das soll ich sein?«
»Die Kennziffer ist nicht entscheidend. Wir hatten ohnehin keine Ziffer für das, was Sie sich geleistet haben. Darum hier das Untermenü.«
Ein neuer Text klappte auf. Ich konnte die ersten Zeilen überfliegen, dann schickte der Dicke mich auf den Stuhl

zurück. Als ich nicht Folge leistete, schwärzte er den Bildschirm ein.
Aus einem asozialen Trieb heraus sollte ich den Tod von Silbernen verschwiegen haben? Sollte mich von Insekten ernährt haben, die die Wohnung verschmutzten? Hatte nach Aussage meines Ex-Partners Ruben schon immer eine perverse Neigung gehabt?
»Niemals hat Ruben so etwas über mich gesagt.«
»Setzen Sie sich hin.«
»Das alles stimmt hinten und vorne nicht!«
Er fing erneut an zu tippen und sagte:
»Grau hinterlegt bedeutet natürlich, dass wir den Vermerk jederzeit wieder aktivieren können. So, schon passiert.«
»Nein!«
Ich ging hastig zurück zum Stuhl und der Dicke hob die Hände, um mir mit den Zeigefingern zu drohen.
»Um ein Haar hätte Ihr Kind keine Wärmelampe bekommen, obwohl die Soziale Kasse Ihnen die Kosten dafür erstattet.«
»Ich bin doch hier.«
Da schlug er mit der Faust auf den Tisch, dass der Spiegel vor meiner Nase vibrierte. Wie jämmerlich, es glänzte Wasser in meinen Wimpern. Vor Zorn, das wusste ich genau, aber es hätte ebenso das Opferwasser einer Verzweifelten sein können.
Der Dicke mäßigte sich und betrachtete seine Fingernägel.
»Warum kommen Sie heute erst, um sich den Gutschein für die Lampe zu holen? Es ist zwei Monate her, dass wir uns im Baumarkt gesprochen haben.«
»Arzttermine! Nach Vorschrift.«

»Und da war keine Zeit für einen Abstecher zu mir?«
Das rote Polster knarrte unter seinem Hintern. Mit derselben Bewegung hatte er sich zurechtgerückt, als er die Arme um mich geschlungen hatte, unter der Plane im Regen. Als er sich bemüht hatte, seinen Mund an meinen Kopf zu drücken, mir fortwährend zuraunte, er sei für mich da. Und wie er mich nachher angesehen hatte, im Baumarkt, als er mir anbot, einen neuen Gutschein auszustellen.
»Wahrscheinlich«, ich zögerte, »war es mir peinlich, Sie wiederzutreffen.«
Er knabberte an seiner Nagelhaut, als habe er nichts gehört.
»Im Unwetter, unter der Plane«, fuhr ich fort, »ich wusste nicht, ob meine Gefühle angemessen sind.«
»Ja und?«
Ich beugte mich vor: »Mein Freund hatte mich doch gerade erst verlassen.«
Schweigen. Dann schaute er mich an. »Cosma, ganz ehrlich, Sie sind ein manipulatives Aas.«
Er studierte mich, meinen offenen Mund. Den Hals, die Arme, vor allem den Bauch. Als ich mich dennoch nicht rührte, gab er erneut etwas in die Tastatur ein und druckte endlich den Gutschein für die Wärmelampe aus. Allerdings öffnete er auch den Hemdkragen und sagte:
»Massieren Sie mir den Nacken.«
Ich versuchte erst, es für einen Scherz zu halten, suchte anschließend nach Ausreden, hatte vor allem sehr kalte Hände, doch nichts davon ließ er gelten. Er wedelte mit dem Gutschein, bis ich hinter den Drehsessel trat und auch noch helfen musste, die Schultern weiter freizulegen.
»Ich weiß nicht, ob es richtig ist, was ich hier tue«, sagte ich leise.

»Sie haben mir Avancen gemacht, da bin ich sicher«, erwiderte er.
So gut ich konnte, walkte und knetete ich den Speck. Der Dicke hielt still, stöhnte aber vor Wohlbehagen.
»Sie können gut zupacken«, er öffnete weitere Hemdknöpfe, »die Hände einer Gärtnerin. Vielleicht hätten wir bei der Kasse doch noch Verwendung für Sie.«
Ich nahm etwas Kraft aus meinem Griff.
»Ich brauche keine Verwendung. Ich werde Mutter.«
»Ja, aber was werden Sie danach?«
»Danach bin ich immer noch Mutter.«
»Stimmt. Allerdings ohne Kind.«
Ich zog die Finger zurück. Die Haare auf den Schultern kräuselten sich. Er seufzte.
»Machen Sie weiter.«
»Ohne Kind? Was meinen Sie damit?«
Er schwieg, genauso wie ich, bloß mit dem Unterschied, dass mein Atmen immer schneller wurde, sein Atmen aber nicht. Schließlich verlor er die Geduld und zog auf dem Bildschirm ein neues Untermenü auf.
»Warum sind Sie so schwer von Begriff? Ihnen ist wirklich nicht leicht zu helfen.«
Mein Kind sollte bei Ruben aufwachsen, stand da, bei Ruben und seiner Frau Carmen.
»Ich kann Sie durchaus komplett massieren«, hörte ich mich sagen, zugleich wich ich bis zur Wand zurück.
»Ich will Ihnen bloß ein Angebot machen, um Sie aufzufangen, Cosma.«
Er wedelte in Richtung seines Nackens, aber ich schob mich noch weiter fort.
»Ich habe eine Wohnung im Goldenen Kern!«

»Nicht mehr lange«, er stand auf und stellte sich mir in den Weg. »Kapieren Sie das nicht? Ihre Mutter wird die Gesundheitsprüfung nicht bestehen und die Immobilien werden verkauft, um die Pflege Ihrer Mutter in der Silbernen Zone zu finanzieren.«
»Sie wird bestehen! Ich weiß das.«
Er sah knapp an mir vorbei.
»Sie, Cosma, werden keine Arbeit mehr haben. Ihr Seniorchef wird Sie nicht mehr einstellen können. Glauben Sie mir, ich will Ihnen helfen.«
»Ich gebe mein Kind nicht her!«
»Aber das liegt nicht in Ihrem Ermessen. Und in meinem leider auch nicht.«
In der Tasche spürte ich das Gärtnermesser. Ich löste die Sperre, die es zugeklappt hielt, während der Dicke mich belauerte. Er sagte:
»Mein Angebot lautet, dass Sie mich jeden Tag aus einem bestimmten Raum herausholen. Nur einen Schalter umlegen und mich herausholen und absolut verschwiegen sein. Dann wird alles gut.«
Sein Arm schnellte hervor und behände entwand er mir das Messer, noch bevor ich es zücken konnte. Er warf es nach hinten, wo es unter den Schreibtisch schlitterte. Mit der anderen Hand hielt er mich fest.
»Warum sollte ich die Wärmelampe kaufen«, rief ich, »wenn ich das Baby sowieso nicht behalten darf?«
»Bis zur Niederkunft sind Sie die Mutter. Auf dem Papier muss alles seine Ordnung haben.«
Ich wand mich aus seinem Griff, stürzte aus dem Büro ins Treppenhaus und rannte. Im Nu hatte ich das Erdgeschoss erreicht, rannte durch die Eingangshalle nach draußen und

sah, dass dort ein Transporter bereitstand, mitten in der Auffahrt, die Schiebetür offen. Ich schlug einen Haken, um zur Straße zu entkommen, die Transportbegleiter aber hatten sich klug positioniert und ich lief ihnen direkt in die Arme.

»Gesunde Einvernahme«, rief einer in die Sprechanlage, während mir ein zweiter auf die Rückbank half. Dann rastete das Schloss ein.

Nur zweimal war ich bisher den Weg gefahren, den der Wagen entlangglitt. Einmal hin zum Lager und später wieder zurück. Erst zum dritten Mal also nahm ich diese Route, und obwohl die Scheiben, hinter denen ich saß, verdunkelt waren, erkannte ich jede Kurve wieder, auch jede einzelne Gerade.

Ich wiegte mich vor und zurück und flüsterte mit meinem Kind. Behutsam, damit es im Rückspiegel nicht auffiel, tastete ich nach seinen Konturen, den Füßen, dem Steiß, mit dem es mir Signale gab. Alles würde ich wieder gutmachen, nahezu alles.

23.

Die Gitterstäbe am Schlafsaalfenster waren ausgetauscht worden. Anstelle des Stahls spannten sich ebenso harte, schwarze Kunststoffstangen in der Laibung. Wenn ich das neue Gitter berührte, war es nicht kalt. Es war auch nicht warm, es hatte stets die gleiche Temperatur wie meine Haut oder wie der Raum, in dem ich stand.

Die Frau, die damals geweint hatte, als ich das Lager so plötzlich verließ, hatte ihr Bett dicht neben mein Bett gestellt. Nachts starrte sie herüber, wenn ich versuchte, meinem Kind zuliebe zu schlafen. Wenn ich aufstand und zum Fenster ging, zog sie sich die Decke über den Kopf und fiel mir damit auf die Nerven, dabei war sie die einzige, die mir unverhohlen zeigte, was sie von mir hielt.

In der Therapie wurde ich abseits gehalten und Maßnahmen unterworfen, die speziell auf mich zugeschnitten waren. Die Therapeutin, die noch immer denselben Duft benutzte wie vor einem Jahr, wollte mich dazu verleiten, Vertrauen zu fassen, indem sie Alternativen, wie sie im Austausch mit anderen Insassen entstehen könnten, unterband. »Erzählen Sie mir Ihre Geschichte«, sagte sie und schaukelte mich in der Sitzhängematte.

Dem Kind im Bauch schien die Bewegung zu gefallen, es hörte auf zu boxen, aber mir fiel es schwer, den Gesichtsausdruck der Therapeutin zu interpretieren. Vor und zurück bewegte sich ihr Kopf, die Lippen halb zum Lächeln verzogen, halb zum Kuss gespitzt. Im Regal hinter ihr stand der Ordner mit den Unterlagen, in denen ich gern nachgelesen hätte, welche Zukunft vor mir liegen sollte.

Ich stemmte ein Bein auf den Boden, um die Hängematte zum Stillstand zu bringen.

»Ich gebe mein Kind nicht her.«

»Eine Geburt lässt sich nicht verhindern.«

»Ich werde es behalten.«

Sie gab der Matte erneut einen Schubs und trat gegen mein Bein, damit ich es anhob.

»Einen Fall wie den Ihren habe ich noch nie erlebt. Sie sind etwas Besonderes, Cosma.«

Sie warf ihr Haar in den Nacken und ich wusste, es war Zeit, ihr entgegenzukommen. Mich an ihre Brust sinken zu lassen, damit sie mich liebkosen und weitersprechen konnte. Vielleicht würde sie mir verraten, ob meine Mutter einen Besuch angemeldet hatte?

»Warum gilt mein Bringschuld-Ausweis nicht mehr?«, wollte ich wissen.

»Möchten Sie mir Ihren Ausweis zeigen?«

»Oder die Goldene Bürgschaft meiner Mutter. Sie dürfen mich gar nicht festhalten.«

»Ihre Mutter, wie traurig, kann sich leider nicht mehr verbürgen. Sie wird die Gesundheitsprüfung heute nicht bestehen.«

Die Therapeutin hielt die Hängematte an und breitete die Arme aus. Ich ließ mich nach vorn fallen und gemeinsam glitten wir zu Boden. Ihr Herz schlug schnell.

»Und wenn sie die Prüfung doch besteht?«, flüsterte ich.

»Die Hoffnung stirbt zuletzt«, antwortete sie und schüttelte den Kopf, als könne sie nicht glauben, dass sie wirklich diesen Satz gesagt hatte.

Mein Kind wurde täglich untersucht. Erst wurden die Herztöne belauscht, anschließend wurde es mit einem Ultraschallgerät betrachtet und vermessen. Anhand der Daten konnte der Arzt einen Geburtstermin festlegen.

»Es hat Gelbsucht, wenn es zu früh kommt«, wandte ich ein, aber er winkte ab.

»Wenn ich nicht in der Lage wäre, einen Geburtstermin zu berechnen, wäre ich nicht hier angestellt.« Er drehte den Monitor herum, so dass ich mitgucken konnte. »Außerdem kann Ihr Kind es kaum erwarten. Sie wissen es vielleicht nicht, aber es hat sich in Position gebracht.«

Einmal hob es während einer Untersuchung seine Faust vom Kinn und steckte sich einen Finger in den Mund. Sehr gern hätte ich ein Bild davon gehabt, aber der Drucker, der an das Ultraschallgerät angeschlossen war, schien kaputt zu sein. Der Arzt ließ die Therapeutin ausrufen, die technisch versiert sein sollte, und sie konnte tatsächlich helfen. Sie suchte ein neues Kabel heraus, und während der Arzt an den Geräten herumstöpselte, setzte sie sich zu mir an den Monitor, auf dem das Bild inzwischen eingefroren war.

»Was für eine süße Kleine.«

»Es ist eher ein kleiner Mann«, korrigierte der Arzt.

»Dann wäre es umso wichtiger, dass auch der Vater einmal anwesend sein könnte«, sagte sie. »Wann genau haben Sie den Kontakt zu ihm abreißen lassen, Cosma?«

»Ich habe nichts abreißen lassen. Er ist weggezogen und ich habe ihn sogar gesucht.«

»Wunderbar! Dann lassen Sie sich von uns helfen.«

Sie rückte beiseite, als der Arzt mich auf die Liege zurückdrückte und Gel auf dem Bauch verteilte, kalt und glitschig wie Angst. Das Ultraschallgerät kreiste, bohrte sich in die Seiten und der Drucker ratterte los.

In der Nacht fand ich keine Ruhe. Ich knöpfte mein Nachthemd zu und guckte über den alten Golfplatz. Die Wachleute drehten ihre Runden. Sie trugen die Sommeruniform mit den kurzen Ärmeln und manchmal machten sie Gesten, als müssten sie eine Mücke verscheuchen. In der Ferne, wo die Miskantus-Felder begannen, zog sich ein dunkler Streifen um das Lager. Niemand käme von dort bis zu mir.

Konnte ich annehmen, dass meine Mutter heute die Gesundheitsprüfung absolviert hatte? Warum wusste die Therapeutin Bescheid? Hatte sich der Schwächeanfall, den meine Mutter im Winter an der Uni erlitten hatte, weiter herumgesprochen, als wir ahnten? Hatte die Soziale Kasse zusätzlich Gerüchte gestreut, um den Abstieg meiner Mutter vorzubereiten?

Im Mondlicht sah ich, wie sich die Rohrkolben im alten Golfteich bewegten. Ein Wildschwein vielleicht, das sich suhlte, oder ein Reiher, der nach Fröschen schnappte. Ich legte mich ins Bett.

Am nächsten Tag empfing mich die Therapeutin in ihrem Büro. Der Fernseher an der Wand lief und zeigte eine Gesprächsrunde, der ich zunächst keine Beachtung schenkte. Als ich aber angewiesen wurde, zu schweigen und Platz zu nehmen, sah ich genauer hin. Meine Mutter saß in der Fernsehrunde, schlank und frisch in einem neuen Hosen-

anzug, eingerahmt von zwei Herren, die ich als Vertreter der Sozialen Kasse erkannte. Ein Moderator leitete das Gespräch.
»Hätte das Experiment nicht schief gehen können?«, fragte er.
»Aus Sicht eines Goldenen oder aus Sicht eines Silbernen?«, hakte jemand von der Sozialen Kasse nach.
Meine Mutter räusperte sich und blickte ruhig von einem zum anderen, bevor sie sich an die Kamera wandte.
»Das Beste kommt, nicht wahr?« Das Bild wechselte zur Großaufnahme. »Das Beste kommt aber nur deshalb, weil wir nicht nachlassen, unser Miteinander zu perfektionieren. Die Silberne Flotte hat gute Dienste geleistet, aber eine gemeinsame Fahrt mit dem Linienbus ist besser.«
Die Männer von der Sozialen Kasse nickten. Der Moderator beugte sich vor:
»Sie möchten also die Silbernen in das Stadtbild integrieren?«
»Wir müssen an den Fahrzeugen sparen, so sieht die Realität aus, und es soll nicht zu Lasten der Ausflüge gehen, die das Integrierte Wohnen unternimmt.«
Ihr Lächeln war sympathisch, der Moderator aber schien mit etwas zu hadern, das ihm auf der Zunge lag.
»Entschuldigen Sie, dass ich es erwähne. Es gab Hinweise, Sie selbst seien gesundheitlich nicht auf der Höhe.« Er sah auf sein Manuskript. »An der Universität sollen Sie zusammengebrochen sein.«
Meine Mutter lächelte breiter. »Junger Mann, wenn Sie eines Tages erfahren, dass Sie ein Enkelkind bekommen, wird es Ihnen auch die Sinne rauben.«
»Sie werden Großmutter? Das kann doch nicht sein.«

»Diese Freude, die mich erfasst hat, ist ebenso schwer zu beschreiben wie zu bändigen.«
Der Moderator legte das Manuskript beiseite. Die Therapeutin drehte den Ton leiser.
»Ist Ihre Mutter nun krank oder nicht?«
»Sie sehen es doch. Sie ist Golden wie eh und je.«
»Es gab Informationen.«
»Falsche Informationen. Also kann ich jetzt endlich wieder nach Hause gehen?«
»Leider nein, Cosma.«
»Rufen Sie meine Mutter an.«
»Es gelten neue Regeln für Sie persönlich. Die Soziale Kasse hat festgelegt, dass für Sie nicht mehr gebürgt werden darf.«
»Warum nicht?«
»Das fragen Sie? Schwanger in einer Sozialmaßnahme und der Kindsvater muss sich umgehend von Ihnen trennen. Da ist es doch klar, dass wir den Nachwuchs auf die sichere Seite bringen müssen.«
»Die sichere Seite ist bei mir.«
Ich hielt mich an der Sitzfläche des Stuhls fest, um nicht aufzuspringen und den Schreibtisch zu stürmen. Die Therapeutin verschränkte die Arme.
»So sicher ist es bei Ihnen, dass Ihr Biofon benutzt werden musste? So sicher, dass eine ältere Dame in Ihrem Haus gestorben ist? Dass Fotos von Ihnen im Umlauf sind, wie Sie mitten in der Anlage des Integrierten Wohnens zwischen Rollatoren herumstehen?«
»Normale Vorgänge, die ich im Heft lückenlos dokumentiert habe.«
»Sie sind schwanger. Das ändert die Situation von Grund auf, verstehen Sie das nicht?«

»Und wenn ich nicht schwanger geworden wäre, wären die Dinge nicht ins Gewicht gefallen und ich hätte weiterleben dürfen wie bisher?«

»Wie können Sie so etwas sagen! Ein Kind muss unter allen Umständen das Ziel sein. Egal, was es uns kostet.«

Ich tastete nach dem Gärtnermesser. Als ob es noch eine Tasche an meiner Kleidung gegeben hätte, geschweige denn ein Messer in meinem Besitz. Die Therapeutin seufzte und reichte mir ein Taschentuch.

»Beschreiben Sie Ihre Kritischen Kontakte, Cosma. Wie war das mit der Frau am Rollator? Sie erinnern sich an das Hinken, an das Leid? Wie Sie die Hand danach ausgestreckt haben, obwohl es Ihnen verboten ist?«

Ich fiel vom Stuhl, einfach so. Der Arzt musste kommen und mich behandeln, beziehungsweise das Kind, das sich plötzlich ganz still verhielt.

Die Fernsehsendung war das Gesprächsthema im Speisesaal. Was für ein Vorhaben: Silberne sollten regelmäßig mit dem Linienbus fahren. Man diskutierte die Vor- und Nachteile möglicher Berührungspunkte, besprach aber auch ausführlich die Position meiner Mutter. Man war mehrheitlich empört, dass sie sich öffentlich zum Verdacht äußern musste, Silbern zu sein, und so, wie man mich, die ich unruhig umherlief, von der Seite ansah, wusste ich, dass man mir die Schuld dafür gab. Ich war der Schatten, der auf meine Mutter fiel, die Peinlichkeit ihrer Tage, weil ich mir, ohne Rücksicht auf sie oder mein Kind, das Lager eingehandelt hatte.

Wir warteten an langen Tischen darauf, dass wir aufgerufen wurden, um die Teller zu füllen. Als mein Name ge-

nannt wurde und ich nach vorn zum Topf ging, tuschelte man im Saal. Mein Bauch fühlte sich an wie ein Stein, der an Seilen befestigt in den Eingeweiden hing.
»War Ihre Mutter nun krank oder nicht?«, fragte die Frau, die die Brühe verteilte.
»Sie sollten ihr vertrauen«, entgegnete ich, »sie verbürgt sich für ihre eigene Gesundheit, so wie sie sich für mich verbürgt hat.«
»Sie brauchen nicht gleich pampig zu werden, Cosma.«
»Ich habe meine Mutter lange nicht gesehen.«
»Das kann ich mir denken.«
Ich setzte mich an einen Eckplatz, ohne Hunger, und legte mir unter dem Tisch das Bild von der Ultraschalluntersuchung auf die Beine. Ich wollte es anschauen, möglichst oft, bis sich jedes Detail bei mir eingebrannt hatte. Dieses Baby müsste jederzeit wiederzuerkennen sein. Es hatte eine auffällig runde Stirn, eine Kopfform, wie auch ich sie als Embryo gehabt hatte.
Vor langer Zeit, als Kind, hatte ich einmal in einer Kiste eine Ultraschall-Aufnahme von mir gefunden. Die Aufnahme hatte in einem gelben Briefumschlag gesteckt, und wenn ich recht zurückdachte, war sie mir nur deshalb in die Hände gefallen, weil ich den dazugehörigen Brief auseinandergefaltet hatte. Ein Brief war es, den meine Mutter offenbar vor meiner Geburt geschrieben, den sie aber nicht abgeschickt hatte. Mit meinen acht Jahren konnte ich die Schrift gut lesen. »Lieber Karl Manuel, hier ist unsere Kleine« stand da in Blau, unter dem Datum, das auch auf das graue Bild aufgedruckt war. Ich wollte weiterlesen, aber da tauchte meine Mutter auf und fetzte mir das Papier aus der Hand. Was mir einfiele, in ihren Sachen zu schnüffeln, ob

ich noch nie etwas von Privatsphäre gehört hätte? Sie schrie und versprühte Spucke. Auf Socken lief ich weg von ihr, weit weg nach draußen, bis in die Felder. Wo war denn der Rahmen, in dem unser Leben bisher gesteckt hatte und in dem es uns gut ging: mir, meiner Mutter und dem Vater im Ausland?

Die Brühe tropfte mir vom Kinn, salzig, fettig. Meine Mutter hatte mir später erklären wollen, was es mit dem Brief auf sich gehabt hatte. Sie gab zu, dass das Ultraschallbild mich zeigte, sagte aber auch, sie habe damals in der Schwangerschaft voller Stolz Kopien von dem Bild gemacht und an alle Leute geschickt, die sie kannte. Karl Manuel Duncker sei nur einer von vielen Empfängern gewesen, und diese Erklärung hatte ich all die Jahre über geglaubt. Bis heute. Bis mir im Speisesaal der Löffel aus der Hand rutschte und das Papier auf meinem Schoß versaute. Dünnes, glattes Originalpapier, so etwas zog man aus keinem Kopiergerät, heute nicht und früher nicht.

Die Rohrkolben bewegten sich in dieser Nacht wieder. Die Wachleute hatten den alten Teich gerade umrundet, als die Pflanzen anfingen zu wackeln. Hockte dort jemand? Ich sah genauer hin, nur für einen Moment, denn ich war schon zu oft auf Trugbilder und Wünsche hereingefallen.

Vor der nächsten Ultraschalluntersuchung zitierte die Therapeutin mich zu sich. Sie hatte sich die Nägel lackiert und ich war ihrem Auftrag gefolgt, mir die Haare zu waschen. Mit zufriedenem Gesichtsausdruck machte sie sich Notizen, als sei ich so dämlich zu glauben, dass mein Haar meine Lage verbessern könnte.

»Was haben Sie sich gedacht«, begann sie das Gespräch, »als man Ihnen neulich bei der Sozialen Kasse einen Arbeitsplatz angeboten hat?«
»Das soll ein Arbeitsplatz sein? Jeden Tag um eine bestimmte Uhrzeit einen Schalter umzulegen und den Dicken aus einem bestimmten Raum herauszuholen?«
»Ich mag es, wie Sie zum Punkt kommen.«
»Nichts habe ich dabei gedacht.«
»Und mit wem haben Sie über das Angebot gesprochen?«
»Mit niemandem. Außer jetzt mit Ihnen.«
Die Sonne brach durch die Wolken und durch das Fenster. Der Therapeutin musste heiß werden, so wollig, wie sie angezogen war. Sie tippte mit einem Stift auf die Schreibtischplatte.
»Wenn ich ehrlich bin, Cosma, verstehe ich nicht, warum man ausgerechnet Ihnen diesen Dienst bei der Sozialen Kasse angeboten hat«, sie wiegte den Kopf, »aber auch Sachbearbeiter entwickeln manchmal persönliche Vorlieben.«
»Kein Wunder. Wir kannten uns schon länger.«
»Da fällt mir ein: Der Kindsvater wartet im medizinischen Untersuchungsraum.«

Ruben versuchte mich zu küssen. Er sah besser aus als früher, nicht mehr so erschöpft, aber gefasst und konzentriert. Ich ließ mir nicht helfen, als ich mich auf die Liege hievte, dennoch wollte er meinen Bauch berühren.
»Wie geht es meinem kleinen Jungen?«
Ich drehte den Kopf zur Wand, daraufhin strich er mir über den Körper, bis der Arzt den Wagen mit dem Ultraschallgerät heranschob und ihn bat, ein wenig Platz zu machen.

Sie besprachen technische Details und der Arzt klärte Ruben über den Verlauf der Schwangerschaft auf. Beide berührten ab und zu meinen Bauch und ich hoffte, das Baby käme nicht auf die Idee, zu strampeln. Als die Untersuchung beginnen sollte, half Ruben mit, mein Hemd hochzuschieben und die Gelflasche zu suchen. Die Flasche blieb aber verschwunden und der Arzt musste noch einmal das Zimmer verlassen, um eine neue zu holen.

»Bei mir wird der Junge es gut haben«, Ruben zog mein Hemd ein Stück nach unten, »er kann doch nicht im Lager leben.«

»Ich kann auch nicht im Lager leben.«

»Ich habe dich ja immer gewarnt, stimmt es?«

»Du hast mich angezeigt.«

»Nein. Ich habe überhaupt nichts verraten, obwohl es mich maßlos angeödet hat, wie egoistisch ihr seid, deine Mutter und du.«

»Warum bin ich hier gelandet?«

»Keine Ahnung. Bei mir sind sie nur aufgetaucht und haben mich vor die Alternative gestellt, das Kind zur Adoption freizugeben oder es selbst aufzunehmen. Ist doch klar, wie die Entscheidung ausfallen musste.«

»Wahrscheinlich sind sie stutzig geworden, weil du zu Carmen gezogen bist und nicht zu mir. Obwohl du der Vater bist. Sie mussten ja vermuten, dass mit mir etwas nicht stimmt.«

»Du suchst die Schuld penetrant bei mir? Als ob du nichts verbrochen hättest?«

Der Arzt kehrte zurück und registrierte, dass mein Blutdruck gestiegen war. Ich wehrte mich gegen Rubens weitere Anwesenheit, aber der Arzt befahl mir, ruhig liegenzu-

bleiben. Erst als ich drohte zu randalieren, schickte er Ruben auf den Flur.
Während der Untersuchung spürte ich Stiche und ein Ziehen im Unterleib. Der Arzt sagte nichts, doch er beanspruchte den Drucker ohne Unterlass und ich konnte mir ausmalen, was er Ruben später in die Hand drücken würde. Material, auch für Carmen, denn bald war es so weit.

Nachmittags durfte ich auf dem alten Golfplatz spazieren gehen. Die Wachleute standen bereit, die Therapeutin lauerte am Fenster. Man hatte kaum zu befürchten, dass ich in meinem Zustand den Zaun überwände, also sorgten sie sich wohl, die Wehen zu verpassen.
Ich ging mit kleinen Schritten und setzte mich immer wieder hin, um den Beginn der Geburt nicht zu provozieren. Als ich in die Nähe der Rohrkolben kam, fiel mir das nächtliche Gewackel ein und ich nahm die Pflanzen in Augenschein. Nichts, keine Wildschweinkuhle, keine Fußabdrücke. Nur ein herrlicher Geruch nach feuchtem Boden und verrottenden Blättern.
Laut rufend eilte der Gärtner herbei. Die Wachleute ließen ihn passieren, einen massigen, kleingewachsenen Typen.
»Vorsicht, Kollegin, da kann es sumpfig sein!«
»Danke.«
Ich trat einen Schritt zurück. Er nahm die Sonnenbrille ab. Seltsam, wie er mich ansah. Ich bedankte mich noch einmal und wollte den Teich verlassen, da bremste er mich mit einem Zischen.
»Schauen Sie hier«, er bückte sich und griff zwischen die Rohrkolben. Als er die Hand wegnahm, lag etwas Helles

am Boden. Ein Gärtnermesser, ähnlich wie das, das mir weggenommen worden war.
»Ich bin ein Freund von Ihrem Seniorchef«, raunte er.
Ich starrte das Messer an und sagte, ohne zu überlegen: »Der Seniorchef hat keine Freunde, die für das Lager arbeiten.«
Er richtete sich auf, lutschte an einem Bügel der Sonnenbrille und blinzelte. Mein Leib verkrampfte sich und ich stolperte nach hinten auf den Rasen, um mich dort zusammenzurollen.
Die Wachleute rannten herbei, telefonierten, doch mit Hecheln und Rollen schaffte ich es gerade noch rechtzeitig, die Schmerzen zu vertreiben und wieder auf die Beine zu kommen.
Der Blick, den der Gärtner den Wachleuten zuwarf, entging mir allerdings nicht. Ich hatte mich richtig entschieden.

Der Arzt seufzte, als er meinen Zustand kontrollierte. Dann packte er die Geräte zur Seite und faltete die Hände. »Ziehen Sie sich an, nehmen Sie ein paar Sachen mit, es ist wichtig, dass Sie noch einmal in Ihre Wohnung kommen.«
»Warum?«
»Eine Anweisung von oben. Man will Sie da draußen sehen, und zwar im schwangeren Zustand, wegen der Fotos.«
»Sie wollen mich präsentieren?«
»Ihre Mutter hatte den Nachwuchs im Fernsehen erwähnt. Jetzt ist man draußen neugierig geworden.«
»Und wie wollen Sie mir das Kind dann wegnehmen, wenn Sie mich erst vorgezeigt haben?«
»Bei einer Geburt kann so viel passieren.«

»Nein!«
»Keine Sorge, in Wirklichkeit werden Sie die Geburt überleben. Sie können uns ja noch so viele Kinder schenken, aber wohl unter einer neuen Identität.«

Der brombeerfarbene Knopf für den Fahrstuhl blinkte. Ich rechnete damit, dass die Rockmann mich in der dritten Etage aufhalten würde, fuhr jedoch ohne Stopp bis nach oben, und als ich auf dem Linoleum vor meiner Wohnungstür stand, hatte ich das Gefühl, jahrelang fortgewesen zu sein. Dabei hatte sich gar nichts verändert. Der Stuck spiegelte sich im Podest und das Treppenhauslicht fing sich im Marmor an den Wänden. Vom Dachboden aus zog es, feucht und kühl.
Der Schlüssel passte noch immer ins Schloss. Auf dem Teppich zeichnete sich eine Laufspur ins Schlafzimmer ab. Vom Sofa hing eine Tagesdecke herunter, die Mikrowelle stand offen und auf dem Küchentisch stapelte sich Geschirr. Niemand lag in der Dunckerschen Zelle.
Unten vor dem Haus vertraten sich zwei Begleiter aus dem Lager die Füße und bewachten den Eingang. Nie zuvor hatte ich die beiden in Zivil gesehen. Sie wussten, hinter welchem Fenster der vierten Etage ich stand, und schauten regelmäßig hoch. Den Transporter hatten sie um die Ecke geparkt, damit er nicht ins Bild geriete, wenn meine Mutter gleich mit dem Kamerateam anrückte. Alles sollte so natürlich wirken wie möglich, und auch der dritte Begleiter, der mit mir ins Haus gegangen war und im Treppenhaus seinen Posten bezogen hatte, war darauf eingestellt, sich im Hintergrund zu halten. Mein vermutlich letzter Tag als Cosma.
Ich legte mich auf das Bett.

Ein paar Worte im Fernsehen neulich hatten ausgereicht, um mir Freigang zu verschaffen, aber sie hatten der Sozialen Kasse auch klar gemacht, dass ich nicht nur die Gemeinschaft schädigte, sondern auf die Dauer auch die Funktion beeinträchtigte, die meine Mutter einzunehmen hatte. In gewisser Weise hatten die Behörden vor meiner Mutter kapituliert. Man hatte sie auf ihren alten Platz zurückkehren lassen und eingesehen, dass jemand wie sie nicht kleinzukriegen war, weder wenn es um ihre Gesundheit ging, noch wenn man ihre Prominenz bedachte. Nur ich behinderte den Ablauf. Wenn es mich aber nicht mehr gäbe, gäbe es auch keinen wunden Punkt mehr bei meiner Mutter.

Und Ruben und Carmen? War es ihnen egal, unter welchen Umständen sie an mein Kind kamen? Oder freuten sie sich auf die Aufmerksamkeit, die sie bekämen, wenn sie den prominenten Enkel großziehen dürften?

Es zuckte im Bauch, ich zog die Beine an.

Vor einem halben Jahr, als ich Ruben noch nicht verraten hatte, was in meiner Wohnung vor sich ging, hatten wir uns gut verstanden. Warum war ich so verrückt gewesen, ihn an Heiligabend einzuweihen, als hätte ich nicht wissen können, wie wichtig er ein regelkonformes Verhalten fand? Hatte ich das Risiko gesucht? Fühlte ich mich in einer Beziehung dann am wohlsten, wenn alles auf der Kippe stand?

Auch meiner Mutter war ich erst näher gekommen, als ich wusste, dass ich sie verlieren könnte. Kurz vor ihrer Therapie unter den Dioden, als es ihr am schlechtesten ging, war ich ihr zum ersten Mal auf Augenhöhe begegnet. Die Aussicht, ihr helfen zu können, hatte mich auf dieselbe Ebene

gehoben, auf die ihre Schwäche sie heruntergezogen hatte. Jämmerlich, wenn ich es heute bedachte.
Vor dem Haus hupte jemand. Gelächter, das Schlagen der Haustür, der Fernseher bei der Rockmann ging aus. Ein Schlüsselbund klapperte und meine Mutter betrat die Wohnung.
»Cosma?«
»Mama.«
Sie warf ihre Arme um mich, gab mir Küsse und hüllte mich in eine warme Wolke. Als sie aber ihre Hände auf meinen Bauch legte, wich ich zurück: »Wo ist das Team?«
Sie deutete Richtung Treppenhaus.
»Man gibt uns ein paar Minuten, damit wir uns entspannen«, sagte sie, drängte mich dann aber aus dem Flur in die Küche, wo man uns nicht so gut belauschen konnte.
Ich musste mich hinsetzen, so schwindelig war mir geworden.
»Sie wollen mir mein Kind wegnehmen, Mama.«
»Mach dir keine Sorgen, ich habe alles im Griff.«
»Offiziell soll ich bei der Geburt abkratzen.«
Sie befühlte meine Stirn. »Wir lassen uns das nicht bieten, das weißt du doch.«
»Du wirst mich vielleicht nie wieder sehen.«
Ich konnte sie nicht angucken, aber sie nahm mein Gesicht in ihre Hände.
»Wir kommen ihnen selbstverständlich zuvor. Wir können dich ebenfalls verschwinden lassen, aber auf unsere Weise.«
Es klopfte an der Tür, jemand rief nach uns.
»Moment!«, sie zog mich auf die Beine und schob mich sanft zum Schrank. Vor Angst konnte ich mich kaum aufrecht halten.

»Ist Karl Manuel Duncker mein Vater?«, fragte ich, während sie den Hebel ertastete.
»Vielleicht. Oder der Seniorchef, ich weiß es nicht. Der Seniorchef wartet jedenfalls auf dich, seit Tagen schon, und dort gehst du hin.«
»Wohin?«
»Er hat mir gesagt, du wüsstest Bescheid!«
Der Schrank fuhr knackend zur Seite. Es klopfte wieder an der Wohnungstür. Meine Mutter riss mich an sich, drückte mich fest, bis zum letzten Moment, bis ich durch die Öffnung ins Finstere treten musste. Als der Schrank zurückfuhr, hörte ich sie in der Wohnung laut meinen Namen sagen. Sie tat, als suchte sie mich.
Ich hockte in der Dunkelheit und wartete, dass die Suche vorankam. Alle unterstützten meine Mutter, schauten sich in den Zimmern um, guckten auch in den Schrank, in dem längst wieder meine Klamotten hingen, und polterten schließlich über den Dachboden. Ich verließ das Versteck.
Der Fahrstuhl stand bereit, glitt lautlos durch den Schacht in den Keller, wo die Kiste mit alten Jacken und Hosen stand, und als man oben im Treppenhaus wüst mit der Rockmann diskutierte, konnte ich schon zur Straße schleichen. Es war, als griffen Zahnräder passend ineinander und trieben mich vorwärts.
Während ich im Bus saß, stellte ich mir vor, dass man in meiner Wohnung noch einmal von Neuem suchen musste, diesmal gründlich, und dass man die Dunckersche Zelle jetzt entdeckte.
Zu Fuß machte ich mich im Abendlicht auf den langen Weg, quer durch den Miskantus in den Wald hinein. Die

Füße rot und geschwollen, die Hände pochend, ein Drücken im Bauch, aber ich wurde erwartet.
Auf die Lichtung würde ich mich legen, auf den Teppich aus Kraut, ich müsste ihn nur noch erreichen. Mein Herz würde schlagen, mit Kraft, während die Zeit für mich stillstand.

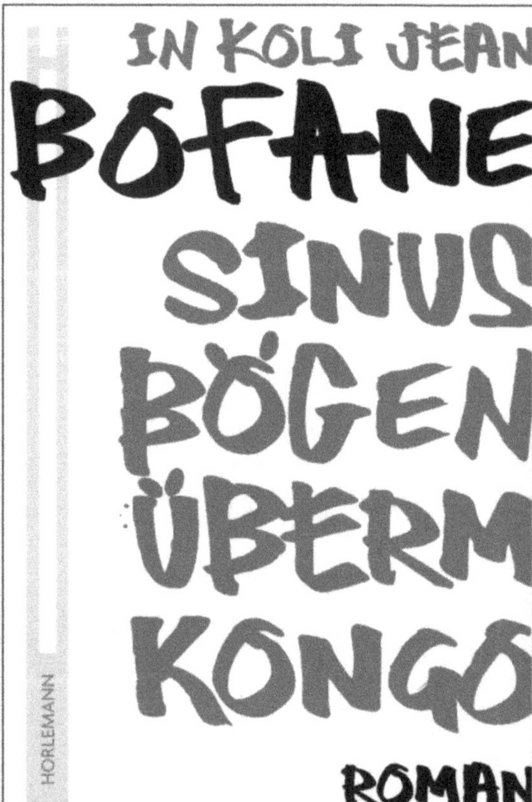

In Koli Jean Bofane
Sinusbögen überm Kongo
Übersetzt von Katja Meintel, herausgegeben von Manfred Loimeier
Roman, 344 Seiten, gebunden mit Schutzumschlag und Lesebändchen
19,90 Euro (D)
ISBN: 978-3-89502-359-0

»Was guckt ihr? Habt ihr noch nie Celio Matemona gesehen, oder was?«, fragte er streng. »Wisst ihr nicht, dass mich das, was ihr hier seht, seit langem erwartet hat? Dass die Unterlagen, die ich immer mit mir herumgetragen habe, für diese Aktentasche bestimmt waren? Dass ich nicht für nichts und wieder nichts so lange mit Pythagoras und seinem gleichnamigen Satz zusammengehockt habe? Aber jetzt erstmal eine klare Ansage: eine Runde Fleischspieße, Chikwangues und zu trinken für alle!«

Jan Cornelius
Narrenstück
Roman
232 Seiten, gebunden mit Schutzumschlag und Lesebändchen
16,90 Euro (D)
ISBN: 978-3-89502-348-4

»Im Alter von drei Jahren war ich beim Betrachten der Erdkugel fest davon überzeugt, die Menschen in Australien oder Argentinien würden mit dem Kopf nach unten und den Beinen nach oben durch die Gegend laufen, und das fand ich ganz prima. Wie gerne hätte auch ich dort gelebt.«

HORLEMANN

Tanja Jeschke
Ein Kind fliegt davon
Edition Voss im Horlemann Verlag
Roman, 222 Seiten, gebunden
19,80 Euro (D)
ISBN: 978-3-89502-319-4

Wenn man die Apartheid aus der Sicht eines fünfjährigen Mädchens beschreiben möchte, birgt diese Perspektive Gefahren, zumal dann, wenn man nicht die Sprache eines Kindes verwendet: Was sind die Grenzen eines solchen Verfahrens? Jeschke kann sich durch die Wahl dieses Erzählens trauen, mit ihrer Sprache Bilder zu stricken, die man einatmen kann und die das Ausatmen schwer machen.

HORLEMANN